經典回歸

風靡逾三十載的宋詞賞析典範

宋詞小札

劉逸生

作者簡介

劉逸生（一九一七～二〇〇一），原名劉日波，號逸堂老人，廣東中山人。著名古典文學專家、詩人。他刻苦自學，一生致力於中國古典文學的普及，「以白話詮釋經典，以經典詮釋智慧，以智慧詮釋人生，以人生詮釋人性」。上世紀六十年代初就以《唐詩小札》享譽學界和民間，陸續出版有《宋詞小札》、《三國小札》、《史林小札》、《藝林小札》、《事林小札》等，主編有《中國歷代詩人選集》、《中國古典小說漫話叢書》等。在普及中國傳統文化知識方面，貢獻良多。

前言

在《唐詩小札》一舉成功之後，朋友們就提出過寫一部《宋詞小札》的建議。但是，這一良好願望，卻整整等了二十年之後才得以實現。據逸堂老人說，這是由於自己當時對於宋詞還未能深入了解。而另一個原因，他沒有說，就是宋詞中許多名篇，內容不外風花雪月，在那二十年中屬於被批判對象，實在不好談。

但《宋詞小札》由此就成了老人心裏的一個情結。當「文化大革命」中，他被打入「牛棚」，押送「幹校」，又被暫時「解放」之後，在英德荒僻的山野之間，這沉埋已久的情結，便悄然萌動了。據老人回憶，他在一次請假返廣州時，攜回了龍榆生編的《唐宋名家詞選》，之後，「偷偷閱讀近一年之久」，把唐宋名家的詞作，翻來覆去讀了幾十遍、上百遍，終於豁然開悟。

《唐宋名家詞選》是一部好選本，它不僅選詞數量比較多，而且集合了歷代以來詞界公認的佳作，眼光比較開闊，選詞比較全面，因此較好地體現出一代之文學——宋詞的風貌。現在，我們手邊還保留着逸堂老人研讀過的這部著作，上面佈滿紅筆、藍筆批語，可以想見當年老人挑燈夜讀的心思神情。老人所做的工作，大致分為兩部分：一部分是對詞家、詞作的評論，另一部分是對歷代以來，尤其是清代詞界的謬誤，予以分析、批評和糾正。以今人的歷史觀審視宋詞的發展演變，拓清古人（主要是清「常州詞派」）過求深曲的主觀理解。這是一種自出手眼的氣度，與那些盲目地崇拜古人，匍匐於名人籬下者，真不可同日而語。正是由於有這種精神，逸堂老人敢於推翻清代詞界巨擘的成說，直指其謬誤；敢於說前人對詞往往未曾講透，只說一些不着邊際的大話、空話，徒令後學聽後如雲裏霧裏，到頭來對詞家詞作還是若明若暗，弄不明白。也正基於此，老人窮山孤往，發憤自強，入虎穴以得虎子，並將其所得寫成《宋詞小札》一書，通過對一首首宋詞名作的條分縷析，疏通其意，揭示門徑，令讀者實實在在地把握「詞家之心」。

老人曾說，《宋詞小札》雖不似《唐詩小札》那樣聲名煊赫，卻花費了他更多的心血。這絕非信口之言。因為詩歌自唐以下，流傳不替，經過宋人、明人的收集整理和研究，唐詩的精微已然盡出。但宋詞的情況不同，五代北宋的歌唱傳統，到南宋已經大量失傳，元代、明代，詞的創作已是不絕如縷。清代號稱「詞之復興的時代」，無論創作還是論著都盛極一時。然而，詞畢竟已由可唱變成不可唱，由歌詞變成了案上文本，這就深刻地影響了人們對詞的寫作傳統、技巧的認識，也影響了對宋詞的理解和認識。一句話，清代詞壇的新統，遮蔽了宋詞的真面。由於種種原因，宋詞在社會上也遠不如唐詩普及。群眾基礎不同，決定了作為普及性讀物的《宋詞小札》，較之《唐詩小札》，在寫作上帶來更多掣肘——必須要以「解釋詞意」作為每篇小札的基本任務，解說的壓力增加了，加上宋詞名作篇幅相對較長，內容相對狹窄，於是「知識性」、「趣味性」的發揮餘地大受限制——這些客觀原因，使老人寫來不能像寫《唐詩小札》那樣得心應手，揮灑自如。但是，話又說回來，正由於它具有上述的「篳路藍縷」之功，《宋詞小札》的深層價值其實又在《唐詩小札》之上，對於喜愛宋詞的讀者而言，它是一部值得鄭重推薦、不可多得的入門書。

劉斯翰

目錄

范仲淹

九八九～一〇五二

字希文，吳縣人。大中祥符八年（一〇一五）進士。仕至樞密副使，參知政事。以資政殿學士為陝西四路宣撫使。卒謚文正。有《范文正公詩餘》一卷。

漁家傲

塞下❶秋來風景異，衡陽雁去❷無留意。四面邊聲連角起。千嶂裏，長煙落日孤城閉。

濁酒一杯家萬里，燕然❸未勒歸無計。羌管悠悠霜滿地。人不寐，將軍白髮征夫淚。

❶塞下，這裏指宋朝西北邊疆。

❷衡陽雁去，傳說雁自北南飛，到達衡陽就不再南下。

❸燕然，燕然山，在蒙古人民共和國境內，即杭愛山。後漢時，將軍竇憲追擊匈奴，登上燕然山，勒石紀功。

范仲淹是北宋仁宗時代的「名臣」，從進士出身，官至參知政事，曾任陝西經略安撫招討副使兼知延州，負責西北邊防，使西夏的敵人不敢輕易來犯，被稱為「范老子胸中有數萬甲兵」。他少年時就以「士當先天下之憂而憂，後天下之樂而樂」自勉，後來又把它寫在《岳陽樓記》中，至今為人所傳誦。像這樣一個立志高遠，又身負一方安危，受到朝野重視的人物，照一般人想來，一定是面目嚴峻、神態凛然，使人望而生畏的吧。然而他在所寫的詞中，卻完全不是這種人物。不但他那「酒入愁腸，化作相思淚」，使人看到他柔腸婉轉，便是描寫邊塞風光，也絲毫不似一個望高威重的統帥。表面一看，是很有些奇怪的。

這首描畫邊塞風光的《漁家傲》，其實在當時就有人提出不同意見了。魏泰《東軒筆錄》便記述了這樣一件事：

范文正公守邊日，作《漁家傲》樂歌數闋，皆以「塞下秋來」為首句，頗述邊鎮之勞苦。歐陽公（按，歐陽修）嘗呼為窮塞主之詞。及王尚書素出守平涼，文忠（按，歐陽修謚號）亦作《漁家傲》一詞以送之。其斷章曰：「戰勝歸來飛捷奏，傾賀酒，玉階遙獻南山壽。」顧謂王曰：「此真元帥之事也。」

這段記載的真實性到底有多少，其實很難說。歐陽修這首《漁家傲》不見於他現存的詞集中，固然可以說是結集時偶有遺失；可是歐陽修自己就寫了不少內容並不那麼昂揚奮發的詞，怎麼好去譏諷范仲淹，並且還有意同他唱對台戲呢！所以魏泰的記述頗難使人入信。不過也確實反映了某些人的看法，以為不應寫得如此衰颯，尤其是身為主帥的人。

范仲淹這首詞，反映了邊塞生活的艱苦性和守邊將士強烈的責任感。整首詞緊緊圍繞一個「秋」字，縱橫上下地描繪了一幅嚴凝蕭索的圖景。將士們不是在戰鬥，而是長期戍守，生活平板枯燥，環境蕭瑟荒涼，然而守衛邊防的責任卻十分沉重。因而人們的心情是複雜的。作為主帥的范仲淹，看出了將士們這種心情的複雜，在他的筆下也就恰好反映了這種複雜。

這是一幅「邊塞秋風圖」。那形象的強烈真是使人讀了久久難忘。

不妨看看這段動人的描繪：

邊塞的秋天是個異樣的秋天。一到這時節，南歸的雁兒便連頭也不回地飛走了。塞上特有的邊聲——西風的呼嘯，駝馬的嘶叫，兵士的吟唱，草木的繁響，還襯上悲涼的號角……把秋天的氣氛渲染得嚴凝肅殺。

四面聳立的都是高山，山腳沉重地橫着茫茫的煙霧。太陽很快就沉落下去，剩下一座孤城更顯得伶仃孤立。城門於是緊緊地關起來。

寒冷和孤寂構成一股迫人的氣氛，讓人感到難受。單靠一杯酒是抵擋不了的，思鄉之念不斷地湧起來。然而，一想到守邊責任的嚴重，敵人侵犯隨時都可能發生，思鄉之念又一下子壓下去了。回鄉不得，因為責任還沒有完成呵！

夜已深了。在「萬帳沉沉」之中，大家都沒有睡着。將軍撫循着頭上白髮，有些戰士還偷偷拭去思鄉的眼淚。外面是一片銀也似的白霜，只聽得慢悠悠的羌笛聲在曠野中迴蕩……

多麼感人的一幕！它不僅寫出了邊疆的典型環境，還寫出了這種環境中的人的思想感情。它是一頁真實的歷史，沒有造作，沒有粉飾。而更重要的是，只有深知將士的甘苦哀樂的統帥，才有與將士同樣親切的感受，才寫得出如此動人的篇章。試想想那些「戰士軍前半死生，美人帳下猶歌舞」的主軍者吧！

邊塞也有各種不同的生活情調。作為坐鎮一方的主帥，難道不應該寫那些使人感到昂揚奮發的事物嗎？這樣發問當然是有理由的。但是，作為一軍的主帥，就不可以描寫邊疆生活的艱苦和戰士心情的矛盾複雜嗎？這樣的反問又是同樣有理由的。我們沒有權利指揮作者只能這樣寫而不能換一種筆墨去寫。

范仲淹這首詞，渲染塞外秋來的氣氛很有特色。你看他在開頭那句點出時間、地點之後，立刻運用他那捕捉形象的大筆，先寫天上的雁群，寫一隊隊雁群正在結隊匆匆南飛，便已使人感到一種濃重的襲人而來的秋氣。跟着寫四面邊聲。這邊聲，正如李陵《答蘇武書》中所說的：「涼秋九月，塞外草衰，夜不能寐，側耳遠聽，胡笳互動，牧馬悲鳴，吟嘯成群，邊聲四起。」進一步加重了這個特定環境的特有氣氛。然後，作者才把焦點落在那座「孤城」上面。這孤城，正被包圍在千山萬峰之中，黃昏日落，暮煙橫帶，一片淒冷。而遠戍的軍士，正是在這樣的一座孤城中艱苦守衞着邊疆的。

在上片，作者是用大筆來進行渲染，雖是寥寥幾句，卻已給人鮮明的印象；而且，在整個景色的描畫中，還分明透出作者的感情：那離去的鴻雁，分明帶動下文「家萬里」的鄉思；那四面的「邊聲」，又正是下文「人不寐」的伏脈；「千嶂裏」緊閉的「孤城」，更不能不引起征人「燕然未勒歸無計」的感歎了。上片的「景」預伏着下片的「情」，上下片之間便有潛脈暗通，從而渾融一體。

下片以抒情為主，然而，作者未忘形象的刻畫。你看，「濁酒一杯家萬里」，人物的形象與感情同時傳出；「將軍白髮征夫淚」，更是一組帶着強烈感情的人物特寫。「羌管悠悠霜滿地」七字，是「人不寐」的有力烘染。所有這些，都使整首詞賦情深厚，氣氛強烈。這正是此詞之所以獲得廣大讀者喜愛的原因。

作為北宋的著名詞人，范仲淹是當之無愧的。就讓我們從他開始，對宋詞園圃中那些「小白長紅」——各式各樣奇花異草，來一番概略的然而又不無主觀取捨的巡禮吧！

蘇幕遮

碧雲天，黃葉地。秋色連波，波上寒煙翠。山映斜陽天接水。芳草無情，更在斜陽外。
黯鄉魂，追旅思。夜夜除非，好夢留人睡。明月樓高休獨倚。酒入愁腸，化作相思淚。

這是范仲淹在外地思念家室的作品。

弄文藝的人似乎都懂得，在文藝作品中，情和景是不可能截然分割的，所以才有「情景交融」、「情因景見」、「景中帶情」，甚至有「一切景語皆情語也」的話。細想起來，天地間一切所謂「景色」，有哪一樣不是通過人才獲得它的意義的呢？由於人具有獨特的思維本領，不僅能夠反映客觀世界，而且還能改造客觀世界。所以，一切自然界的景物，在藝術家的筆下，就被染上人的色彩。圖畫中的山水，不會完全同於自然界中的山水，詩詞就更是如此了。

所以，我們一說到「景色」，其實就已經帶上人的思想感情，有了人力加工的成分，不再是純粹的大自然。正如石頭不再是地質學意義的石頭，花草也不再是植物學意義的花草那樣。

必須這樣，我們才能充分欣賞詩詞中的自然描寫之美。

范仲淹是融情入景的能手。你看他這首《蘇幕遮》又給我們描下一幅動人的秋景。但它和《漁家傲》不同，它是鮮豔濃烈的秋天；而就在這幅色調濃烈的畫卷中，有一股強烈的感情撲面而來。我們看到的不僅是濃烈的秋色，更主要的是感受到它那深摯的懷人之情。

湛青，連雲彩也變得湛青的天穹，它下面是一片鋪滿黃葉的原野。一眼看去就使人猛然感到秋天已經來臨了。這充滿秋色的天地，一直向前方伸展，同一派滔滔滾滾的江水連接融合起來。而大江遠處還抹上一層空翠的寒煙，讓江水和天空都顯得迷蒙莫辨了。

正是斜日西下的時候，遠近的峰巒各各反射着落照餘暉，把夕陽的殘光一步步帶到更為遙遠的地方。看到這一派景色，遠遊的客子陡然從心底裏飄出一縷思鄉之情，彷彿隨着夕陽的殘光遠遠飄蕩開去，一直飄出斜陽之外，飄落在芳草萋萋的故鄉，飄落在綠茵如染的自己的家院。

「芳草」為什麼就是詩人的家鄉呢？這裏面暗中化用了《楚辭》的話：「王孫遊兮不歸，芳草生兮萋萋。」意思是王孫遠遊不歸，只見家鄉的芳草豐盛地生長。後來李商隱也說：「見芳草則怨王孫之不歸。」（見文集《獻河東公啟》）可見，「芳草」遠在「斜陽外」，就不單是指自然界中的芳草，而是借芳草來暗示詩人的家鄉遠在天際，好像越出斜陽之外，比斜陽更要遙遠了。

上片，真是好一幅闊大而又穠麗的秋色；但誰又能說它不是在強烈抒情呢！

於是我們又不禁想到《西廂記》。你看它這幾句：

碧雲天，黃花地，西風緊，北雁南飛。曉來誰染霜林醉？總是離人淚。

——第四本第三折

先勾勒一幅淒緊的秋景，然後在「霜林醉」下面加上點睛之筆——「總是離人淚」。於是，「恨成就得遲，怨分離得疾，柳絲長，玉驄難繫……」強烈的感情就像流水落花，奔迸而來了。

這位雜劇高手是善於汲取前人掘出的美泉的。化用得真好啊！

范仲淹在上片融情入景，下片就順着景物所構成的意境，讓洶湧的情潮盡情傾瀉出來：

「黯鄉魂，追旅思。」——上三字是作者妻子的夢魂。下三字是作者自己的思家之念。妻子黯淡淒楚的鄉魂，追尋着旅外遊子的思家之夢。兩種感情的化身在茫茫的空間互相尋找，互相吸引，「鄉魂」終於「追」上了「旅思」，於是夫妻倆就在夢中驀然相會。

「黯鄉魂」三字，解為「思念家鄉，黯然銷魂」。或認為「鄉魂、旅思是互文」。這當然也是一種說法。唐詩人儲光羲《渭橋北亭作》詩：「鄉魂涉江水，客路指蒲城。」就是這種鄉魂。可是在此詞中，卻很難處理那「追」字。按江淹《別賦》，先寫「行子腸斷，百感淒惻」，再寫「居人愁臥，怳若有亡」。然後說：「知離夢之躑躅，意別魂之飛揚。」「離夢」是一方，「別魂」又是一方。范仲淹此詞也是雙方並舉，所以句中用一「追」字。這樣來理解下片的開頭，似乎更能貼近作者當時的心境。

「夜夜除非，好夢留人睡。」——不料非常短暫，而且還是夢中。然而顯然是有了那次夢中相會，才引起這樣的渴念；而且還可見，沒有這樣的好夢，便只有無盡的思憶。

「明月樓高休獨倚」——看來又是「尋好夢，夢難成」，翻起身來，又靠在高樓的欄杆上。然而一輪明月，反而引起愁懷，所以又覺得「休倚」為好。倚是難過，不倚也同樣難過。他在倚和不倚之間徘徊，真是「欲倚還休，欲休還倚」。

「酒入愁腸，化作相思淚。」——終於還是「休倚」了。回到室內，借酒澆愁，忘卻這份相思，也解決倚和休倚的矛盾。這該是沒有辦法中的辦法吧！但那結果也不曾稍好一點。酒立即化成相思之淚，淚比往常還更多了……

讓我們再回環細讀兩遍：秋濃似酒，鄉思又更濃於酒；夢魂難接，明月更增添相思之苦；於是酒入愁腸，不料酒卻化成相思之淚，愈發無法開解了。

柔情似水，蜜意如綿，出自一位歷史上有數的「名臣」口中，然而絲毫不曾貶損他那高大的形象。

「酒入愁腸，化作相思淚。」真是一語點破了藝術上客觀和主觀的微妙關係。

酒，不過是千萬客觀事物中的一種，然而一旦進入愁人的腸中，卻化為主觀的相思了。一切自然景物不是也有同樣的轉化能力麼？懂得酒可以化成相思淚，甚至「酒未到」也可以「先成淚」（見范仲淹《御街行》），景與情、物與我，在文藝作品中怎麼可以截然分割呢？

這首詞先從寫景入手，寫出很典型的高秋景色，境界開展闊大。這種開闊的境界，卻用那句「山映斜陽天接水」為關捩，轉入「芳草無情」，輕輕傳出作者思鄉的念頭，景與情之間的銜接是非常巧妙的。「芳草」無情而人有情。無情的芳草能遠出斜陽之外，伸到自己的故鄉，而人呢？富於感情的人反而不如芳草！這正是人生最無法開解的憾事。這裏已不是寫芳草斜陽，而是強烈地抒發沉重的懷人之情了。

下片在抒情中進一步刻畫作者本人的形象。那思鄉的夢魂，那夢裏的歡笑，那倚樓的孤影，那帶酒的淚痕，都是竭力渲染勾勒人物，讓他的形象鮮明而突出。

在抒情與寫景中完成對人物形象的塑造，這是我國古典詩詞的特長。它很值得我們從中汲取經驗。

張先

九九〇～一〇七八

字子野，湖州人。天聖八年（一〇三〇）進士，嘗知吳江縣，仕至都官郎中。有《子野詞》一卷。

一叢花

傷高懷遠幾時窮？無物似情濃。離愁正引千絲亂，更東陌、飛絮濛濛。嘶騎漸遙，征塵不斷，何處認郎蹤？

雙鴛池沼水溶溶，南北小橈通。梯橫畫閣黃昏後，又還是斜月簾櫳。沉恨細思：不如桃杏，猶解嫁東風。

這是張先早年的作品。

據說，張先曾經同一個出家的少女相好，後來兩人分了手，作者十分眷念，就寫了這首詞來排遣愁懷❶。

詞是模擬那少女的心情寫的。

上片描繪了一幅送別的場面。

開頭兩句，是整首詞的感情的概括。

人在登臨高處的時候為什麼會傷感？人為什麼會懷念遠方？為什麼這種傷懷又是無窮無盡的？詩人首先提出這個問題。隨即他便回答道：「無物似情濃。」是因為人有情感；而這種情感是任何事物也不能比擬的。

雖然是一首小詞，但也能提出人生的重大問題。人與人之間真摯的感情，該怎樣認識和評價呢？歐陽修在《玉樓春》裏寫道：「人生自是有情癡，此恨不關風與月。」他認為感情自是人類的一種本性。晏殊在《踏莎行》裏說：「當歌對酒莫沉吟，人生有限情無限。」便好像是「天若有情天亦老」（李賀《金銅仙人辭漢歌》）的換一種說法。他的「情無限」，不就是張先的「傷高懷遠幾時窮」的呼應嗎？所以歐陽修的《減字木蘭花》又說：「傷離懷抱，天若有情天亦老。」感情豐富的詞人，在對待人與人之間的真摯感情上，都是十分珍惜的。

在「無物似情濃」這樣概括一筆之後，作者就進一步寫出「離愁」。「離愁」怎樣？

❶宋皇都風月主人《綠窗新話》上引《古今詞話》云：「張先嘗與一尼私約，其老尼性嚴。每臥於池島中一小閣上，俟夜深人靜，其尼潛下梯，俾子野登閣相遇。臨別，子野不勝惓惓，作《一叢花》以道其懷。」字句與《張子野集》所載詞小異。

是像「千絲亂」，又是像「東陌」柳樹上的「濛濛飛絮」。寫愁情的無窮無盡，無邊無際，同時就有李冠的「一寸相思千萬緒，人間沒個安排處」。又有晏殊的「無情不似多情苦，一寸還成千萬縷」。兩人好像如出一口。以後又有賀鑄《青玉案》:「試問閑愁都幾許：一川煙草，滿城風絮，梅子黃時雨。」他的「滿城風絮」，應是受到張先的「更東陌、飛絮濛濛」的啟發吧。

那為什麼會有這段離愁呢？是回憶那回兩位戀人分手時的情景：

那時候，正值暮春天氣。在分手的時候，楊柳紛披，更增添了離情別緒。但不知是楊柳千條隨風亂拂引得離人的心情更繚亂呢，還是離愁千縷使得風中的柳絲顯得更繚亂呢？更何況，柳絮漫天蓋地，濛濛一片，彷彿是漫天蓋地的離人之愁，柳絮隨風繚亂飛舞，也彷彿離愁繚亂得使人無法收拾。

看！情和景在這裏織成一片了。不知是情加強了景，也不知是景加強了情，但覺這離愁是無限廣闊，也無限繚亂。

下面是專就那女郎方面來寫。這裏使人看到有如《西廂記》雜劇「長亭送別」那一幕，但也許只是兩人私下裏話別罷了：

「嘶騎漸遙，征塵不斷，何處認郎蹤？」——兩人分手了。他騎着馬兒一步一步去遠了。在朦朧的光影中，只聽到馬兒的嘶叫。地面上騰起塵土，同漫天柳絮一攪拌，連人影都消失了。

以上是一段追憶。

下片，畫面轉入黃昏，她依舊回到自己居住的地方。

那是一座孤零零的小樓，樓前有一灣塘泊，密密長滿了春草。塘水一直向前面伸展，遠處橫着一排樹木。

地方倒是挺幽靜的。

「雙鴛池沼水溶溶，南北小橈通。」——她記起了她和他那段美好的生活。特別是當她從小樓上看下去，看見一對對鴛鴦在池塘裏戲水，她就想起：在池塘的對岸，她一眼就能認出來的小船兒正在水面上慢慢飄近了來；而每一回都引起她心臟的強烈跳動……

「南北小橈通」五字，粗看真像是一句閑文。其實換頭的文勢十分緊迫，決然容不下一句閑文（描寫一下與主角毫無關係的來往南北的小船兒）。這五個字是吃緊的。它暗暗遞出了兩人那段幽會的經歷。所以先用「雙鴛」來從旁襯托，又用「水溶溶」來增添歡樂的氣氛。我們要細細體會，才能悟出這句話的意思。

「梯橫畫閣黃昏後，又還是斜月簾櫳。」——如今，那人已經遠去了。每當黃昏過後，梯子便拉了上去，橫擱在小樓一角（舊時有些建築物的梯子是活動的，白天把它放下來，到夜裏，靠地下那一頭拉起，樓上樓下就隔絕了。李商隱《代贈》詩：「樓上黃昏欲望休，玉梯橫絕月中鈎。芭蕉不展丁香結，同向東風各自愁。」同「梯橫畫閣黃昏後……」是同一個意思）。樓上只剩下她獨個兒。斜月像往常那樣，依舊照進簾櫳，只不過這回是投下了她的孤影。

她忽然產生了強烈的怨恨：

「沉恨細思：不如桃杏，猶解嫁東風。」——一種無可開解的寂寞，使她詛咒那些讓她變成「出家人」的惡棍：我真是連桃花和杏花都比不上，它們還能夠嫁給東風，在春天的懷抱裏結出果子來。自己呢，連起碼的做人的幸福都給剝奪乾淨！

它是代表了千千萬萬被迫出家為尼的少女的怨憤的。

那是個吃人的社會。

「不如桃杏……」有人說是「無理而妙」。不知道這「無理」正是那摧殘人性的社會，那笑臉吃人的宗教製造出來的。

便是從藝術構思來說，也不見得無理。唐代王建《宮詞》有兩句說：「自是桃花貪結子，錯教人恨五更風。」李賀《南園》詩：「可憐日暮嫣香落，嫁與東風不用媒。」就是「桃杏嫁東風」的出處。後來賀鑄的《踏莎行》：「當年不肯嫁春風，無端卻被秋風誤。」則又是把韓愈的《落花》詩「無端又被春風誤」，加上張先的「不如桃杏，猶解嫁東風」加以點化，成為詠殘荷的名句了。有些詞人是善於玩弄這些伎倆的。

張先寫了不少豔詞，大都是感情淺薄，甚至是隨手應付之作。這是因為他平生流連花酒，「多近婦人」。因此蘇軾給他的詩，才有「詩人老去鶯鶯在，公子歸來燕燕忙」的句子。不過，這首《一叢花》，比較深刻地體貼了少女的心情，反過來襯托自己對她的懷念，卻是寫得很成功的。

木蘭花

龍頭舴艋❶吳兒競，筍柱秋千遊女並。芳洲拾翠暮忘歸，秀野踏青來不定。　行雲去後遙山瞑，已放笙歌池院靜。中庭月色正清明，無數楊花過無影。

歷代詞選家大都認為「無數楊花過無影」是一時名句。它之所以得名，從藝術的角度看來，唯一的好處就在於觀察事物的細緻入微。

誰都知道，小說要求有細節的真實。但是在詩詞中似乎沒有人特別提出過。其實細節的真實在詩詞中也一樣用得上。只是詩詞中細節的真實同小說的不完全一樣，它主要是要求突出詩的意境，而不僅服從於故事情節、人物行動的要求。

「無數楊花過無影」確是觀察入微的。楊花（柳絮）在月光底下飄過有沒有影子？乍問起來很難回答，因為平時不曾留意。如今經過作者點出，就覺得很新鮮，也頗有詩意。由此可見，儘管是很微小的事情，你能在別人還沒有留意的時候展慧眼、舒妙手把它擒住，以詩的意象加以重現，同樣能夠收到耳目一新的效果。

❶龍頭舴艋，龍舟。

這首詞題為「乙卯吳興寒食」。作者是浙江吳興人，詞中寫的是他家鄉寒食節日的熱鬧和個人的心理活動。乙卯是神宗熙寧八年（一〇七五），作者已是八十六歲的老人了（據夏承燾《張子野年譜》）。

詞的上片盡情寫出節日的熱鬧。下片卻轉而進入極冷靜的境界。在寫這種冷靜時，又用無數繚亂的楊花反襯出來，頗像王維的寫景小詩，靜境是通過熱鬧的事物來傳達和感染讀者的。

但也反映了作者晚年的特殊心境。青年人的心情和老年人的心情很不相同，對於熱鬧的節日、歡慶的場面，彼此之間也是反應不同的。青年人追求熱鬧，全身心都能融進熱鬧裏，熱鬧過了，還保留着心情的興奮。老年人卻不同，在熱鬧中還忘不了安靜，熱鬧過後更是要求安靜下來。張先在這首詞裏，真實地寫出自己這種暮年的感覺。

那時候，寒食節日有龍舟競賽，這恐怕是吳地相沿的風俗。我們從寒食賽龍舟這個地方習俗，倒證明了賽龍舟是為了紀念屈原的無稽。因為相傳端午是紀念屈原的節日，寒食是紀念介子推的節日。既然寒食也賽龍舟，可知它與屈原無關。它是東南水鄉民間的舊俗，來歷一定很古了❷。

相傳寒食節玩秋千是北方山戎的習俗（《淵鑒類函．歲時部》引《古今藝術圖》），《天寶遺事》又說是唐代宮女的遊戲。不知何時流行到東南各省來。秋千這玩意，正如蹺蹺板在朝鮮族是女孩子的玩意一樣，少女們憑藉它可以大顯身手。它可以由單人表

❷宋吳自牧《夢粱錄》卷二記載：「清明節……此日又有龍舟可觀，都人不論貧富，傾城而出，笙歌鼎沸，鼓吹喧天，雖東京金明池未必如此之佳。」

演，也可以由雙人表演。在郊外臨時搭起幾座秋千，裝飾得五彩繽紛。女郎也穿上五彩繽紛的衣裳，凌空飛舞，能同秋千架子扯個齊平，大有「風吹仙袂飄飄舉」的姿態，你隔着楊柳梢頭都能看見她們飄揚起來的裙子。

以上，一句是寫男子輩，一句是寫女兒們。使人看到水上岸上一派熱烈的氣氛，聽到一片喧呼的熱鬧。

江邊的淺灘，河上的洲渚，都長滿了各式各樣的花花草草，那原是野鳥做巢的地方，平時人跡罕至，只有寒食清明這幾天，女孩子們打夥兒來了，她們要找那種種色色野鳥的羽毛，看誰能找得最美麗、最出色的，看誰能找到最繁複的不同花樣。她們披花拂草，專心細意地找，比較着、吵嚷着，那種興致，簡直連天黑下來都不知道了。原來「拾翠」這種風俗，來歷也很古。三國時代曹植寫《洛神賦》，已有「或採明珠，或拾翠羽」的話，杜甫《秋興》詩也有「佳人拾翠春相問」的句子。可見從漢到宋，都有這個風俗。

至於郊野之上，人群就更多了，整天人來人往不絕。金盈之《醉翁談錄》說：「冬至後一百四日為大寒食，一百六日為小寒食。或以一百五日為官寒食，一百四日為私寒食。」幽蘭居士《東京夢華錄》說：「寒食第三節即清明日矣，凡新墳皆用此日拜掃，都城人出郊……四野如市，往往就芳樹之下或園囿之間，羅列杯盤，互相勸酬，都城之歌兒舞女，遍滿園亭，抵暮而歸。」所以也叫「踏青」。

上片這種寫法，像是國畫裏的四幅立軸。一幅畫着水上龍舟，一幅畫着柳蔭中秋千上的少女，又一幅是「拾翠圖」，最後一幅是「遊春景」。這種寫法在律詩中常有。例如杜審言《奉敕詠南山》：「北斗掛城邊，南山倚殿前。雲標金闕迥，樹杪玉堂懸。」張均《岳陽晚景》：「晚景寒鴉集，秋風旅雁歸。水光浮日出，霞彩映江飛。」都是如此。在詞裏，這種寫法卻不多，因為容易顯得平板。但張先此詞是極力渲染節日氣氛，這樣下筆自有他的道理。

下片，畫面來了個大轉換，這位詞人的情緒也來了一個大轉換。

「行雲去後遙山暝，已放笙歌池院靜」——他從熱鬧的郊外回自己家裏，正趕上歌兒舞女都已經表演完了，紛紛散隊去了。天色暗下來，屋內屋外便顯得一片平靜。

句中的「行雲」和天上的雲無關，那是當時舞女的代稱。在宋詞裏這種用法很多。如晏殊《鳳銜杯》：「暫時間留住行雲。」晏幾道《臨江仙》：「當時明月在，曾照彩雲歸。」指的都是歌舞伎人。張詞中的「行雲去後」和「已放笙歌」其實是同一件事，指歌兒舞女都已表演完畢。句中那個「放」字，正是指歌舞隊伍散去。馮延巳《采桑子》：「笙歌放散人歸去」，是同一意思。宋代的歌舞，出場叫「勾隊」，下場叫「放隊」或「遣隊」。王國維《宋元戲曲史》引鄭僅的《調笑轉踏》後說：「此種詞前有勾隊詞，後以一詩一曲相間，終以放隊詞，則亦用七絕。此宋初體格如此。」

老人這才覺得可以享受一下幽靜的趣味。

這時候，月亮出來了，恰恰把它的清光灑在院子裏。

微風吹拂，柳樹上的輕絮隨風飄舞，在月光底下，依稀可以看見它們在院子裏遊蕩着、回轉着，忽然又穿出牆外去。

可是，在地下，它們卻不曾留下一點影子，彷彿它們都是沒有影子的怪物。

這種細微的境界，在一個心情異常清靜的老人眼中，分明給放大了。

沒有更多的內容，也沒有付出艱辛的構思。它好像是隨意揮灑而成的小品畫，輕巧自然，只有那麼一點點藝術趣味，我們正不必追求它有什麼更多的深意。

北宋詞壇好以警句互相標榜，那也是一時風氣。張先的「三影」❸，宋祁的「紅杏」❹，以至賀鑄的「梅子黃時雨」❺……都是陸機《文賦》所謂「立片言以居要，乃一篇之警策」。作者以此自矜，別人也樂於稱道。從提高作品的藝術性來說，自然無可非議，但也不能過分強調，否則也會引致單純追求警句而忽視全篇的偏向的。

❸三影，「雲破月來花弄影」，「柔柳搖搖，墜輕絮無影」，「嬌柔懶起，簾押殘花影」。

❹見本書宋祁《木蘭花》。

❺見本書賀鑄《青玉案》。

晏殊

九九一～一〇五五

字同叔，臨川人。七歲能屬文，景德二年（一〇〇五）以神童召試，賜進士出身。累擢知制誥、翰林學士。慶曆中，拜集賢殿大學士、同中書門下平章事、兼樞密使。卒謚元獻。有《珠玉詞》一卷。

踏莎行

小徑紅稀，芳郊綠遍。高台樹色陰陰見。春風不解禁楊花，濛濛亂撲行人面。　翠葉藏鶯，珠簾隔燕。爐香靜逐游絲轉。一場愁夢酒醒時，斜陽卻照深深院。

生活在承平時代的晏殊，自幼便以神童的聲譽獲得皇帝的賞識。登第以後，歷任中樞和外郡官吏，一生沒有受到很大波折。宋朝優待官吏的制度，又給他安排了優厚的生活條件；再加上他那「喜賓客，未嘗一日不宴飲」（葉夢得《避暑錄話》），「留守南都……日以飲酒賦詩為樂」（葉夢得《石林詩話》）的生活積習，使他的「及時行樂」思想顯得特別突出。我們隨手翻翻他的詞集，就可以看到這類的句子：

座有嘉賓尊有桂，莫辭終夕醉。

不向尊前同一醉，可奈光陰似水聲。

一晌年光有限身，等閑離別易銷魂，酒筵歌席莫辭頻。

在一部《珠玉詞》中，這一類耽於享樂的篇章，幾乎觸目皆是。他怕的是年華易老，歡事無多，因此常常發出「夕陽西下幾時回」，「何人解繫天邊日」的歎息。這並沒有什麼奇怪，因為地位、名聲都有了，生活也夠舒服，已經沒有更高的奢求；只是對於不可抗拒的自然規律——衰老和死亡，不能不感到無可奈何，在抒發情感時往往不自禁地流露，而在宴樂中就更表現為「行樂須及時」了。

及時行樂或感歎時光易逝，其實都是一對雙生子。不過一個的面孔是喜樂的，一個的面孔是憂傷的。但那憂傷也不過是淡淡的哀愁，同真正的憂傷不是一回事。晏殊這一首《踏莎行》就是一個明白的例子。

有人在五代北宋的詞人中，硬求所謂諷喻寄託，於是出現了一種「鑿之使深」或探幽索隱的解釋。清代嘉慶年間，武進人張惠言特別提出這種宗旨。他在所錄《詞選》中硬是給那些本來就是花間、樽前的遺興之作安上「莫須有」的思想。例如溫庭筠的《菩薩蠻》變成《感士不遇賦》，韋莊的《菩薩蠻》也成為政治詩。這都是很難令人信服的。文藝作品的思想內容不可能脫離時代。任何一種文體也總有它成長、發展、變化的過程。詞在開頭的時候，封建士大夫不過以為它是不能登大雅之堂的小擺設，哪裏想到在其中灌注政治的諷喻！即使灌注了，當時又誰能領會呢？晏殊這首《踏莎行》，張惠言也不過以為「亦有所興」，未作具體猜索，而晚清的譚獻就硬是肯定為「刺詞」了。再到了黃蓼園手裏，索性大做文章，無中生有。他在《蓼園詞選》中分析此詞時說：

> 首三句言花稀葉盛，喻君子少、小人多也。高台指帝閽。東風二句，言小人如楊花輕薄，易動搖君心也。翠葉二句，喻事多阻隔。爐香句，喻己心之鬱紆也。斜陽照深深院，言不明之日，難照此淵也。

這簡直是隨心所欲地胡猜硬套。照這樣來「鑽牛角」，那結果不過是把讀者引入歧途，讓後者成為又一種索隱派的俘虜罷了。

五代和北宋早期的詞人，除了李後主這樣極少數的例外，基本上還離不開在花間樽前即興唱酬的門路，他們的作品絕大多數都是拿給歌女演唱的，寫的時候本來就是「持酒聽之，為一笑樂而已」（晏幾道自序《小山詞》語）。即使是抒寫本人的感慨，也是直抒性靈，毋須隱諱，哪裏就會動不動來個君子小人的諷喻！何況他們要有所諷喻，也盡有許多別的文體可供選擇，何必在這種還「不登大雅之堂」的小詞中進行寄託？豈不是白費心思！

常州派詞論家周濟也知道不應在北宋詞中亂求寄託。他說：「初學詞求空，空則靈氣往來。既成格調，求實，實則精力彌滿。初學詞求有寄託，有寄託則表裏相宜，斐然成章。既成格調，求無寄託，無寄託則指事類情，仁者見仁，智者見智。北宋詞，下者在南宋下，以其不能空，且不知寄託也；高者在南宋上，以其能實，且能無寄託也。南宋則下不犯北宋拙率之病，高不到北宋渾涵之詣。」（見《介存齋論詞雜著》）北宋詞的無寄託並不是它的缺點，因為這是時代的局限。我們既不該怪詞人，也不必硬在他們的作品中求什麼寄託，這才是求實的態度。

其實晏殊這首《踏莎行》，內容還是脫不了傷春光之易逝，感人生之短暫，和他寫的同一類的作品的基調是一個樣。

不妨逐句加以分析：

「小徑紅稀，芳郊綠遍」——這是春晚夏初的特有景色：人走在小路上，兩旁長着許多高高矮矮的樹木，卻只有稀稀疏疏點綴着少數的紅花；再看整個郊野，一望碧綠，野草灌木漫山滿地連成了一大片。春色已經消逝衰謝，初夏的氣息卻已十分強烈了。

「高台樹色陰陰見」—— 人走上高台，憑欄四望，遠遠近近的樹木，幽幽陰陰，濃綠滿眼。春天真是快要逝去了。

「春風不解禁楊花，濛濛亂撲行人面」—— 這是一幅活潑的春陰畫圖。它把上面的氣氛用近景加以擴大：你看，柳絮飛揚，漫天漫地，還不斷地夾頭夾臉地向過路人撲過去。時候到了，楊柳憑着它的本能要繁殖後代，它們濛濛漫漫，隨風亂舞，彷彿要加快速度把春天全部送走。

這上片，帶有濃重的惜春之感。可是在作者筆下，春色仍然是很美的，一點也不顯得衰颯。我們又彷彿看到唐代大詩人王維用活潑熱鬧的景物去描寫幽靜環境一樣，真是很高的手法。

這整整的一大段，我們假如另外拿幾個現成的字眼去形容它，那就正是李清照筆下的「綠肥紅瘦」—— 綠的勢力漸漸增強了，而相反，紅的卻漸漸消減了。

轉入下片，詩人已經回到室內來了。

「翠葉藏鶯，珠簾隔燕」—— 上句說，濃綠的樹葉把黃鶯兒的活動都遮掩起來。下句說，燕子早就定居在人家檐廊之間。是再點染一下春末夏初之景。

「爐香靜逐游絲轉」—— 人在春困之中睡着了。室內異常沉靜，只有博山爐上的香煙，柔柔裊裊，像樹上掛下來的游絲在空中飄蕩。

然而，這只是表面一層，它還藏着潛台詞，那意思是說：閑裏的光陰一點一點地逝去，正如爐煙裊娜，逐漸消失於虛空之中。

「一場愁夢酒醒時，斜陽卻照深深院」——本來是傷春，因傷春而小飲，因小飲而困眠。當他一覺醒來，原來夕陽已經斜斜照進深院之內。

上面反反覆覆寫了許多晚春的景物，到此際才下了一個「愁」字，以此點出此詞的基本情調。「愁夢」是春愁之夢。可見前面一大段，回環往復，寫的盡是對春逝的惋惜。

「愁夢酒醒時」卻接以「斜陽照深院」，詩人不過要告訴我們此時的感受：一醉醒來，斜日已經很低，一天的光景就如此悄悄地溜走；一天既是如此，一春豈不也是這樣！短暫的人生就在夕陽光影之中一點點消磨淨盡了。

詩人的想法不過如此而已。

整篇使用了委婉其詞的手法，卻不是神秘的比喻什麼君臣、善惡。詩人只是巧妙地運用景物的暗示能力來烘托作品的主題，讓讀者細細去尋味它的含義罷了。它的藝術技巧是高明的，但它的思想卻並不值得恭維。

兩宋詞壇中，像這樣一類作品，委實不少，這是需要讀者自己善於分辨、取捨的。

浣溪沙

一曲新詞酒一杯，去年天氣舊亭台。夕陽西下幾時回？　無可奈何花落去，似曾相識燕歸來。小園香徑獨徘徊。

晏殊的詞集叫《珠玉詞》，這名字真是起得恰好。《珠玉詞》裏，像珠般圓轉、玉似晶瑩的作品委實不少。王灼說他的風格是「溫潤秀潔」；馮煦又說是「和婉而明麗」❶，評價都很中肯。

這首《浣溪沙》是晏殊的名作之一。它很可以代表晏殊的基本風格。寫得那麼溫雅，那麼明淨，恰好反映了在那個相對承平的年代，又是他那種身份地位的人的基本情調。

但是這首詞卻是以「無可奈何花落去，似曾相識燕歸來」而知名的。

這一聯基本上用虛字構成。人們都知道，用實字作成對子比較容易，而運用虛字就不那麼容易了。所以明人卓人月在《詞統》中評這一聯時說：「實處易工，虛處難工。對法之妙無兩。」它雖然用虛字構成，卻具有充實的，耐人尋味和啟人聯想的內

❶ 見王灼《碧雞漫志》及馮煦《宋六十一家詞選例言》。

容，這就更使人覺得難能可貴了。

為什麼說它有耐人尋味和啟人聯想的內容呢？

你看它上句的「花」，既是指春天一開一落的花，又使人聯想到其他許多一興一亡的事情。下句的「燕」，既是指春來秋去的燕子，又使人聯想到像燕子那樣翩然歸來、重尋故舊的人或物。「花」和「燕」變成一種象徵，讓人們想得很開，想得很遠。

舉例說吧，「無可奈何花落去」，可以比擬去如逝水的年華，又可以比擬那無可回復的童心；但也可以喻指那些在歷史上注定要消亡的東西。同樣，「似曾相識燕歸來」，人們也不妨作出不止一端的聯想和比擬。不是有個小說就用《燕歸來》為題，喻指小說中那個去而復返的女主人嗎？

「無可奈何……」顯得何其無情；「似曾相識……」又是何其有情！一無情，一有情，對照強烈，互相激射，這樣也構成此聯起伏跌宕的藝術美。

可見這一聯之所以著名，並不是偶然的。

現在，讓我們回過頭來分析整首詞的安排結構。

詞的上片是寫他持酒聽歌的情景。

那個時代，富貴人家少不免都有自己的歌兒舞女，隨時隨地都可以演出。不要說大排筵席，便是家庭小宴或朋友清敍，都常有歌舞助興。晏殊的小兒子晏幾道曾追述自己的往事說：

始時，沈十二廉叔、陳十君寵家，有蓮、鴻、蘋、雲，品清謳娛客。每得一解，即以草授諸兒。吾三人持酒聽之，為一笑樂而已。

——《小山詞自序》

這就可見當時社會風氣之一斑。

晏殊是在自己私人的小花園裏一面喝酒一面聽歌，又趁着酒興寫些小詞給歌兒們當場演唱的。所謂「一曲新詞酒一杯」，寫的正是這種場景。

但他在此時卻忽然記起去年的事。

也是眼下那暮春時節，一樣的風和日麗，一樣的亭台樓閣，也同樣是「一曲新詞酒一杯」的場景。可是歲序匆匆，不覺之間一年又已過去了。去年這個時候，在醉意闌珊之中看着一步步西下的紅日；如今，同樣也是西下的紅日，人卻比前又老了。因而他不禁發出「夕陽西下幾時回」的感想。這是人生短暫、年華不再的深沉歎息。

於是他站起身來，背剪雙手，在園子裏徘徊起來。

看見繁花紛紛落地，他不禁低頭歎息：「哎！真是無可奈何！」

小燕子飛來了，就在屋檐下並排歇息，他又似驚還喜：「那不是舊年時的一對嗎？似曾相識啊！」

衝口而出，構成一聯。

難怪晚清評論家劉熙載說這兩句是「觸着」❷。

「觸着」是什麼意思？就是所謂「文章本天成，妙手偶得之」。用現代語言來說，生活中本來便有無限可以構成文藝作品的素材，但有人能從生活中汲取，有人卻缺乏這種本領；也有人冥思苦想，未必能把素材提煉篩選得好，有人卻能在某種觸發中寫出精警的成品。然而不管是「觸着」，還是「偶得」，沒有平時的生活積累，沒有一定的藝術素養，卻又只是一句空話。

所以儘管是一首小詞，或詩詞中的一聯一句，要寫得真好，總不能靠碰一碰運氣的——我是這樣來理解「觸着」。

❷見劉熙載《藝概》。有人說此聯下句是別人替他想出來的。見《復齋漫錄》，未必可信。

采桑子

時光只解催人老，不信多情，長恨離亭。淚滴春衫酒易醒。　梧桐昨夜西風急，淡月朧明，好夢頻驚。何處高樓雁一聲？

這是晏殊一首膾炙人口之作。

短短四十四個字，寫出人生一種深沉的感慨。音節如此嘹亮，情感如此鬱勃，真像聽到天際的一聲雁唳。雖然是那樣短促的數聲，卻悲涼淒緊，盤旋迴蕩，使你的心情無法立刻平息下來。不過，它雖然使你沉思，惹起你一縷閑愁，卻不會使你覺得陰森恐怖。它那強力震撼的幅度，恰好維持在你情感能容納的寬度之內，因而你的感動是在情感的振幅之內迴蕩，是引起深深的讚歎，浮起對人生的許多聯想。正如一杯真正醇美的酒給你產生的魅力。

好的藝術作品就有這種效果：以它的力量強烈襲擊你，你卻緊緊迎抱它。就在這一刹那，你的感情忽地向上升華了。在驚喜交集中，你似乎進入一個新的境界。這也許便是藝術的力量。

晏殊是處在北宋承平時代的一位高級官吏，他的作品一般說沒有很了不起的思想深度，生活的圈子也不闊大。他有一角安靜而又並不沉寂的小天地。就在這一角天地裏，他抒寫了他的歡樂與悲哀，感情卻是如此真摯，筆下又是如此光華。從來欣賞他的作品的人都由衷敬佩，不是沒有理由的。

讓我們看看他在這首小詞裏怎樣來打動廣大讀者的心靈吧。

「時光只解催人老」——這是每一個珍惜時光的人同樣都有的感受。看似平常，細想起來，所謂「時光」，到底是怎麼回事？它除了每時每刻催人老去，還有別的什麼意義呢？詩人一入手就端出「時光」這個問題逼到人們眼前，逼着人們不能不點頭承認：這是無可奈何的事實。這樣就先把讀者的感情有力地調動起來了。

「不信多情，長恨離亭」——人，是宇宙間富有感情的生物，照理在親人之間，不應該永遠彼此分開，永遠在離別之中過日子吧。可是，儘管你不相信事情會如此不妙，事實卻又正是如此。再想想吧，人一天天地老下去，又一天天地隔別着。如今，你不相信的不由你不相信了。這又怎能不使人為之慨歎不已？

「淚滴春衫酒易醒」——因為感時光之易逝，悵親愛的分離，無可開解，只有拿酒來暫時麻木一下自己；然而不久便又「淚滴春衫」，可見連酒也不能使自己暫時忘卻煩惱。

以上三句，三層抒發，一層比一層迫緊。驚心於時光易逝，這是一。想不到有情人長期隔別，這是二。企圖忘卻而又不能忘卻，這是三。三層意思，層層相扣，層層拉緊，把讀者投入強烈的心情震盪之中。

於是，在下片，詩人進一步給你以更具體、更濃密的形象，使你的心靈震盪達到最高的頻率。

「梧桐昨夜西風急，淡月朧明」——已經是「淚滴春衫酒易醒」，忽然西風颯颯，桐葉蕭蕭，一股涼意直透人的心底。抬頭一看，窗外淡淡月色，朦朧而又慘淡，彷彿它也受到西風的威脅。

「好夢頻驚」——這好夢，是離人的重逢？是生活的歡樂？是美好事物的幻現？……然而每當希望它多留一霎的時候，它就突然破滅了。而且每當一回破滅，現實的不幸之感就又一齊奔集而來。此時，室外的各種音響，各樣色彩，以及室中人時光流逝之感，情人離別之痛，春酒易醒之恨，把剛才的好夢全都打成碎片了。

這裏，「好夢頻驚」四字恰似點睛之筆，它一手拉着上面，一手牽起下面，把室中人此際的感受放大成為一個特寫的鏡頭，讓人們充分感受其中的沉重的分量。

「何處高樓雁一聲」——雜亂的音響、色彩，室中人沉抑的情緒正在淩亂交織之中，突然飛出一聲高亢的哀音。這一聲哀厲的長鳴，是如此突如其來，使眾響為之沉寂，萬類為之失色。這是孤雁的哀唳，響徹天際，透入人心，牠把室中人的思緒提升到一個頂峰了。這一聲代表什麼呢？是感覺深秋已經更深嗎？是預告離人終於不返嗎？還是加劇室中人此時此地的孤獨之感呢？不管怎樣，牠讓人們想得很遠，很沉，一種惘惘之情使人不能自已。

傷離，難道就是不健康的嗎？不！它是正常人的感情。也是對不合理的現象的控告。誰能容忍親人的永遠離別呢？誰能說它是「合理」的現象呢？因此，像反映這樣的感情的作品，又怎能不引起廣大讀者的共鳴呢？

蝶戀花

檻菊愁煙蘭泣露，羅幕輕寒，燕子雙飛去。明月不諳離別苦，斜光到曉穿朱戶。　昨夜西風凋碧樹，獨上高樓，望盡天涯路。欲寄彩箋兼尺素，山長水闊知何處？

㊊

端正好

杜安世

檻菊愁煙沾秋露，天微冷，雙燕辭去。月明空照別離苦，透素光，穿朱戶。　夜來西風凋寒樹，憑闌望，迢迢長路。花箋寫就此情緒，特寄傳，知何處？

我特意把上面兩首詞並列在一起，讓讀者對照着看。我想讀者看了以後，一定會覺得奇怪的。兩首詞內容基本一樣，不但寫景抒情相似，連構思都是雷同的。可是作者和詞牌卻都不同。是誰抄襲誰的？年代孰先孰後？現在我們實在都無從回答。

但是有一點是很明顯的：拿兩首詞對比研究，那高下精粗之別一眼就能看出。前者，晶光煥發，奇彩四射；後者，乾癟粗陋，黯淡無光。真像一件傳世奇寶和一件蹩腳的贋品並列在一起。

本來，既然描寫的內容相同，表達的情感差不多一樣，連藝術構思也像從一個模子裏出來，僅僅有些字眼兒變動，為什麼藝術效果竟會完全不一樣？這真是一個值得很好去探究的問題。

幾個字眼兒看來不太重要。假如不是文藝作品，只要表達的意思準確無誤，行文用字是不必太計較的。可是文藝作品，特別是詩詞，情況就完全兩樣了。三幾個字眼兒的變動，就會出現大不相同的效果。許多評論家都引用過「春風又綠江南岸」和「前村深雪裏，昨夜一枝開」之類的例子。這些例子也都能說明問題。但到底只是一字之差。這兩篇卻不是一字之差，而是整篇作品藝術性的精粗高下。這裏面牽涉到選字的技巧、語氣的斟酌、意境的安排、字面的修飾這一系列屬於藝術形式方面的問題，也就是形式對於內容的作用的問題。不要一聽到形式就以為是形式主義，兩者本來是兩回事；也不要以為換掉個把字眼兒是微不足道，它可以把一首很好的詩或詞弄得面目全非。

不妨就拿這兩首詞進行一番解剖。

晏：「檻菊愁煙蘭泣露。」

杜：「檻菊愁煙沾秋露。」

這句只是借物起情。一層意思說，時節已是秋色漸深。另一層意思說，連花草也帶上哀愁的情態。晏和杜的區別只是杜詞少了一個「蘭」字，多出一個「秋」字，又把「泣」改為「沾」。少了「蘭」字，物象就缺乏豐滿的感覺；多出「秋」字又反而成為蛇足了。但差別仍不算大，可以略而不論。

晏：「羅幕輕寒，燕子雙飛去。」

杜：「天微冷，雙燕辭去。」

這一下就差遠了。首先，「羅幕」比起「天」來，內在的感情要強烈得多。羅幕不僅是燕子每天出入必經之地，同燕子的關係十分親切，更重要的是點出羅幕的輕寒，從而暗暗透出畫堂朱戶中人所感到的秋意。用了「羅幕」，主體便是有情感的人，而燕子則是作為陪襯的物。正是由於主體是人而不是燕子，所以「燕子雙飛去」就不在於客觀地寫出燕子，而是帶上室中人物特有的感情色彩，寫人及其感情了。由於這句透出了人，連同上文的「檻菊」和「蘭」都染上感情的色彩，而並非泛泛之筆了。

反觀杜安世的「天微冷，雙燕辭去」，主體只在於雙燕，牠們不過因為天氣寒冷就飛走罷了。生物界的自然規律，和人們的感情有什麼相干？我們讀了無動於衷，不是完全有理由嗎？

其次，「羅幕」、「輕寒」、「燕子」、「飛去」八個字緊緊扣在一起，暗示室中人本已十分孤寂，加上秋意淒惻，不料連燕子也不辭而別，那苦惱更是可想而知。可是杜安世硬加上一個「辭」字，好像雙燕還會向人辭行，這就反而把本來構成的強烈情感給削弱了。

晏：「明月不諳離別苦，斜光到曉穿朱戶。」

杜：「月明空照別離苦，透素光，穿朱戶。」

晏殊的意思，不但燕子不辭而別，這般無情，連月亮也不懂得人的離別之痛。這就比杜的「空照」更為深刻。正如契訶夫筆下的馬車夫要向馬兒傾訴自己失去兒子的不幸那樣，不幸的人，總想有人同情自己的遭遇。就算是月亮也罷，如果還懂得同情，也是一種慰藉。不料竟連明月也「不諳」，只是冷漠地「斜光到曉穿朱戶」，那麼，他還能向誰告訴呢？句中還下了「到曉」二字，暗示離人由於思憶而一夜無眠，比之杜安世只說「透素光，穿朱戶」，那感情的分量也沉重得多。

晏：「昨夜西風凋碧樹。」

杜：「夜來西風凋寒樹。」

這句雖然只有「碧」、「寒」一字之差（「夜來」就是「昨夜」，可以略而不論），但給讀者的感受也是完全不同的。因為原是一片碧綠的樹林，僅在一夜之間，就給西風整個地毀掉了。這是多麼使人心靈震動的事，怎能不引起人們許多不幸的聯想（正如魯迅先生說的：把美好的東西毀掉給人看是悲劇）。但如果本來已是「寒樹」，按照自然的規律，反正是要凋謝的，有什麼值得可惜呢！所以，「碧樹」的凋和「寒樹」的凋，看來只換了一個字，給人的感受卻完全不同。真是「差之毫釐，謬以千里」。

晏：「獨上高樓，望盡天涯路。」

杜：「憑闌望，迢迢長路。」

在這裏，晏殊突出了「獨上」，而且是「高樓」。顯示人物憑高遠眺，四顧茫茫，萬感交集，無可告語的悲哀。「望盡」二字，又可見此人懷念之深，離人相去之遠。「天涯路」，說實在是無法看見的，它只存在於懷遠的人想像之中。

回看杜安世的「憑闌望，迢迢長路」，不但平淡乏味，而且人物毫無神采，不過是一個望遠的影子而已。

晏：「欲寄彩箋兼尺素，山長水闊知何處？」

杜：「花箋寫就此情緒，特寄傳，知何處？」

兩句是全首的結穴，因此晏殊使用了複疊句法。「彩箋」指詩詞，「尺素」指書信。雖不全同，都是寄情的物事。不避重複，正是為了加強欲寄無由的可悲現實。「山長」「水闊」，也是複疊，同樣為了強調「知何處」的悵惘。詩人在結尾有意用了重筆，使感情顯得更加沉重了。我們回看杜安世的結句，就會發現它真是何其平淡，何其乏味❶！

❶ 晏殊此詞又見侯文燦《十名家詞》本《張子野詞》。亦作「欲寄彩箋兼尺素」。而《詞綜》作「無尺素」，恐非。

比較這兩首詞，人們不難看出，選詞用字，排比句式，這些屬於形式的東西，絕不像裝潢粉飾那麼簡單，更不是故意玩弄辭藻，把芳草換成「王孫」，月亮說成「嫠蟾」，就可以「不同凡響」了。完全不是這回事。我們說的形式，是活潑的有生命的東西，運用得好時，形式就和內容緊緊融成一體，成為作品生命中不可缺少的一部分。正如缺少了太陽特有的形式就不能稱為太陽，缺少了月亮特有的形式也不能稱為月亮一樣。試看晏殊這首《蝶戀花》，換掉哪怕是幾個屬於形式方面的字眼兒，就整個變了樣，成為杜安世名下的《端正好》了。雖然從內容來說沒有多大的不同，可是誰也不想提到它了。

形式的作用，值得我們深入去探討。

杜安世，字壽域。《全芳備祖》稱之為杜郎中。大略與晏殊同時或稍後。他的作品境界不高，欠缺韻味，言情之作較多，卻又大都膚淺，還顯出有意造作的痕跡。比起柳永來，風格是有不少相似之處，但柳比他才華高出甚遠，反映生活也比他豐富。相形之下，他只能是柳派的二三流作手。我疑心他也像柳永那樣，做官不成，卻向秦樓楚館寫些嘲風弄月的曲子，替歌女伶工提供演唱材料。因而雖也流傳下一本《杜壽域詞》（有《宋六十名家詞》本），其生平行誼卻湮沒無聞了。

宋祁

九九八～一〇六一

字子京，安陸人。天聖二年（一〇二四）與兄庠同舉進士。累官知制誥、工部尚書、翰林學士承旨。卒謚景文。有《宋景文公長短句》，趙萬里輯。

木蘭花

東城漸覺風光好，縠皺波紋迎客棹。綠楊煙外曉寒輕，紅杏枝頭春意鬧。　浮生長恨歡娛少，肯愛千金輕一笑？為君持酒勸斜陽：且向花間留晚照！

這是小宋相公的唯一名作（指詞而說），其中「紅杏枝頭春意鬧」又是此詞的唯一名句。不僅作者當時就因此獲得「紅杏尚書」的美號，而且千載以來，仍然頗受倚聲家的賞識。主張「境界說」的王國維甚至激動地說：「『紅杏枝頭春意鬧』，著一鬧字而境界全出矣。」真是傾倒之至。

不過，人的口味有相同的，也有很不相同的。在一片讚頌聲中，也有破口大罵的人。清代以研究戲曲得名的李漁便是其中一個。他說：

若紅杏之在枝頭，忽然加一鬧字，此語殊難著解。爭鬥有聲之謂鬧。桃李爭春則有之，紅杏鬧春，予實未之見也。鬧字可用，則吵字、鬥字、打字皆可用矣。……予謂鬧字極粗俗，且聽不入耳。非但不可加於此句，並不當見之詩詞。

——《窺詞管見》

這位李老夫子真是頗有悻悻然的神氣。說得那麼激昂，還大有推翻千古定案的味道呢！可惜在這段話裏，恰恰暴露了他的不懂藝術。

他只知道「爭鬥有聲之謂鬧」，不知道無聲的繁盛也可以謂之鬧。不信試舉北宋時期的幾個例子來說吧。蘇軾說：「睡眼忽驚矍，繁燈鬧河塘。」黃庭堅說：「車馳馬逐燈方鬧。」秦觀說：「紛披枳與棘，爾復鼓狂鬧。」晏殊說：「宿蕊鬥攢金粉鬧。」韓琦說：「風定曉枝蝴蝶鬧。」你看，燈火、枳棘、蝴蝶、金粉，這些難道不是無聲的鬧？它們都可以鬧，為什麼紅杏在枝頭就不可以鬧呢？

而且「鬧」又有什麼粗俗，為什麼不能用於詩詞？歷代詩詞用所謂「俗字」的多得很，誰定出一條禁例，說俗字就不能用？龔自珍說得好：「雅俗同一源，盍向源頭討……不見六經語，三代俗語多。」《詩經》、《楚辭》滿眼都是當時的俗語，不知李漁對此又作怎樣的解釋？

琢句用字自然要「新而妥，奇而確」。李漁認為「鬧」字是不妥也不確。其實藝術是客觀和主觀結合的結果。客觀事物本來沒有聲音，主觀的感受卻可以聽出聲音。「此時無聲勝有聲」，恰好說明主觀不會完全受客觀的局限，它有自己「能動」的天地。所以即使「鬧」的本義是「爭鬥有聲」，詩人仍然可以大寫「燈火鬧」、「蝴蝶鬧」、「春意鬧」。這和「不妥」，「不確」恰好相反，是不妥中的極妥，不確中的極確。不理解這層道理，就很難說他已經懂得了藝術。

舉此為例，不過聊以「隅反」而已。

宋祁這首詞是在宴會上寫給一位歌女演唱的。他真是料不到居然能夠流傳千古。

上片寫他春日遊湖的所見。湖在城東，春色撩人；這一回的遊比起上一回春意又濃了些，所以說「漸覺風光好」。湖面無風無浪，船兒經過只是蹙起一些細碎波紋，像絲織品中的縐紗，所以說「縠縐波紋」。

「綠楊煙外曉寒輕」——寫一句遠望。綠楊如煙，是從眼裏看出；但曉寒卻不能從眼裏看出，至於曉寒的輕和重更不是能拿眼睛的視覺稱量得了的。可是詩人卻明明看出了「曉寒輕」，豈非奇事！其實，這不是眼睛可以代替皮膚的感覺，也不是眼睛可以代替砝碼，它是人們長久的生活的積累，讓眼睛具有這種本領罷了（當然，輕也是微弱的意思）。可是又不知誰人把「曉寒輕」改成「曉雲輕」（見《增修妙選群英草堂詩餘》卷上），也許認為「寒」是不可見的，只有「雲」才能用眼睛分辨它的輕重吧！此人又未免把人對客觀世界的感覺能力區分得太死板了。

「紅杏枝頭春意鬧」——寫一句近看。他看到的不僅是紅杏在鬧，而且是春意在鬧。說「紅杏鬧」還有形象做根據，「春意鬧」就連這個根據也沒有了。可是「春意鬧」卻脫出形象的局限，令人感到的不僅僅是幾株紅杏在競放繁花，而是整個眼前視野、整個天地都呈現春色。藝術的感染力量因此就更強烈了。所謂「著一鬧字而境界全出矣」，看來便是這個意思。

下片，是一般的抒情。

「浮生長恨歡娛少，肯愛千金輕一笑」——西漢著名歌者李延年寫過一首歌，有「一笑傾人城」之句。這裏的「一笑」指的也是眼前一位歌女的媚態。詩人說他應該重視這一笑，這一笑比千金還重。因為人生歡樂的日子畢竟是不多的。這句話大抵也影響了《紅樓夢》的作者，特意寫了一回書叫做「撕扇子作千金一笑」。裏面說：「古人云：千金難買一笑，幾把扇子，能值幾何？」小宋相公這兩句，當然是反映了封建上層人物的玩樂思想。

「為君持酒勸斜陽：且向花間留晚照」——「君」是對那位歌女說的。「為了你，我持酒勸說斜陽：你慢點兒下去，把你那溫暖的餘光留在我們這個花叢裏吧！」這種心情和晏殊一樣，希望好光景能夠多逗留一會兒。

五代、兩宋的許多詞，都是在酒邊花間隨手寫下來的，寫好了就交給歌女們即席演唱，作者並不曾拿它作為「名山事業」。所以向子諲《酒邊詞》胡寅的序言說：「詞曲者，古樂府之末造也……然文章豪放之士，鮮不寄意於此者，隨亦自掃其跡，曰謔浪遊戲而已也。」他們大抵都不承認自己寫的詞曲有什麼重要的作用。後來清詩人龔自珍也說：「詞家從不覓知音。」至於有些花間酒邊的作品給人傳唱開來，流行久遠，那常是連作者自己也沒有料想到的。小宋這首詞因「紅杏」句而大受讚賞，在本人只是偶然得之，並未十分着意，我們也用不着埋怨它只有那麼一點點空洞的內容。

柳永

生卒年不詳，初名三變，字耆卿，崇安人。景佑元年進士，官至屯田員外郎。有《樂章集》。

八聲甘州

對瀟瀟暮雨灑江天，一番洗清秋。漸霜風淒緊，關河冷落，殘照當樓。是處❶紅衰翠減，苒苒❷物華休。惟有長江水，無語東流。　不忍登高臨遠，望故鄉渺邈❸，歸思難收。歎年來蹤跡，何事苦淹留？想佳人妝樓凝望，誤幾回天際識歸舟。爭❹知我、倚闌干處，正恁❺凝愁。

❶是處，處處、到處。
❷苒苒，同冉冉，逐漸推移貌。
❸渺邈，遙遠。
❹爭，同怎。唸平聲。
❺恁，這樣。廣東口語的「咁」，疑從此出。

宋王朝建國後，經過幾十年的休養生息，農村經濟有了長足發展。「自景德（真宗年號）以來，四方無事，百姓康樂，戶口蕃庶，田野日闢。」（《宋史·食貨志》）農村的安定蕃庶又促進了城市經濟的繁榮。隨着城鄉物資交流的頻繁，工商業得到較大的發展，也刺激了城鄉間的文化藝術事業，雜劇、舞蹈、音樂、雜藝、講唱、說書……不但出現於城市，也深入到農村。於是，在民間早有深厚基礎、又為文人學者樂於接受的詞，也進一步獲得更廣大的市場。那時不僅舞蹈需要詞，音樂需要詞，雜劇需要詞，講唱需要詞，連說書的藝人，也往往在開場時唱上幾段，在間歇時插入一闋，以顯示自己的文雅。至於酒筵歌席之上，祖餞離亭之間，詞曲更是少不了的點綴。

這樣就當然造就了一大批詞的撰作者。

在這些撰作者中，烜赫著名的就有一個柳永。

柳永雖然也中過進士，做過屯田員外郎，但一生窮愁潦倒，經常「流連坊曲」，過着放浪的生活。所以他的詞多數還是寫給歌女或伶工演唱用的。這些歌兒舞女主要是集中在都市獻技，而三四流以下的角色卻在農村集鎮謀生，於是柳永的詞便首先在都市、繼而在農村流傳開來，乃至「凡有井水飲處皆能歌柳詞」，成為極有影響的作家。

有人說柳永的詞屬於市民文學。這自然是不錯的。正因為他的詞多是應伶工歌伎之求而撰，所以在內容上，也大抵是描寫城市繁華、愛情邂逅、遊子行役、遠客思鄉以及離筵別緒、妓女聲容之類，帶着濃厚的市民色彩。而伴隨着這些內容而來的，是柳詞的風格以及藝術手法，都不同於文人雅士之制，它是比較徑直袒露，也比較浮薄和淺近，愛用白描，時雜俗語。它不可能深婉，也不適用幽窈，更不應該晦澀，否則聽眾將會「望望然去之」。

話本中有一篇《眾名姬春風弔柳七》。說是柳永死後，每逢寒食節日，汴京妓女就到郊外集會，弔祭柳永。這個故事見於《古今小說》卷十二，其來歷很可能是話本的「宋元舊篇」。這個故事之所以流傳，顯然因為柳永對歌伎伶工有過卓越的貢獻，歌伎伶工們於是奉他為唱本的祖師爺，歲時致祭，相沿成風了❻。

我們如能用評價市民文學的眼光去看柳永的《樂章集》，那便不難澄清許多誤解，少說一些廢話。歷代不少評論家，對他不是毀譽參半，便是毀多於譽，如清人劉熙載說他「惡濫可笑者多」。馮煦說他「好為俳體，詞多媟黷」。不知市民文學從先天便帶來了這個「胎記」，我們沒有必要拿看待文士詞的眼光去看待柳詞。

在兩宋，一定還有同柳永一樣專門為歌伎伶工撰寫台本的文人，可惜其人大都失傳，即有，亦難以確指。我就疑心那個被稱為「杜郎中」的杜安世，便是其中的一人。可惜是「史闕有間」，只能從他現存的作品內容、風格加以推測，此外便找不出更多的證據了。

本來這些人物最容易遭到埋沒。柳永之所以能夠不受正統派文士的抹殺，除了因

❻宋曾敏行《獨醒雜志》：「（柳）既死，葬於棗陽縣花山。遠近之人，每遇清明，多載酒餚，飲於耆卿墓側，謂之弔柳會。」棗陽縣在湖北。又據清王士禛《帶經堂詩話》：「柳七葬真州仙人掌，僕嘗有詩云：殘月曉風仙掌路，何人為弔柳屯田？」真州即今江蘇儀徵縣。傳說紛紜難辨。

後者也常寫些「詞多媟黷」的東西，無法專責前者之外，恐怕主要還在於柳永雖然「涉俗」，卻又能雅。連蘇東坡也不能不承認，「霜風淒緊，關河冷落，殘照當樓」數語，不減唐人高處（見趙令畤《侯鯖錄》）。可見當時即使有人想加以抹殺也是無計可施的。

《八聲甘州》是柳永名作之一，屬於遊於思鄉的一般題材，不一定是作者本人在外地思念故鄉妻子而寫，據我看，為了伶工演唱而寫的可能性倒還大些。然而，對景物的描寫，情感的抒述，不僅十分精當，而且筆力很高，實可稱名作而無愧。

詞的開頭，「對瀟瀟暮雨灑江天，一番洗清秋」，就給人以強烈的節屆秋深之感。雨是暮雨，聲是「瀟瀟」，勢頭又是「灑」，而背景是「江天」，卻又着一「洗」字，於是這「清秋」便在暝色暮雨中涼沁沁地出現了。句中的「洗」，是個精選的字眼。清秋不是季節帶來的，也不是自然而然出現的，它是「洗」出來的。一場涼沁沁的暮雨，把秋天給洗出來了。這就給人強烈的印象。

從這個「洗」，我們可以看出，柳永的作品絕不是隨筆揮掃的，他倒是不肯放過一個重要的字眼。「洗清秋」的「洗」，和杜甫「萬里風煙接素秋」的「接」，劉兼的「寒菊年年照暮秋」的「照」，李中的「一城砧杵搗殘秋」的「搗」，都是很有氣氛的。「洗清秋」當然也有來歷。韓愈《酬司門盧四兄雲夫院長望秋作》詩：「長安雨洗新秋出，極目寒鏡開塵函。」早已用過了。金代詩人段成己有《中秋》詩：「萬籟聲沉暮靄收，長河瀉浪洗清秋。」怕也是從韓愈或柳永句中得來的。

接下去，「漸霜風淒緊，關河冷落，殘照當樓」，進一步將「秋」字逼緊。緊隨秋雨而來的，是挾着霜氣的西風。由於霜氣，所以它比一般秋風不同，它是淒涼的，那淒涼還分明有一股緊逼着人的力量。「關河冷落」，又推出一個大景。這冷落因霜風而來，這霜風卻又把剛才的暮雨吹散了。於是，重露出一輪紅日，把它的殘光斜斜射入城樓之中。這時，人們便可以看到有人正站在城樓之上，放眼遠處，心頭湧起一派秋情，眼底出現一片秋色。句中「殘照」固然呼應上文的「暮」，更重要的是引出「當樓」，也就是引出樓上的人。有了這人，全部秋景都染上人的感情，不再是自在的事物了。

這三句，蘇東坡讚賞為「不減唐人高處」；清人劉體仁則認為與「敕勒川，陰山下……」那首北朝民歌同妙（見《七頌堂詞繹》）。都是感覺到它的氣象闊大、境界超妙，在詞中十分難得，而且寫羈旅之情，則更為難得。即便說，這三句是從李白《憶秦娥》：「西風殘照，漢家陵闕」和殷仲文詩：「風物自淒緊」變化出來，那也是化用得很高明的。

「是處紅衰翠減，苒苒物華休。惟有長江水，無語東流」——從文勢來說，上句是一瀉直下，下句則是重新振起。在秋雨秋風中，一切紅的綠的都已黯然失色，不可抗拒的自然力量把美好的景物一步一步推向消亡。可是，滔滔漭漭的長江卻仍舊無盡地奔流着。作者下了「無語」二字，不知是道出天地的無情呢，還是描畫大江的遠闊，抑或認為長江對於這蕭瑟的秋氣也感到悲哀呢？恐怕都有一點吧！

「長江無語」，是融景入情。長江東流，不可能沒有一點聲息，然而詩人有意撇開它那聲息，反來強調它的「無語」，主要還在於顯示大自然的「無情」。因為「紅衰翠減」本來便已引起遊人的悲涼之感，但這悲涼只是人的感覺，無情的江水卻絲毫也不加以理會，正因江水無情，就使登臨的遊子倍覺難堪。

歇拍至此已將遊子的感情曲折傳出，於是在轉入下片時，便如水流花放，自然湊合。

下片轉入抒情。

正面點出是遊子思鄉。本來「不忍登高臨遠」，因為怕引起鄉愁，但又終於要登高遠望。可見心情矛盾，已到了無法自制的程度。而遠望之後，那「歸思」（要趕回家鄉的念頭）卻更加難以收拾。行文一起一跌，忽揚忽抑，把遊子的曲折心情，寫得異常真切。

下面用一「歎」字進一步挑動感情。年來的「蹤跡淹留」，當然有不得不如此的苦衷。比方說，因為外出謀生，卻總是百事無成，所以有鄉也難回返；比方說，為了考取科舉功名，卻不幸落第，愧無面目回見鄉中父老；又比方說，出外謀求一官半職，卻還延時日，迄無成就，自然難以回家。可是，作者卻故意用了「何事」二字，好像不回家鄉是不成理由的。其實那苦衷是不用明說，改用反問的語氣，更富於含蓄。

「想佳人」兩句，是用所謂「對面寫來」的手法。正如王昌齡的《青樓曲》：「樓頭小婦鳴箏坐，遙見飛塵入建章。」寫的是樓頭那少婦從高處遠望夫婿飛馬馳入宮門的情景，而不直接寫那得意洋洋的夫婿。又如杜甫的「遙憐小兒女，未解憶長安」，以小兒女不解憶父，反襯出自己在長安苦苦憶家。是加一倍的寫法。柳永在這裏也是以家中「佳人」的「凝望」，以及「誤幾回天際識歸舟」來做反襯，更顯得遊子思歸之心切。

家中的思婦既然「誤認」了好幾回的「天際歸舟」，想必一定十分怨恨，以為夫婿在外流連花酒，簡直不想回去，甚至連家中的妻子也忘記了。這話在詞裏沒有明說，卻用「爭（怎）知我」三字暗中帶出：她怎麼知道我正在想念她，整日倚在欄杆，凝愁遠望，實在是有家歸不得啊！

這樣，便把遊子的痛苦心情加倍地揭示出來了。

最後的「正恁凝愁」，呼應上文那一大段景物的描寫。那暮雨江天，霜風淒緊，那紅衰翠減，江水無語，便處處都帶上了離人的感情色彩。有如「銅山西崩，洛鐘東應」，針線細密，組織嚴緊。這也是值得注意的地方。

這樣的一首詞，假如在秦樓楚館中演唱，在都市的遊子耳中聽來，那該是多麼移情動志啊！它在當時之所以盛行，連蘇東坡也不禁為之歎賞，當然是不為無因的。

雨霖鈴

寒蟬淒切，對長亭晚，驟雨初歇。都門帳飲無緒，留戀處、蘭舟催發。執手相看淚眼，竟無語凝噎。念去去千里煙波，暮靄沉沉楚天闊。　多情自古傷離別，更那堪冷落清秋節！今宵酒醒何處？楊柳岸、曉風殘月。此去經年，應是良辰好景虛設。便縱有千種風情，更與何人說？

這是柳永在汴京（今河南開封市）「留別所歡」的作品——然而誰又知道他是不是一種代人立言的擬想之作？此篇在柳詞中一向著名。作者通過景和情的濃重描寫，編織了一個充滿了離情別緒的「秋色的網絡」，把聽曲者的感情緊緊逮住。這就是它之所以動人的地方。

文藝作品的抒情，有人以含蓄見勝；也有人正好相反，以發露無餘來取得效果。柳永這首詞使用的正是後一種。它說得十二分赤裸，十二分盡情，絕不吞吞吐吐。多數市民文學都有這種傾向，因為它的欣賞者不耐煩去細細品味那深微隱約的內在美，他們寧可喜歡一聽就「入耳酸心」的情詞，認為這樣才能獲得情感上的充分滿足。

詞在一開頭就展開一幅帶着別離情味的秋景。蟬在淒涼地嘶叫，郊外送客之處，天色漸近黃昏，剛下過一場驟雨，斜斜的落日射出無力的餘暉。我們彷彿又讀到唐代詩人王維的名句：「渭城朝雨浥輕塵，客舍青青柳色新……」只是王維寫的是春景，此詞則鮮明地令人感到一股蕭瑟的秋味；王維寫的是早晨的氣氛，此詞則安排環境在黃昏之際；王維用「柳色青青」作點染，此詞則用寒蟬的鳴聲來增色；而一則「客舍」，一則「長亭」，字面上似異而實同。可見柳永在化用前人的名句時，很有辦法，是活用而不是死套。

四、五兩句，正面寫出在江邊的離別。「都門」是北宋京城汴梁城門。「帳飲」說明是餞別。古人為友人送行，或稱「祖道」，或稱「祖餞」，或稱「祖帳」，因送別時設帷帳、供筵席，所以又叫「帳飲」或「張飲」。江淹《別賦》：「帳飲東都，送客金谷」，便是此語出處。這一回是女的送男的走，雙方都懷着沉重的離情別恨，所以總想多留戀一刻，俄延半晌。但這種俄延並不能使彼此高興一些，所以又說「無緒」。儘管是「無緒」，還想俄延，好像盼望有奇跡出現，能夠讓行人意外地留下來。不料耳邊猛然響起船要啟碇的鼓聲（古時客船啟行，照例鳴鼓催客。范成大《晚潮》詩：「東風吹雨晚潮生，疊鼓催船鏡裏行。」）再想多留一刻也不可能了。這裏寫出兩人既要留戀，卻又「無緒」；既然「無緒」，又偏要留；而留戀之時，忽驚「蘭舟催發」。寫人物的感情矛盾，心潮起伏，形象生動，神情追肖，確實是妙句。

「執手相看淚眼」兩句，是一幅男女惜別的寫照。「凝噎」是喉頭梗塞，和眼淚的傾注，恰好成為對照。畫面生動而真實。

「念去去千里煙波，暮靄沉沉楚天闊」——這是雙方都一直沒有說出口，卻一直都橫亙在胸中的話。這時候，他倆同時轉頭向南望着：那邊是暮雲濃重，連成一塊，彷彿又是深不可測的沉淵。那邊自古屬於楚國，那天空是如此空闊，不知它一直要伸展到什麼地方。彼此都感到不寒而慄了。那地方離京都如此遙遠，何況人地生疏。他，心裏毫無把握；她，實在放心不下。

上片寫的是江頭送別一幕，這一幕是男女雙方擔任主角。下片，畫面轉換，只剩下男主角一人了。

換頭開始再把「清秋」一提。而「清秋」又與「傷離」聯繫起來，「清秋」、「傷離」更與「多情」扣上，於是構成了景中人的沉重的傷感。

「今宵酒醒何處？楊柳岸、曉風殘月。」被認為是千古名句。船已在中流，旅人的酒氣漸消，忽然清醒過來，剛才迷迷糊糊的溫柔夢境彷彿還在跟前，船窗外一陣寒風撲面而來。定神一看，原來船正在緩緩划行，沿岸一帶盡是蕭疏的楊柳，遠處微微出現魚肚的白色，殘月在天，清光如水……

讀到這裏，不禁使人想起《西廂記》那場驚夢的描繪。當張生懷着「離恨重疊，破題兒第一夜」的心情，在草橋店一夢醒來的時候，推門一望，「只見一天露氣，滿地霜華，曉星初上，殘月猶明」。王實甫的用筆，同柳永這兩句就像同一個模子裏印出來的。所不同的，一個在船中，一個在岸上而已。

「此去經年」以下，是遊子從心裏湧出而口內並未說出的話，說的既是自己，同時也想到對方也必是如此。

他這一去整年才能夠再回來。彼此各在一方，形單影隻。什麼佳節良辰，什麼花朝月夕，都是如同虛設了。縱然有千種風情，又能向誰人賣弄呢？

這裏的「風情」，同《晉書·庾亮傳》說庾亮「風情都雅」，及同書《袁宏傳》說袁宏「曾為詠史詩，是其風情所寄」的風情都不相同，倒是和白居易詩「一篇《長恨》有風情」略近。「千種風情」指的是男女間的愛戀之情，或風月情懷。《紅樓夢》第五回的《紅樓夢引子》「開闢鴻蒙，誰為情種？都只為風月情濃」就是。「風月情濃」和「千種風情」，用意很近似。

但是柳永在詞中用了「千種風情」，便透出人物雙方的關係。一方面，他和她顯然不是正式夫妻，只屬於草露般的愛戀；另一方面，那女的又並不是服從於「三從四德」的幽閨婦女，所以才觸及到「千種風情」向誰人訴說的問題；假若是夫婦之間，說這話就太沒有身份了。

可以看出，作者在這首詞裏，使用了盡情發露的手法，有分開說的話，也有合攏說的話。詞中從頭到底，讓雙方的內心感情赤裸大膽、旁若無人地暴露，完全扯下了含情脈脈的面紗。我們看到它那袒露和奔放簡直是以近於狂放的面目向人們呈現的。

夜半樂

凍雲黯淡天氣，扁舟一葉，乘興離江渚。渡萬壑千岩，越溪深處，怒濤漸息，樵風乍起。更聞商旅相呼，片帆高舉，泛畫鷁❶，翩翩過南浦。　望中酒旆❷閃閃，一簇煙村，數行霜樹。殘日下，漁人鳴榔❸歸去。敗荷零落，衰楊掩映，岸邊兩兩三三，浣紗遊女。避行客，含羞笑相語。　到此因念，繡閣❹輕拋，浪萍❺難駐。歎後約丁寧❻竟何據？慘離懷、空恨歲晚歸期阻。凝淚眼、杳杳神京❼路。斷鴻聲遠長天暮。

這是一百四十四字的長調。從這首作品中，可以看出柳永鋪敍景物的藝術才能。它抒寫的仍然不外是遊子思歸之情，其內容無非就是「思歸」二字。要填滿這樣一個長調，單用抒情語言，不但沒有那麼多話好說，而且就算勉強敷衍成篇，也一定使人覺得空洞可厭。柳永是很懂得這一點的。因此他索性把三分之二的篇幅放到景色

❶畫鷁，古時在大船船頭繪畫鷁首怪獸以鎮惡浪。見《晉書·王浚傳》。後因稱此種大船為畫鷁。鷁，一種鳥類，似鷺而大。

❷酒旆，酒旗。舊時酒店門前懸掛以招徠客人的標識。

❸鳴榔，敲擊木榔，使魚驚聚於一處，以便捕捉。

❹繡閣，女子的閨閣。

❺浪萍，形容旅客像水波中的浮萍。

❻丁寧，叮囑。

❼神京，指北宋都城汴京。

的描繪上，以景染情。又因為它的主題是「歲晚歸期阻」，於是鋪開了一幅江南水鄉特有的可愛冬景。

柳永有一個很出色的本領，就是善於捕捉畫面優美、形態生鮮的景物放入他的景框之中。其中有主有次，有近有遠，還有特寫的鏡頭，交錯變換，形象豐富。

請看下面這幾個例子：

暮雨乍歇，小楫夜泊，宿葦村山驛。何人月下臨風處，起一聲羌笛。

——《傾杯》

寫夜宿山村的蕭條寂寞，卻用「一聲羌笛」振起精神，使人如聞其聲。

幾許漁人飛短艇，盡載燈火歸村落。

——《滿江紅》

這是寫江上的暮色。用「盡載燈火歸村落」，描畫初夜的歸舟，何其生動入神！

疏篁一逕，流螢幾點，飛來又去。

——《女冠子》

帶着詩意的淒清和神秘，十分耐人尋味。

這類很多，可以不必詳舉。

這首《夜半樂》的成功，也全是得力在「望中酒旆閃閃」一段和「浣紗遊女」一段。作者着意用力去捕捉幾個動人的連續畫面，給整首詞平添許多活躍的聲音和色彩。特別是「敗荷零落，衰楊掩映，岸邊兩兩三三，浣紗遊女。避行客，含羞笑相語」幾句，一幅美妙的斜陽村落風物畫分明如在眼前。

從文字的情趣去看，這些寫景的句子，既是詩歌，又似散文。是散文的詩化，又是詩的散文化。兩種文體在柳永手裏似乎很調和地糅合在一起，呈現了一種綜合的藝術美。在兩宋詞壇中可說是不多見的。

現在再就整首詞略談一下。

開頭三句，先寫一位遊子在寒冬中乘舟南行。句中用了「乘興」二字，暗暗捎帶出他還沒有感到離鄉背井的苦處，所以還頗顯出興致勃勃的神氣。

從「渡萬壑千岩」到「樵風乍起」，寫航船正在經過浙西山區（所謂「越溪深處」），曲曲折折走在深谷巨壑之間，逐步來到開闊地帶。由於地勢平緩，所以說「怒濤漸息」，山風強烈時見樵夫來往，所以說「樵風乍起」。通過景色的變換，暗示了遊子在旅途中已經走過一大段地方。

上面用粗略的大筆概括了一段旅程，以下就換用細筆，轉作細緻的描寫。

它分成三組鏡頭：

「更聞商旅相呼」到「翩翩過南浦」——這是一個熱鬧的小集鎮，也是個交通繁忙的地方。可以看見許多船隻正在啟碇開航，也能聽到旅客的叫嚷喧鬧。有些船隻很輕巧，繪畫得很美，裏面坐着高貴的客人。

「望中酒旆閃閃」到「漁人鳴榔歸去」——他坐的航船如今靠近一個漁村了。看得見岸上有隨風招展的酒旗子，酒旗下面是幾行染霜的樹林，隱隱顯出一簇村舍，飄出了一縷縷的炊煙。這時日已沉西，許多漁船紛紛搖着槳回村去了。

「敗荷零落」到「含羞笑相語」——他坐的船終於靠在岸邊。隔岸就是一片蓮塘，蓮葉都東倒西歪，殘破得不成樣子；楊柳也落了葉子，光禿禿地剩下許多遮不住人的視線的枝條。可就在這一片蕭條冬意中，卻陡然出現了三兩成群的少女。她們剛好到江邊浣紗回來，挺快活地走着，遠遠看見有生面的男子漢，便趕忙繞開了走，卻又帶點害羞的神氣，仍舊嘻嘻哈哈地邊說邊笑，邊笑邊跑。

她們可不料這一下陡地把離鄉遊子的思鄉之情深深打動了……

這樣，三段就有三種不同寫法。先是遠景，次是中景，然後是近景。一段比一段更鮮明，更強烈，也更放大。它們彷彿能產生一種挑逗的作用：本來還沒有思家念頭的這位遊子，眼看到那群愉快的姑娘的音容笑貌，不知怎地，埋在自己心底的情感，竟像火藥給雷管燃引，一下子爆發起來。

美好生活的回憶，往往是只憑一響笑聲，一個笑靨，就能牽出一大片來。這個遊子正是這樣。如今他強烈地懷念起家鄉的生活來了。一幕幕往事恍如一串串零亂而又非常繫人意念的鏡頭，在他眼前不斷映現。

於是「繡閣輕拋，浪萍難駐」的歎息，「歲晚歸期阻」的感慨，都一齊奔集心頭。他回頭北望，京師的道路杳在天際，淚眼遠盼，總無蹤影，只聽得長空的雁聲在黃昏中由嘹亮而逐漸消失。

詞的最後兩句，用「斷鴻聲遠」帶出懷念汴京之情，很能傳神。後來辛棄疾的《水龍吟》（登建康賞心亭）：「落日樓頭，斷鴻聲裏，江南遊子。把吳鈎看了，欄杆拍遍，無人會，登臨意。」似乎也是由此處得到啟發的。

運用長調填詞，少不免要利用對景物的描畫來鋪敍和挪展。在這方面，柳永積累了較多的經驗，也取得較好的效果。一部《樂章集》可供我們擷取的材料還是不少的。

鳳棲梧❶

獨倚危樓風細細，望極離愁，黯黯生天際。草色山光殘照裏，無人會得憑闌意。　也擬疏狂圖一醉，對酒當歌，強飲還無味。衣帶漸寬都不悔，況伊銷得人憔悴。

不知道別人怎麼樣，在我，是有過這樣一段經歷的：

在我年輕的時候，有一回，逼於情勢的驅遣——那是在自己十分不願意的情況下採取的行動——離開了所眷戀的人。分手時，彼此都不能傾訴這可怕的離別之憶。我隨着一夥人便走向一個陌生的地方去。山深林密，道路崎嶇，我老是落在大夥兒後面。走了大半天，已經傍晚了，大夥都停下來歇息。夕陽含山，暮色四合，周遭莽莽蒼蒼，郊原全都籠上暗紅的一層色彩，一陣陣涼沁的秋風，不斷地吹着我頭上的亂髮。我步履蹣跚着還沒趕到前面，只見四周是那樣沉默、嚴緊，恍如面對一個冷漠得可怕的怪老人。郊野是曠闊的，在我看來，可就連一點依靠都沒有，只有前面腳下，攔着自己的長長的影子。我停下腳步，回頭看那落日，突然，一股強烈的憂鬱之感向

❶ 這首詞又見於歐陽修的《歐陽文忠公近體樂府》，詞牌作《蝶戀花》。文字與柳永《樂章集》略有不同。我主張它是柳永的作品，但文字卻按照歐陽的《近體樂府》，那只是個人愛好而已。

我撲來，我簡直給它嚇呆了，覺得這群山，這落日，這天空和地面所有特異的色彩，共同構成一個使人心臟收緊的巨網，無情地把我罩住。這可怕的黃昏，我還從來沒有看見過。

這時，壓在心頭的憂鬱之感彷彿一下子升騰起來了，它擴散瀰漫在那陰鬱的空間，和黃昏的景色攪和在一起。我多麼懷念那段中斷了的使人依戀的生活呵！然而，眼下的處境又使我不能不飄向遠方，讓自己的雙腳把那段生活一步步踏成塵粉。

這時候，儘管周圍還有同我在一起的人，可他們一點也不理解我此時的心境，我更無法向他們訴說。我只是長久地眺望着這暮色，長久地默默無言。

只是到了這個時候，我才真正懂得了黃昏，懂得前人詩詞中寫到思憶的時候，為什麼常常同黃昏聯繫在一起。

後來，當我再翻開《樂章集》，重新吟誦這首《鳳棲梧》的時候，我的體會就更深切了。

柳永寫的那個人，不像我正走在半路上，而是站在高樓的一角。他是遙望那已經看不見的遠行人呢？還是思憶遠在異鄉的漂泊者呢？已經不清楚了。但你看那「望極離愁，黯黯生天際」九個字，形象多麼生動、真切。本來，唐代詩人皇甫冉早就寫出了「暝色赴春愁，歸人南渡頭」這種意境，曾被許多人稱為名句，其實那動人的力量遠及不上這九個字。

人們都知道，離愁原是從離別者的內心發出的，看不見也摸不着，如今居然說它黯黯地從天邊遠處湧現，那想像難道不是十分奇特嗎？只有曾在黃昏日落之中，真正體味過別離的苦味的人，才能夠如此形象又如此生動地把那憂鬱凄楚的情感表現出來。尋味着這九個字，我覺得所謂「化平實為奇崛，變淺易為深至」的技法分析都是多餘的了。因為，不管是多麼擅長技法的作者，假如他不曾經歷過別離，無論如何是不會認為離愁竟是從遠處的天際黯黯而生的。

下面用「殘照裏」三字點出黃昏；又用「草色」、「山光」作為黃昏的點染。這樣，前面展開的景色就顯得更加深厚了。「無人會得憑闌意」，進一步說明自己心頭的苦惱是難以向人宣說的，而別人也實在無法理解自己的心事。正因如此，這種苦惱也就愈發顯得沉重糾纏，難以開解。

在「無人會得」之下，換頭就轉了一筆：「也擬疏狂圖一醉」。要設法自開自解。「疏狂」，在這裏是豁達、灑脫的意思，即努力要讓自己看得開些，但這樣也還得借助於酒力。

於是他回到人群中去。

大夥兒對他的心事是毫無所知的，只是硬拉着要他喝酒，而他也真是喝了，而且喝了很多。因為可以圖個暫時忘卻。不想酒灌到喉嚨裏，是酸是苦都說不上。這說明，酒對他來說也失掉了力量。

在這裏，作者又從側面烘托自己離愁的深重，彷彿這世上的一切，都無法開解得了。

上文一開一合：「也擬」是蕩開，「無味」仍合到離愁上。筆勢十分飄忽；然而更精彩的一筆卻還在後面。

他在丟開酒杯的時候，有兩句古詩忽然從記憶中湧上心頭。這兩句詩是：

相去日以遠，衣帶日以緩。

這是《古詩十九首》中的兩句。「是這樣的！」他禁不住點頭同意。「相思自然會令人瘦損」。然而，便算是「衣帶日以緩」，為了這個值得自己永遠繫念的人，便算瘦損至死，又算得了什麼？他（或她）本來是值得我為之憔悴的人呵！

衣帶漸寬都不悔，況伊銷得人憔悴！

真是驚心動魄，一字千金，比之《古詩十九首》又再扳高了一層。至於馮延巳的「日日花前常病酒，不辭鏡裏朱顏瘦」，比起來已是顯得遜色了（「況伊」，正是他；「銷得」，值得）。

為了抒發心中積蘊充塞的情感而選用表達形式，有時以含蓄見長，但有時卻相反，是以盡情極至為佳的。正如在極度悲傷的時候，有人連一聲也哭不出來，有人卻盡情號啕。兩者同樣出自真情。柳永這首詞，最後兩句固然是採取極度開放的形式，但在開頭仍然十分抑制：「獨倚危闌」，「無人會意」，以及「當歌強飲」，都是運用含蓄的手法，直到最後，才突然一轉，把感情像沖決堤防的洪水一樣，猛烈傾瀉出來。這恐怕比之完全含蓄或完全開放更能使人驚心動魄了。正如號稱放達的阮籍，聽說母親死了，卻還要同下棋的人把一盤棋下完，然後「飲酒二斗，舉聲一號，吐血數升」。將葬的時候，「食一蒸肫，飲二斗酒，然後臨訣，直言窮矣！舉聲一號，因又吐血數升。毀瘠骨立，殆致滅性」（見《晉書．阮籍傳》）。這種緊壓式的爆發，同樣是使人極度震驚的。

對愛情的態度是這樣執着，這樣激烈，在北宋的封建社會裏原是很大膽的。直到晚清，曾服膺過德國哲學家尼采的王國維，還震驚於它的激烈，認為與其施之於愛情，還不如拿來比喻大事業和大學問。他的《人間詞話》說：

> 古今之成大事業大學問者，必經過三種之境界。「昨夜西風凋碧樹，獨上高樓，望盡天涯路。」此第一境也。「衣帶漸寬終不悔，為伊消得人憔悴。」此第二境也。「眾裏尋他千百度，回頭驀見，那人正在燈火闌珊處。」❷此第三境也。……

他以為像「衣帶漸寬終不悔」這種執着和激烈，是應該放在追求大事業和大學問上面的；至於愛情，他就略而不談了。

然而，我們正好從這裏看出這首詞的不尋常的成就。

❷《人間詞話》引文有誤。「回頭驀見」，據辛棄疾《稼軒長短句》應是「驀然回首」。又，「正在」應為「卻在」。

歐陽修

一〇〇七～一〇七二

字永叔，廬陵人。天聖八年（一〇三〇）省元，中進士甲科。累擢知制誥、翰林學士、歷樞密副使、參知政事，遷兵部尚書。卒謚文忠。晚號六一居士。有《六一詞》，又有《醉翁琴趣外篇》。

蝶戀花❶

庭院深深深幾許？楊柳堆煙，簾幕無重數。玉勒雕鞍遊冶處，樓高不見章台路❷。　雨橫風狂三月暮，門掩黃昏，無計留春住。淚眼問花花不語，亂紅飛過秋千去。

❶此詞又見馮延巳《陽春集》，詞牌作《鵲踏枝》。但北宋末年女詞人李清照認為是歐陽修的作品。

❷漢代長安有章台街，是歌伎們集中的地方。見《漢書·張敞傳》。後人常以章台指妓院所在地。

理解一首詞，比起理解一首詩往往還要難些。尤其是五代、北宋人寫的詞，常常沒頭沒腦，好像一首無題詩，不容易知道它是什麼題旨，有什麼含意。它只有一個詞牌，其作用不過要指明屬於音樂的某宮某調，或某一大曲中的某一段，便於依譜演唱而已。它不能幫助我們理解詞的內容。正因如此，又往往引起後世讀者的瞎猜，彼此的理解常常相差甚遠。幸而南宋以後，作者在詞牌下面加上題目的做法逐漸推廣，有些作者還生怕人家不明白，特意寫了小序，那才方便多了。

對於無題的作品，如果一時不知作者用意何在，這裏倒有一個可行的辦法，那就是先設法找出它的頭緒來。就像煮蠶繭那樣，先抽出它的頭緒，然後逐步理清它的線索。

頭緒怎麼找？我們須從作品中找出最能顯示它的思想感情焦點的一兩句話，細加分析，由此一步步擴大開去。不妨拿歐陽修這首《蝶戀花》做例子，看看這樣找線頭是不是行得通。

這首詞過去是有爭議的。清人張惠言在《詞選》中說它是一首政治詩。他說：

> 「庭院深深」，「閨中既以邃遠」也。「樓高不見」，「哲王又不悟」也。「亂紅飛去」，斥逐者非一人而已。殆為韓、范作乎！

他以為「庭院深深」等於屈原《離騷》裏的「閨中既以邃遠」，「樓高不見」則是「哲王又不悟」（意為王宮既已非常深遠而楚懷王又不覺悟），所以再拿「亂紅飛去」比喻大臣的受斥逐；那麼又是哪些大臣呢？張惠言認為就是北宋的韓琦和范仲淹。

這顯然是穿鑿附會的。所以王國維在《人間詞話》裏批駁說：「固哉！皋文之為詞也。」（皋文，張惠言的字）並且指出歐陽修這首詞只是「興到之作」，別無寓意。

王國維這個見解是正確的。但又如何加以證明呢？

這首詞要是找頭緒的話，有兩個地方值得注意。一是「樓高不見章台路」，另一是「無計留春住」。前一句暗示所想念的人，後一句透露出人物的思想感情。

先說「無計留春住」。在古人的詩詞中，「春」不僅指春天季節，常常還是美好生活或青春年華的代詞。馮延巳《鵲踏枝》詞：「腸斷魂消，看卻春還去。」王安國《清平樂》詞：「留春不住，費盡鶯兒語。」晏幾道《木蘭花》詞：「小顰若解愁春暮，一笑留春春也住。」都是例子。我們由這五個字似乎可以猜出詞中有傷青春之易逝的用意。

「樓高不見章台路」，這句話不太好理解。有人解作「遊冶所在的高樓大廈遮蓋了章台路」，實在難以令人滿意。因為「遊冶所在」即是「章台路」，兩者是二也是一，它們豈能互相遮蓋？即使真的那兒的高樓能遮蓋下面的道路，又能說明什麼問題呢？

所以這個「樓高」的樓，其位置一定不會是在章台路上，它與章台距離頗遠。因距離頗遠，所以「不見」。

於是我們抓住又一個線頭：有人登樓遠望那看不見的遊冶處所。

一是傷春，一是悵望。在封建社會常常是發生在閨中少婦身上的。正如曹植《七哀》詩說的：「明月照高樓，流光正徘徊。上有愁思婦，悲歎有餘哀。」又如王昌齡《閨怨》詩：「閨中少婦不知愁，春日凝妝上翠樓。忽見陌頭楊柳色，悔教夫婿覓封侯。」都是說閨中人正在想念她的夫婿。

這兩個線頭是不是抓準了？我們且從頭再看：

詞的上片，先展示一個深宅大院的景象：那是一座幽深又幽深，說不上有多幽深的庭院。院子外面長着許多高大的楊柳，濃蔭繁茂，綠葉紛披，就像堆起一片綠色煙霧。

房子又是一幢挺大的建築物，重重門戶，無數珠簾翠箔，一層一層把裏外分隔開來，這就愈發顯得它既幽邃而又神秘。

這裏連用三個「深」字，又加上「幾許」二字，把這個宅院的神秘氣氛，渲染得特別出色。「楊柳堆煙」既點出春景，又襯出宅院的環境。「簾幕無重數」，顯然是一所富家大宅，並非尋常的人家。

這重重的簾幕似乎是想把屋子裏的人遮掩起來，既不讓外面的人看見，也不讓屋內的人看到外頭的光景。可是，這時候偏偏有人站在高樓之上，掀開簾子，久久地眺望着遠方。

我們如今才看清楚，原來是一位閨中少婦。她凝神眺望的是什麼地方呢？原來是她夫婿經常遊蕩的地方。那地方是「秦樓楚館」的集中地，王孫公子整天在那兒徵歌選色，放蕩淫佚。他們那些披着雕鞍的寶馬就都繫在柳蔭之下，他們的僕從也都在街上逛蕩。

「玉勒雕鞍」只有貴家公子才能有，是寫出那人的身份。「遊冶處」是歌舞伎樂集中的地方。李白詩：「岸上誰家遊冶郎，三三五五映垂楊。」說的就是公子哥兒們徵歌逐色的事。

可是，這位深閨少婦雖然站在高樓，而且極目遠望，就是盼不到她夫婿的蹤影。

「玉勒……」、「樓高……」兩句用的是倒裝的句法。假如把它條理一下，應該是：「樓高，不見玉勒雕鞍遊冶處——章台路。」

遊冶處即章台路，這裏顯然是重複；但作者是有意重複。因為上句是就那公子而言，下句是就那少婦方面說的。

上片，作者先把環境和人物交代清楚了，以下就展開一組特寫式的鏡頭。

「雨橫風狂三月暮」——景色突然起了變化，彷彿是電影的鏡頭轉換：外面是連綿的春雨，雨愈下愈大，風也愈颳愈緊。閨中少婦已經不在樓上了。

「門掩黃昏，無計留春住」——她那夫婿終於沒有回來。大門早已關上，她只好呆怔怔地坐在屋子裏。春光似乎正在加快它離開的步伐，憑誰也挽留不了。而就在這「雨橫風狂」之際，她的青春也正在悄悄地而又匆匆地溜走。

於是，詩人用濃烈的筆墨寫出使人驚心動魄的兩句：「淚眼問花花不語，亂紅飛過秋千去」——春天快要過完了，自己的美好青春同樣也快要過完了，為什麼它們都不能夠留下來？她含着眼淚去問花兒，可花兒沒有回答；不但不回答，而且把一片片花瓣灑落下來，不斷地灑落下來，伴隨着繚亂的風雨，飛過院子裏那高大的秋千，飛得遠遠去了。

唐詩人嚴惲寫過一首《落花》詩：「春光冉冉歸何處？更向花前把一杯。盡日問花花不語，為誰零落為誰開？」雖然是此詞「淚眼問花花不語」的出處，但此詞的悲涼卻遠遠超過了嚴惲的詩。請看：眼，是一層；淚眼，又是一層；花，是一層；問花，又是一層；淚眼問花，更又是一層；問花既已是癡想，而花不語則使癡想的人完全絕望了。這七個字，你看有多少層意思！

詩人以精深的構思，有限的筆墨，通過環境的點染和景物的襯托，揭出閨中少婦深沉的悲哀，以及她那不幸的命運，這就深深地把我們的心靈打動。「亂紅飛過秋千去」，這場景真是驚心動魄，強烈地顯示那「天地終無情」的冷酷的現實。

但它絕不是有什麼諷喻的政治詩。

玉樓春

尊前❶擬把歸期說，未語春容先慘咽。人生自是有情癡❷，此恨不關風與月。

離歌且莫翻新闋❸，一曲能教腸寸結。直須看盡洛城❹花，始共春風容易別。

歐陽修在離開洛陽的時候，寫了幾首詞，表示對洛陽惜別之情。這是其中比較著名的一首。

它寫的是在送別筵席上觸發的對於人的感情的看法。在委婉的抒情中表達了一種人生的哲理。因而很受後人的注意。

送行的人是一個同他很有感情的女子。她是個什麼身份的人，我們當然不清楚；絕不是他的妻妾，則是可以肯定的。為什麼呢？因為全篇都不是對妻妾說話的口氣。她也許只是個身份卑微的歌女之類，可是同他已經有了很親切的感情，所以一聽說分手就特別難過。

在送別的筵席上，他心裏分明知道，這一回離開洛陽，不知道什麼時候才能再回

❶尊前，筵席上。

❷有情癡，因情感豐富而使世俗人以為是發癡的行為。《世說新語．紕漏》：「任育長……嘗行從棺邸下度，流涕悲哀。王丞相問之。曰：此是有情癡。」

❸翻新闋，另譜新的曲子。

❹洛城，即今河南洛陽市。

來。也許這一回便是最後的分手了。可是為了安慰對方，仍然打算虛構一個回來的日期，以免她過分悲傷失望。不料自己這話還沒說出口，對方早已猜透他的心事。她那淒慘得說不出話的表情，分明知道這是最後一次見面，所以自己也不好再說假話了。

開頭兩句，假如容許插入幾個字來加以補充，那便是：「（我在）尊前擬把歸期說（與對方，不料）未語（之先），（她已）春容先（自）慘咽。」兩句寫的就是兩人各自的心事和表情。這是一次既是生離又如死別的餞行筵席。

就因為這樣，他已經沒有別的話好說了，只好轉而感慨深沉地歎道：「人生自是有情癡，此恨不關風與月。」詩人認為，人本身是個可以稱之為「有情癡」的生命，情感是這樣豐富，然而又這樣脆弱，一提起離別，那愁慘就連天地都裝不下了。這種豐富而又脆弱的感情，其實同風呀月呀這些外在的東西都沒有什麼關係，它是作為「有情癡」的人本來就具有的。

在這裏，歐陽修朦朧地感到人生的缺陷才是痛苦的根源。他覺得，「有情癡」的人總是想追求美滿的生活，只是由於在生活中發生了缺陷，才引起悲痛哀愁，而不是春風秋月這些外在的東西會引起人的感情變化。

在不合理的社會裏，這確實是一個嚴肅的社會命題。人怎麼會產生這許多悲哀痛苦？那是因為違拗了人的美好意願，人為地製造了人生的種種不平和缺陷。

從送別而想到整個社會人生，這種躍進的幅度真夠驚人。因為歐陽修並不只是一個詞人，他既是文章能手，又是一位政治家，還是一位考古學家。他學識豐富，眼界很高，所以即使是通常送別的主題，在他的手裏，卻可以翻出很不尋常的意思來。

「此恨不關風與月」，是說眼前的風月美景並非引起人們痛苦的因由。這是強調人本身的情感作用。「風月」在這裏不應解作兒女愛戀的事，而是像《文心雕龍．明詩》所說的：「暨建安之初，五言騰踴，文帝、陳思，縱轡以騁節；王、徐、應、劉，望路而爭驅。並憐風月，狎池苑，述恩榮，敍酣宴。」是風晨月夜或風月美景的意思。

下片的寫法同上片一樣，也是先敍眼前的情事，再由此推論開去。

「離歌且莫翻新闋，一曲能教腸寸結」——他耳裏聽到的不是老一套的離別之歌，而是不知誰新譜出來的。但不管舊有的也好，新翻的也好，都沒有能力慰藉離別的人，反面增加了別離者的痛苦。那麼，還是不要唱下去了。

於是他進一步提出了對於人的感情問題的見解。他認為，既然人的感情是豐富的，又是那樣地經受不起挫折和損害，怎麼辦呢？那就應該讓感情充分地抒發，充分地加以滿足，只有這樣，人生才能覺得沒有遺憾。正如把洛陽城裏城外的牡丹看到酣足以後，人就容易同洛陽的春風分手了。

我不想在這裏討論哲學或社會學的問題。關於人的感情是否可以充分滿足？充分滿足會不會導致社會結構的破壞？這一類問題我沒有探討的資格。我只是想說，歐陽修在這首短短的詞中，竟然提出這樣重大的社會命題，卻是詞壇中十分罕見的。王國維《人間詞話》說：「永叔（按，即歐陽修）『人生自是有情癡，此恨不關風與月。』『直須看盡洛城花，始與東風容易別。』於豪放之中，有沉着之致，所以尤高。」王氏很欣賞此詞的豪放與沉着。而我更以為，北宋詞人中，尤其是在歐陽修以前，絕大多數寫的是流連光景、兒女悲歡的內容，思想境界比較低狹；而能夠從這些內容推闡開去，涉及社會人生大問題的，卻非常之少，甚至幾乎沒有。歐陽修這首詞，居然從兒女柔情中提出帶有哲理的大問題，不能不說是大膽的嘗試。

法國近代革命活動家和文藝評論家拉法格有一句話說：「哲學是人的特點，是人的精神上的快樂。不發表哲學議論的作家只不過是一個工匠而已。」（《拉法格文論集》第一五七至一五八頁，人民文學出版社版）這話說得很深刻。雖則作家未必都在作品中公開露面來申述自己的哲學觀點，也不能要求作家在一個短章中發揮哲理；但在適當的場合、條件之下，作家應當發表自己的哲學見解，看來卻不是過分的要求吧。自然，這又不等於提倡「以議論為詩」。

踏莎行

候館❶梅殘，溪橋柳細，草薰風暖搖征轡❷。離愁漸遠漸無窮，迢迢不斷如春水。　寸寸柔腸，盈盈粉淚，樓高莫近危闌倚。平蕪盡處是春山，行人更在春山外。

這是一首抒寫離情別緒的作品。

前後兩片主人公的形象是不同的。

上片，出現在讀者眼前的是一位遠行的人。

他這時已經在半路上了。鏡頭展開，一所專門接待來往官員的館舍；館舍的短牆外面，疏疏植了幾株梅樹，曾經盛放過的梅花此時都已凋殘了。

鏡頭移向溪橋。那是一道小溪，橫跨溪上是一座不大不小的石板橋。橋的兩頭都種上楊柳，看上去給人一種纖細的感覺。因為柳葉都還沒有很茂密。

就在這明妙的春之景色中，出現了遠行的旅人。他坐在馬上，拉着轡繩，有點行色匆匆的樣子。迎面而來的風是暖和的，地上初長的草散發着一種使人清爽的香氣。

❶ 候館，在交通點上接待來往官員的館舍。

❷ 征轡，征途中的馬。轡是轡繩，指代馬。

可是這明妙的春景並沒有給旅人增添半點快樂。相反，他覺得自己正在一步步離開家鄉，愈來愈遠，愈遠就愈感到心頭上那一片離愁的沉重；不只沉重，它似乎還逐漸擴散開來，愈擴愈大，變成了一片無窮無盡、無首無尾的浩浩江水，眼前的世界都給這離愁佔滿了。

上片行文，一揚一抑。先是將春色飽滿地描寫一番，讓人覺得光景實在可愛，然後換轉筆鋒，折入遊子的懷鄉之情，把離愁濃重地、誇張地加以渲染。一前一後，強烈激射，於是產生了一種異樣的光彩。

我們首先欣賞作者在選取景物中所表現的技巧：

「候館」是用梅花來做裝點；而且是用開殘的梅花。一方面為了點出時令，一方面又是暗用了典故。據《荊州記》說：「陸凱與范曄相善，自江南寄梅花一枝，詣長安與曄，因贈以詩：折梅逢驛使，寄與隴頭人。江南無所有，聊贈一枝春。」此句特地寫了驛梅，便含有懷念家中人的用意在內。

「溪橋」用細柳來做裝點，既點出時令和描寫了路上景色，又因楊柳是折贈行人之物，行人在路上看到柳色，自不免想到送行的親人。這又是一層用意。

「草薰風暖」四字，進一步加深了春色的濃麗，下面卻接以「搖征轡」，是半句一轉折的手法。本來草香而風暖，正是遊春的大好時光，假如人在家鄉，自必有一番熱鬧；不料如今卻騎着馬遠走他鄉，於是大好春光，反而使人感觸傷離了。這是一層曲折。「草薰風暖」，原是借用江淹《別賦》中的「閨中風暖，陌上草薰」。但《別賦》的「風暖」屬於閨中人，此詞卻歸於遊子，已經加以變化。宋詩人錢惟演《許洞歸吳中》詩：「草薰風暖接長亭，一曲驪歌倒淥醽。」同樣是《別賦》兩語的變化運用。可見借用古人語言，必須為我所用，不能死搬死套。

「離愁漸遠漸無窮」七字構思也巧妙。着意在「遠」與「無窮」的關係上。離愁可以說輕重，像董解元《西廂記》說的：「驢鞭半裊，吟肩雙聳。休問離愁輕重，向個馬兒上駞也駞不動。」如今卻不提沉重，而是說它「無窮」，而且愈遠愈是無窮（和愈走目的地愈近相反）。這就把遊子在路上走着的感覺，既形象而又生動地寫出來了。

用「春水」比喻愁情，大家都知道李煜的「問君能有幾多愁，恰似一江春水向東流」。但早在晚唐時，詩人李群玉《雨夜》詩就已有「請量東海水，看取淺深愁」的話，可見詩人運用比喻，同中有異，異中也有同，便能各擅其勝。這也很值得我們去尋味。

下片的人物形象，已經不是天涯遊子，而是樓頭的思婦了。

我們可以看見在舊體詩詞中常常出現的那位樓上的「倚欄人」。她的夫婿為了宦遊或者別的什麼原因，不得不離鄉別井，遠適他州。那時又沒有如今那種郵政事業，捎一封家書是很不容易的。家中的妻子往往長年累月牽腸掛肚，得不到行人半點消息。她只能登上小樓，眺望遠方，尋求一絲半縷未必可以得到的慰藉，結果是毫無例外的失望。

這位樓頭少婦如今正在緊靠欄杆，滿眼噙着淚水，呆呆地向前遙望。由於朝思暮想，也由於不斷的失望，她簡直柔腸寸斷了。

縱然是「寸寸柔腸」、「盈盈粉淚」，她能夠看到什麼呢？那原野的遠方，草地的盡頭，隱現着若濃若淡的春山，那若濃若淡的春山之外，又是連綿無盡的春山。儘管她眼力和想像力能伸展到遠處的春山，她所想念的行人卻遠出於層層疊疊的春山之外……

唉！還是不要去倚欄吧！——彷彿遠方的遊子、她那丈夫對她這樣懇切地勸告。

這是不是遠方遊子在征途中的虛想和模擬呢？也許是的。他很可能是替家中的妻子設想，而又勸說她不要過分地掛念自己。

在行文上，這是更深地跌進一層的寫法。

最後兩句重複「春山」二字，這春山是倚樓遠望的閨中人窮盡目力所能及的地方，又是她的想像所到的極限，因為再遠一些到底是什麼樣子，她就無從懸想了。然而行人偏偏越過了這春山，也就是越出了她的目力和想像能力所及之外，這樣，她便已經無能為力了。既然如此，又何必倚那危欄呢？遠行的夫婿如此地替閨人着想，就更顯得感情的深厚，以及別離的苦痛了。這正是結句之能如此感人的原因。

毋怪明代詞評家卓人月說：「『行人更在春山外』，不厭百回讀。」（《詞統》）

李冠

生卒年不詳。字世英，歷城人。以文學稱，與王樵、賈同齊名，官乾寧主簿。

蝶戀花

遙夜亭皋❶閑信步，才過清明，漸覺傷春暮。數點雨聲風約住❷，朦朧淡月雲來去。

桃杏依稀香暗度，誰在秋千，笑裏輕輕語？一寸相思千萬緒❸，人間沒個安排處。

❶ 亭皋，這裏指城郊有宅舍的地方。儲光羲《送沈校書吳中》詩：「郊外亭皋遠，野中歧路分。」王昌齡《九日登高》詩：「雨歇亭皋仙菊潤，霜飛天苑御梨秋。」用法均同。

❷ 風約住，下了幾點雨又停住，就像雨給風管束住似的。

❸ 緒，絲頭。

這首詞寫一個青年人常會碰到的意外和因此惹起的無端煩惱。

事情本來是瑣細的。他在春夜的閑行中偶然聽到隔牆的笑語聲，如此而已。但正因其瑣細，要寫得委婉動人，又實在不那麼容易。作者的高明之處，就在於恰當地安排了一個同青年人的傷春情懷十分和諧的環境和氣氛，然後讓那感情自然地伸展開去。

季節是在清明過後，時間是在天黑以後，地點則在近郊的樓館建築附近。

非常簡單的情節，就是在這種特別能夠撩動青年人的感情的環境和氣氛中鋪展的。

青年人往往會有突如其來的苦悶無聊，或者莫名其妙的憂鬱孤獨之感。碰上這時候，坐和睡都不是，連聊天和讀書都缺乏耐性，就只有到外面毫無目的地走走，其實走也並沒能解決心頭的煩亂，不過總比待在屋子裏好點罷了。詞的開頭，正是隱隱透出這位青年人的這種情懷。

才下了幾點雨，打得樹葉沙沙地響，給晚風一颭，卻又停住了，彷彿風要把它攔回去。月亮淡淡地從雲縫裏穿出來，轉眼又鑽進雲堆去，不一會重新探出頭來，照出地上他這孤獨而又淡淡的影子。他走在這一明一暗的月光底下，仍然可以感到四周春意盎然，可是並不曾消解他這無名的憂鬱。是傷春嗎？也許有點兒是，可又不全是。自己也不知道是什麼原因。

就在這時候，他走近了一座樓閣式的建築物面前。還隔着一段路呢，鼻子裏卻聞到一陣強烈的香氣，順着風從對面飄來。是桃花還是杏花的香？他走近一堵短牆，香氣分明就從隔牆飄漾出來。

也許他正在猜這香氣，捉摸不定，耳邊卻忽然響起姑娘們的笑聲；笑聲才落，又聽到細碎的悄語；悄語未了，更清亮的笑聲又揚起來。他不覺駭退了兩步。定神向前一看，隔牆可以看到一架秋千：笑語聲正是打從那秋千架下傳來的。

一個年輕人，當他的心情正在沒處附着的時候，驀地聽到這種「笑裏輕輕語」，是會產生情感上的「催化」作用的。就像一杯烈酒碰上火花，霎時間化成了一團向上升騰的火。

當然不是說，他就會平白無端地戀上那些個還沒有見過面的姑娘們。這種笑語聲不過像一枚引信，把他平時積累下來的許多浮想或幻想、印象或回憶，一下子都調動起來罷了。

難怪佛教的書上會有這樣的話：「隔牆聞釵釧聲，名為破戒。」❹一個修道學佛的人，是不許偷聽隔壁傳來的女性特有的釵釧聲的。因為這些聲音會引起有情感的人的許多胡想，那清靜皈依的念頭會因之消失得無影無蹤。

「一寸相思千萬緒，人間沒個安排處。」這句話用不着再加解釋。事情的結局就是這樣：青年人那種又靈敏又易於衝動的感情，一下子翻騰起來，構成一團煩惱，愈擴愈大，彷彿天地都容納不下了。

對比晏殊《玉樓春》這四句：「無情不似多情苦，一寸還成千萬縷。天涯地角有窮

❹語見《五燈會元》卷十法眼問道潛。

時，只有相思無盡處。」李冠這兩句似乎更精煉，也更能打動人。後來蘇軾又寫了一首《蝶戀花》：「花褪殘紅青杏小，燕子飛時，綠水人家繞。枝上柳綿吹又少，天涯何處無芳草？　牆裏秋千牆外道，牆外行人，牆裏佳人笑。笑漸不聞聲漸悄，多情卻被無情惱。」那下片似乎也是受到李冠這首詞的啟發的吧！

這首詞《尊前集》也收入了，但是署名李煜。看來這是張冠李戴了（雖然李冠也姓李）。像詞中所敍說的事情，所表露的感想，無論如何都不可能出自「生於深宮之中，長於婦人之手」的儲君或帝王身上。李煜可以寫他的「剗襪下香階，手提金縷鞋」，卻不會由於聽到隔牆少女的笑語聲而勾起如此強烈的相思之情，這幾乎是用不着細細推論的。

順帶說句，《尊前集》究是何人所輯，尚無定論。有人說是唐人呂鵬，也有人說是宋初的無名氏。看來都不大可靠。把李冠的作品硬派到李煜頭上，光憑這點，就不會是北宋初年人的眼光，何況唐賢！

王安國

一〇三〇～一〇七六

字平甫，臨川人，王安石之弟。熙寧元年（一〇六八）進士，官至大理寺丞、集賢校理，坐鄭俠事放歸田里。

清平樂

留春不住，費盡鶯兒語。滿地殘紅宮錦❶污，昨夜南園風雨。

小憐初上琵琶，曉來思繞天涯。不肯畫堂朱戶，春風自在梨花。

❶ 宮錦，一種進貢皇宮使用的錦緞。李商隱《隋宮》詩：「春風舉國裁宮錦，半作障泥半作帆。」

謎語裏有所謂捲簾格，謎底的安排是從下到上倒過來的，所以猜謎時也要倒捲珠簾似的去考慮。這種技法在詩詞中也有，讀時也須注意。

這首《清平樂》上片四句，正是用捲簾法寫的。我們理解它的時候，就該從「昨夜南園風雨」這句開始：昨天晚上，南園裏又是颳風又是下雨，枝頭上的花朵全給打下來了，殘花狼藉滿地，就像一幅給誰弄髒了的宮錦。儘管費盡黃鶯兒的巧舌，畢竟還是無法把春天挽留住呵！

這是昨夜聽到風雨，今晨看見落花，因落花滿地而知春天已去，耳裏恰又聽到黃鶯的啼唱，便忽然冒出「留春不住，費盡鶯兒語」的念頭來。可見「留春不住」是後起的，「昨夜風雨」是先來的。如今卻反而先下了「留春不住」。這種手法，便可稱之為「捲簾法」。

由此可以悟出一點：寫詩填詞時，適當地把鏡頭出現的次序顛倒一下，是完全容許的；不但容許，有時還可以顯得不落常套，使句子峭拔些或奇崛些。我們在構思句子時，由於格律限制，難免會出現造句的困難，這時候如果使用捲簾法，便會取得意外的效果——當然，又不是萬無一失的。

王安國是王安石的弟弟，神宗熙寧初年，以材行召試及第，官至秘閣校理。他雖是當朝宰相的弟弟，對於乃兄推行新法，卻頗不同意。他的政治主張固然保守，但他並不想憑藉哥哥的勢位去獵取高官厚祿，為人還是耿直的。有一回，王安石看到晏殊寫的小詞，笑道：「做宰相的，也寫這種東西嗎？」安國聽了，馬上頂了一句：「晏公不過在高興上頭偶然玩玩罷了，難道他的事業就只有這些！」可見他不以為寫詞便有損大臣的風度，倒有點覺得哥哥過分古執了（王安石也填詞，不過數量甚少。至於這個傳說，真實性到底有多少，很難說。因為別人加在王安石頭上的謠言訛語實在是太多了）。

王安國不但沒有受到朝廷的重用，相反，在過了多年的冷署閑曹生活以後，終於被當朝的呂惠卿——一個先是諂媚逢迎王安石，其後得勢，又反過來陷害王安石的小人——借事加害，奪去官籍，放歸田里。他在官場上實在是很失意的。

俗語說：「有人辭官歸故里，有人漏夜趕科場。」受到放歸田里的處置，熱衷仕宦的人會感到前途絕望；但也有人毫不在乎。這就要看他們對於頭上那頂烏紗是怎麼個看法了。王安國其人，顯然是屬於後者。這首《清平樂》就可以作為證明。

這首詞在寫了「留春不住」以後，轉過筆來，描寫一個第一次上台正式演奏的歌女的心情。着墨不多，內容卻很深刻，真能反映作者本人的品格。

所謂「小憐初上琵琶」，正如白居易在《琵琶行》中寫一位「十三學得琵琶成，名屬教坊第一部」的新琵琶手那樣，她如今有資格編進班子裏，成為正式演員，第一次得到正式表演的機會。一個小學徒，熬了幾年，終於獲得這個機會，當然是既高興而又充滿對美好前途的憧憬的。蘇軾有一首《訴衷情》，也是描寫一個歌女的此際此情，竟是那麼活靈活現：

小蓮初上琵琶弦，彈破碧雲天。分明繡閣幽恨，都向曲中傳。　膚凝玉，鬢疏蟬，綺窗前。素娥今夜，故故隨人，似鬥嬋娟。

你看這個小蓮，在第一次公開表演中，真是使盡渾身解數，給人以「彈破碧雲天」的感覺。連月亮對她也投以欽羨的眼光。她那心情之得意當然是可以想見的。

但蘇軾筆下這個歌女，畢竟是「人人意中所有」，並沒有什麼奇特之處。王安國筆下的小憐，完全不是如此的一般化。她第一次正式登台，演出的效果很好，可是在獲得滿堂彩聲以後，她並沒有幻想着從此出入畫堂朱戶，博取主人的深憐痛惜，以便有朝一日能夠「飛上枝頭變鳳凰」（清吳偉業《圓圓曲》）。相反，她卻是「曉來思繞天涯」。表演成功以後，次日早晨，她一心只羨慕外頭的自由天地，一心只想着「春風自在梨花」。

原來人生的幸福根本不存在於畫堂朱戶之內，而是在朱門大戶以外的大自然裏。你看那皎潔如雪、爛漫如銀的梨花吧，它沐浴在溫煦的春風之中，生機蓬勃，何其自由，何其幸福！

這種熱烈嚮往自由的願望，出自一位學藝初成的小姑娘之口，難道不值得我們特別重視嗎？王安國要描寫這樣一種人物，歌頌這樣一種品格，自然有他的想法。這是和王安國平日的為人一致的：輕視世俗的榮華富貴，追求個性自由。他同情這位歌女，給她描繪了一幀很美的肖像。

乍看起來，詞的上片同下片似乎說的是兩碼事。有人會問，前後怎麼能夠貫串起來呢？仔細尋味，我以為它是一首送人之作，送給要走出畫堂朱戶的琵琶新手。很可能，主人是想挽留她的，可她的態度是那樣堅決，終於挽留不住。王安國對此頗有所感，因此在詞的開頭，先從春天無法挽留寫起。春天之終於挽留不住，也如同小憐的挽留不住。這樣，前後片的內容就連接成一體了。

蘇軾

（一〇三七～一一〇一）

字子瞻，號東坡居士，眉山人，嘉佑二年（一〇五七）進士，累除中書舍人、翰林學士、歷端明殿學士、禮部尚書，紹聖初，坐訕謗，安置惠州，徙昌化。北還，卒於常州。有《東坡詞》。

念奴嬌（赤壁懷古）

大江東去，浪淘盡、千古風流人物。故壘西邊，人道是、三國周郎赤壁。亂石崩雲，驚濤裂岸，捲起千堆雪❶。江山如畫，一時多少豪傑！　遙想公瑾當年，小喬初嫁了，雄姿英發。羽扇綸巾❷，談笑間，強虜灰飛煙滅。故國神遊，多情應笑我，早生華髮。人間如夢，一尊還酹江月。

❶一作「亂石穿空，驚濤拍岸」。

❷宋人戴復古《赤壁》詩有「千載周公瑾，如其在目前。英風揮羽扇，烈火破樓船」的話，以「羽扇」屬周瑜，在宋代是通行的。

假如從歷史發展的角度去看我國的詞壇，那麼，以蘇軾的「明月幾時有」和「大江東去」為代表的豪放之作，無可否認是標識歷史進程的豐碑。

在此之前，詞壇上已經結了不少金果。晚唐的溫庭筠、韋莊且不說；五代以來，工於感慨的如李後主，善探幽窈的如馮延巳，都不愧為一代大家。入宋以後，詞學大興，范仲淹的邊塞之作，晏殊的人生幾何之歎，歐陽修的宛轉言情，柳永的長篇鋪敍，各各都能達到高度成就。可以說，詞壇的正宗——婉約派，在一百多年的發展演化中，群芳競放，各擅勝場，稱得上是「蔚為大觀」。

然而，像健翮摩空、天馬騰驤這種風格，卻還有待於蘇軾的出現。此翁以其淋漓巨筆，翻萬丈波瀾，開一派先河，樹詞壇異幟。自從他寫出一種嶄新風格的作品以後，詞的疆域拓土千里，蔚為大邦，完全可以和古體詩、近體詩分庭抗禮了。

比較，是最雄辯的。我們只需拿元人小令（不是雜劇）一比，便立刻分明。

元人小令也算得上應運而生的文學。然而它終不過是文藝長河中的一泓蕩泊，局促淺狹，無從施展。明代以後更是陷於涸竭了。此中原因自然不止一端，但缺少一個大刀闊斧廣拓疆土的開闢手，卻不能不是很重要的一個原因。

在蘇軾之前，人們思想上總有那麼一個局限，覺得詞這個東西，無非像一種小擺設，放在幽窗雅座之間，固然十分合適；一旦拿到高堂敞廈去，可就不大放心，生怕它褻瀆了誰的尊嚴似的。這確是詞的致命束縛，假如不去打破，它就始終成為酒邊花間的奴隸，永遠無從伸腰展腳的。

蘇軾的傑出之處，便是不去理會這一套。大家不敢寫，他自己來寫，而且一寫再寫。以他的藝術才華寫出一種新的風格，啟闢詞壇的新局面。正像登高一呼，眾山皆應，原來詞境竟可以如此伸展、開拓，從此眼界大開，跟隨者就接踵而來了。

說實在的，蘇軾的詞，不論內容和形式，都不那麼拘於一格。有時放筆直書，便成為「曲子中縛不住」的「句讀不葺之詩」；有些從內容看也頗為平凡。正如泥沙俱下的長江大河，不是一道清澈流水。但正因如此，才能顯出江河般的宏大氣勢。人們可以如此這般地挑剔它，卻總是無法否定它。在詞境上，蘇軾這座豐碑是不朽的。

蘇軾這首《念奴嬌》，無疑是宋詞中有數之作。立足點如此之高，寫歷史人物又如此精妙，不但詞壇罕見，在詩國也是不可多得的。

你看他一下筆就高視闊步，氣勢沉雄：「大江東去，浪淘盡、千古風流人物」——細想萬千年來，歷史上出現過多少英雄人物，他們何嘗不烜赫一時，儼然是時代的驕子。就說那曹操吧，他也曾「釃酒臨江，橫槊賦詩，固一世之雄也」。再說那東吳大將周公瑾，也曾「摧曹操於烏林，走曹仁於郢都」。揚威大江南北。當時誰不讚歎他們的豪傑風流，誰不仰望他們的姿容風采！然而，「長江後浪推前浪」，隨着時光的不斷流逝，隨着新陳代謝的客觀規律，如今回頭一看，那些「風流人物」當年的業績，好像給長江浪花不斷淘洗，逐步淡漠，逐步褪色，終於，變成歷史的陳跡了。

「浪淘盡」——真是既有形象，更能傳神。但更重要的是作者一開頭就抓住歷史發展的規律，高度凝煉地寫出歷史人物在歷史長河中所處的地位，真是「高屋建瓴」，先聲奪人。令人不能不驚歎。

「故壘西邊，人道是、三國周郎赤壁」——上面已泛指「風流人物」，這裏就進一步提出「三國周郎」作為一篇的主腦，文章就由此生發開去。

為什麼又下了「人道是」三字？原來長江的赤壁不止一地，有黃岡縣的赤壁，也有蒲圻縣的赤壁（以前屬嘉魚縣）。據說武昌縣東南也有赤壁，漢陽縣也有個地方叫赤壁。詩人不同於考據家，反正是懷古抒情，誰理會它到底是哪個。只用「人道是」三字，輕輕帶過它，把煩瑣的考證都放到一邊不去管它了。

「亂石崩雲，驚濤裂岸，捲起千堆雪」——這是現場寫景，必不可少。一句說，亂石像崩墜的雲，一句說，驚濤像要把堤岸撕裂；由於亂石和驚濤搏鬥，無數浪花捲成了無數的雪堆，忽起忽落，此隱彼現，蔚為壯觀。

「江山如畫，一時多少豪傑」——「如畫」是從眼前景色得出的結論。江山如此秀美，人物又是一時俊傑之士。這長江，這赤壁，豈能不引起人們懷古的幽情？於是，由此便逗引出下面一大段感情的抒發了。

「遙想公瑾當年，小喬初嫁了，雄姿英發」——作者在這裏單獨提出周瑜來，作為此地的代表人物，不僅因為周瑜在赤壁之戰中是關鍵性人物，更含有藝術剪裁的需要在內。

請看，在「公瑾當年」後面忽然接上「小喬初嫁了」，然後再補上「雄姿英發」，真像在兩座懸崖之間，橫架一道獨木小橋，是險絕的事，又是使人歎絕的事。說它險絕，因為這裏原插不上小喬這個人物，如今硬插進去，似乎不大相稱。所以確是十分冒險的一筆。說它又使人歎絕，因為插上了這個人物，真能把周瑜的風流俊雅極有精神地描畫出來。從藝術角度來說，真乃傳神之筆。那風神搖曳之處，決不是用別的句子能夠飽滿地表現的。

這種手法應該能給我們一大啟發。試想，在赤壁交爭的許多人物中，小喬算得上個什麼角色？論地位，她不曾有半箭之功；論身份，無非是周瑜的妻子罷了。可是，作者在這裏不是複製歷史，不是寫人物傳記，他是進行文藝創作。這就要求作者從藝術角度去考慮人物的取捨、安排，讓特定的人物去完成特定的任務，因而他所選擇的人物是不能以大小高下而論的。小喬在這裏恰好地烘托出赤壁之戰的神采。這決不是死扣歷史事件的人所能領悟的。有人寫懷古詩，總想把所有重要的人物或情節都收羅進去。你看下面這首七律：

雲旗廟貌拜行人，功罪千秋問鬼神。
劍舞鴻門能赦漢，船沉巨鹿竟亡秦。
范增一去無謀主，韓信原來是逐臣。
江上楚歌最哀怨，招魂不獨為靈均。

這是清人嚴遂成的《烏江項王廟題壁》。他的確把項羽的主要事跡和同他大有關係的人物都寫進去了。可是，除了落得「索然無味」四字的評語之外，還有什麼呢？

「羽扇綸巾，談笑間，強虜灰飛煙滅」——從上面的分析就可以知道，這裏的「羽扇綸巾」，決不是指諸葛亮。儘管諸葛亮有「服綸巾，執羽扇，指揮軍事」的記載。作者下這四個字，充分顯示周瑜的風度閑雅，是「小喬初嫁了」的進一步勾勒和補充。而且從文勢來說，這裏也不可能忽然提出諸葛孔明來。

「故國神遊，多情應笑我，早生華髮」——從這裏就轉入對個人身世的感慨。「故國神遊」，是說三國赤壁之戰和那些歷史人物，引起了自己許多感想——好像自己的靈魂向遠古遊歷了一番。「多情」，是嘲笑自己的自作多情。由於自作多情，難免要早生華髮（花白的頭髮），所以只好自我嘲笑一番了。在這裏，作者對自己無從建立功業，年紀又大了——對比起周瑜破曹時只有三十四歲，仍然只在赤壁磯頭懷古高歌，不能不很有感慨了。

「人間如夢，一尊還酹江月」——於是只好曠達一番。反正，過去「如夢」，現在也是「如夢」，還是拿起酒杯，向江上明月澆奠，表示對它的敬意，也就算了。這裏用「如夢」，正好回應開頭的「浪淘盡」。因為風流人物不過是「浪淘盡」，人間也不過「如夢」。又何必不曠達，又何必過分執着呢！這是蘇軾思想上長期潛伏着的、同現實世界表現離心傾向的一道暗流。階層的局限如此，在他的一生中，常常無法避免而不時搏動着。

綜觀整首詞，說它很是昂揚積極，並不見得，可是它卻告訴我們，詞這個東西，絕不是只能在酒邊花間做一名奴隸的。這就是一個重大的突破，也是劃時代的進展。

詞壇的新天地就是通過這些創作實踐，逐步發展並且擴大其領域的。蘇軾這首《念奴嬌》，正是一個卓越的開頭。至今為止，仍然像豐碑似的屹立在中國文學發展史的大道上。

水調歌頭

丙辰中秋，歡飲達旦，大醉，作此篇，兼懷子由❶。

明月幾時有？把酒問青天。不知天上宮闕，今夕是何年？我欲乘風歸去，又恐瓊樓玉宇，高處不勝寒。起舞弄清影，何似在人間！　轉朱閣，低綺戶，照無眠。不應有恨，何事長向別時圓？人有悲歡離合，月有陰晴圓缺，此事古難全。但願人長久，千里共嬋娟❷。

這首傳誦千古的名作，評論的人自然很多。在這中間，清人劉體仁說：「『瓊樓玉宇』，《天問》之遺也。」可謂中肯。其實還不只「瓊樓玉宇」，整首詞都有《天問》的意味，可以說是屈原的《天問》體在詞壇中的第一次嘗試。

本來，古代智人眼見天球運轉，日月晦明，星象森羅，長彗出沒，總不免產生許多疑問。而對於人間的一幽一顯，一死一生，也總不免有許多迷惑與感慨。這些古代

❶ 丙辰，宋神宗熙寧九年（一〇七六）。子由，蘇軾的弟弟，名轍，字子由。時在齊州任掌書記。

❷ 嬋娟，體態美好。這裏指月和人的美好。

的聰明人，逐步以探究人生的觀點去探究宇宙，反過來又以探究宇宙的方法探究人生。於是宇宙便和人生聯繫起來，形成了「天人相通」、「天人感應」的觀念。那時候，哲學家和詩人往往是相兼的，詩人和天文家也不是絕不相通的。我們從遠古詩歌遺集《詩經》中就可以看出他們的相通之處。到了戰國末年，楚國詩人屈原第一個以「問天」的形式來抒發對宇宙人生的迷惘與憤懣，於是在文學史上便出現了「天問」體。

蘇軾這首詞當然不及《天問》規模的宏大，他只是向月亮提出幾個疑問，但是同樣反映了詩人此時此地的心情。

要知道蘇軾為什麼借用《天問》的形式來寫詞，我們首先須得了解他當時所處的地位和遭遇的環境。

北宋王朝於公元九六〇年建立，在開頭的幾十年間，由於平息了長期的分裂、戰亂，農業和手工業生產曾獲得較快的恢復和發展，商業也有相當程度的繁榮，一度出現昇平局面。但由於封建官僚制度的腐朽，不久就又轉入停滯和衰退。到了神宗皇帝登位（一〇六八）時，政治經濟的危機都十分嚴重，已到了非變革不可的時候。由於神宗皇帝有變革的企圖，任用王安石為宰相，而王安石又是有遠見和決心的政治革新家，於是實行了一系列的改革措施——稱為新法。這就觸犯了大官僚大地主的既得利益，受到他們的強烈反對；並且這些改革必然遭到傳統保守思想的抗拒；加上在執行時的錯失和過火，又難免不引起騷動，因此立即就出現了反對新法的另一派——所謂舊派。舊派以司馬光為首，得到神宗母親高太后的支持，他們糾集起來，拚命攻擊新法。於是王安石於熙寧七年（一〇七四）一度被迫罷相，而由假充新派的呂惠卿繼任。十個月後，王安石復相；但到熙寧九年，又再被迫引退。中央政局很不穩定，新舊兩派之爭卻正未有艾。

蘇軾站在舊派一邊，原因當然是複雜的，這裏不須細論，只需指出一點：蘇軾原是在京城任職的，由於反對新法，自請出任外官，先為杭州通判，再任密州（今山東諸城縣）知州。雖然是個外官，對於政局變化仍然十分關懷。王安石的起落，新舊派的較量，都不能不引起他的注意。他自己的期望，則是重返汴京，受到帝王的重用。這些思想活動，隱約曲折地反映在這首《水調歌頭》中，成為一根伏脈。

熙寧九年，蘇軾四十一歲，在密州知州任上，八月十五日，飲於超然台上，大醉之後，提筆寫了此詞。

我們且看他如何運用《天問》的形式來抒發自己的感情：「明月幾時有？」一開頭他就提出一個從遠古以來就有不少人提出過的問題。這自然不足為奇。唐詩人張若虛有「江畔何人初見月？江月何年初照人」的名句，李白也寫過「青天有月來幾時？我欲停杯一問之」。早就是這個意思。但是在這首詞裏，這一問仍不可少，因為文章要從這方面做起。

「不知天上宮闕，今夕是何年？」這是第二問。這一問才是問到節骨眼上。「天上宮闕」，明說月宮寶殿，暗裏卻指朝廷。「何年」兩字，大有含蓄。月亮其實東升西落，亙古如斯，有什麼今年去年之別；但是，朝廷中的政治氣候則是變化不定的。王安石的起落，神宗皇帝的喜怒，新舊兩派的明爭暗鬥，在蘇軾看來，都有「不知今夕是何年」的疑慮。

「今夕是何年」，同樣也有來歷。託名牛僧孺撰的唐代小說《周秦行紀》，其中就有作者韋瓘寫的一首詩：「香風引到大羅天，月地雲階拜洞仙。共道人間惆悵事，不知今夕是何年。」蘇東坡只是把「大羅天」換成「天上宮闕」而已。但是，兩者的含意卻截然不同。

「我欲乘風歸去，又恐瓊樓玉宇，高處不勝寒。」句子雖然不打問號，意思上仍然帶着問號。「瓊樓玉宇」等於「天上宮闕」，還是明暗兩層。用「乘風歸去」，意思更為明顯，是指要再回朝廷中去。但隨即又產生疑問：「高處不勝寒」。朝廷的政治氣候，還是如此「寒冷」，我能夠適應得了嗎？

看到天上明月，自然想到仙人的御風而行。但「乘風」不說前去而說「歸去」，那便不是一般的所謂去玩玩的意思了。傳說唐明皇因術士的引導，遨遊月宮，這只能說去遊，不能說「歸去」。所以這裏的「歸去」，便是另一種用意。不然，便使人誤會以為蘇東坡是吳剛的化身，如今突然想到歸去月宮了。

「起舞弄清影，何似在人間！」這個疑問是順着上面下來的。意思是說，既然朝廷的政治氣候仍是「寒冷」，我與其回到中央的漩渦中，不如在外地做個閑官，倒還安閑自在吧！

「人間」是對「天上」而言。正因為以「天上」比喻朝廷，才把在地方上做官比喻為「在人間」。

「弄清影」大有顧影自憐的味道，當然也是切合當時的情景的。

下片開頭，先寫一筆那東升而又西落的中秋明月：「轉朱閣，低綺戶，照無眠。」這是實實在在描寫一下月亮。那月亮逐步上升，又逐步下落。它轉上朱閣之上，又斜入綺戶之中，照着那些徹夜無眠之人。在這些無眠之人中，當然有他自己和他弟弟蘇轍在內。

「不應有恨，何事長向別時圓？」這又是一問。詩人以為月亮本來是沒有恨事的，卻常常在人們離別之時顯出團圓的樣子，它是有意嘲弄人呢？還是同情人呢？句中的「別」字，不止一層意思，既是指自己和弟弟的隔別，又是指自己和朝廷的隔別。「長向」二字，用意深曲。不是偶然如此，而是長時如此，常常如此。由此可見，「月圓人未圓」是普遍的現象，人間的缺陷也是普遍的現象。

「人有悲歡離合，月有陰晴圓缺，此事古難全。」又推進一層：不但「月圓人未圓」，而且連月亮也難以長圓。大自然的事物也有缺陷，人的悲歡離合就更不奇怪了。用一「古」字，更肯定事情是從來如此。此句好像是肯定「古難全」，其實骨子裏仍然帶着問號。人世的悲歡離合，天上的陰晴圓缺，難道一向都是如此，無法兩全其美的嗎？「人」，是指自己和弟弟，但也可以泛指。「月」，既是現景，也象徵朝廷裏的政治氣候。

最後，只好以良好的祝願來作結束。

「但願人長久，千里共嬋娟。」積累了許多疑問又無法作出解答，但他卻不像屈原那樣悲觀，他還抱着良好的願望。「人長久」，有年壽的長久，也有感情的長久。「共嬋娟」，既是共明月之美好，又是彼此感情的美好。詩人以為，即使相隔千里，也不須悲觀失望的。

正是因為這首詞所包含的不止一層意思，所以神宗皇帝讀了也頗受感動。《坡仙集外紀》說：「神宗讀至瓊樓玉宇二句，乃歎曰：蘇軾終是愛君。」

他是處在不得意的政治生涯中，心頭有許多疑懼，但又抱持着期望，所以使人讀了覺得他還是一片誠懇。假如他又是有意向神宗皇帝表態，那這種表態也是很成功的。

我們應該佩服詩人把宇宙問題和人生問題融彙結合的本領，佩服他指物喻事的藝術技巧；更佩服他以豪放闊大的風格入詞、開創詞壇新貌的才華。

水龍吟（次韻章質夫楊花詞）

似花還似非花，也無人惜從教墜。拋家傍路。思量卻是，無情有思。縈損柔腸，困酣嬌眼，欲開還閉。夢隨風萬里，尋郎去處，又還被鶯呼起。　不恨此花飛盡，恨西園、落紅難綴。曉來雨過，遺蹤何在？一池萍碎。春色三分，二分塵土，一分流水。細看來、不是楊花，點點是離人淚。

附

水龍吟（楊花）

章楶

燕忙鶯懶芳殘，正堤上柳花飄墜。輕飛亂舞，點畫青林，全無才思❶。閑趁游絲，靜臨深院，日長門閉。傍珠簾散漫，垂垂欲下，依

❶ 這三句《唐宋諸賢絕妙詞選》作「輕飛點畫青林，誰道全無才思。」此據《草堂詩餘》。

前被風扶起。　蘭帳玉人睡覺，怪春衣雪沾瓊綴。繡床漸滿，香球無數，才圓卻碎。時見蜂兒，仰粘輕粉，魚吞池水。望章台路❷杳，金鞍遊蕩，有盈盈淚。

對於詠物詩詞，好像有人說過，要「物物而不物於物」。意思是說，必須把握住對象（物物）而又不受對象所束縛（不物於物）。文藝作品之所以不能不注意這個問題，是因為文藝對於所描寫的對象，絕不是純客觀地加以複製，它必須注入作者本人的精神，使客觀物象帶有作者本人的風格和個性，思想和感情。但這又不是把作者的主觀強加給對象，以致歪曲對象的面目。正因這樣，掌握得好也就並不容易。

比較，是分辨事物的好方法。我們不妨比較一下蘇軾和章楶這兩首詠物詞。

對於這兩首詞，前人的議論是有很大分歧的。晚清的王國維說：「東坡《水龍吟》詠楊花，和韻而似原唱；章質夫詞，原唱而似和韻。才之不可強也如是！」（見《人間詞話》）這種說法，代表了很大一部分評論家的意見。

宋人魏慶之說：「余以為質夫詞中所謂：『傍珠簾散漫，垂垂欲下，依前被風扶起。』亦可謂曲盡楊花妙處。東坡所和雖高，恐未能及。」（見《詩人玉屑》卷廿一）

❷章台路，漢代長安有章台街，唐人小說有《章台柳》記妓女柳氏事。後人因以章台為歌伎聚居之所。這三句是說，閨中少婦看不見夫婿遊蕩的章台路，獨居寂寞，只有暗自流淚。

他同那些不分青紅皂白、不作具體分析而籠統下結論的看法是有區別的。

蘇軾當然是文章能手。他知道詠物而被物象所束縛，就不能不陷於工匠似的死板刻畫，何況在刻畫方面，原作者章楶已經取得了相當高的成就，假如沿着這條路子去追趕他，顯然是笨拙的，所以他才有意拔高一籌，讓物象更多地染上人的主觀色彩，更多地顯示人的性情品格，於是楊花同人的感情就像是更加貼近了。

自然，就拿刻畫物象來說，要刻畫得出色也不是一件容易的事。所謂「栩栩如生」，其實包含兩個內容：一是對於物象的準確把捉，一是在這個基礎之上注入作者的精神血肉。沒有前者，後者便成為架空的虛幻，沒有後者，前者又將失去活的生命，同樣「栩栩」不起來。

從刻畫物象去看，章楶也是一個高手。你看下面這幾段描寫：

「閑趁游絲，靜臨深院，日長門閉」——那些輕飄飄的小傢伙，它們打夥兒從樹上蹦了下來，裝出毫不在乎的神氣，同在樹梢頭飄揚着的游絲作耍了一番，然後悄沒聲兒地溜進人家的院子裏。看見人家把大門扇都關起來，它們就在院子裏來回遊蕩，老是不肯停下來。

「傍珠簾散漫，垂垂欲下，依前被風扶起」——它們又爬到人家的陽台上，東一個西一個，在簾子前面窺探着動靜，慢慢兒它們打算從簾子底下鑽到裏面去，冷不防給一陣微風撻了出去，翻了幾個筋斗，卻還是挨到簾前，硬要往裏面鑽。

「蘭帳玉人睡覺，怪春衣雪沾瓊綴」——它們終於鑽進了人家的閨房，一個個粘在人家的衣服上面，硬賴下來不肯走了。

「繡床漸滿，香球無數，才圓卻碎」——還有另外一些小傢伙，打夥兒跳到人家床上去了，你拉我扯，滾成一團，變成一個個小球兒。滾了一回，卻又拆開，又變成一個個小伶仃。它們還不肯就此罷休哩！

這樣的幾段描畫，真是新鮮活跳，抵得上「栩栩如生」的評語，經得起反覆尋味。我們豈能輕視這位章老先生！

在這樣的對手面前，如今，蘇東坡要去跨越他。這不是一件簡單的事情。

我們且看東坡怎樣解決這個難題。

「似花還似非花」——這開頭一句，就看出蘇老先生立意要跳出物象之外。因為，說它既像花兒，卻又不像花兒，那就非實行「抽象」不可。但又不是徹底「抽象」，因為還保留了那「似花」。

「也無人惜從教墜。拋家傍路」——先用事實證明它那「非花」的一面：沒有人會對它的「墜落」產生憐惜心情，任由它離開本家，在大路上隨風飄泊。假如真箇是花，就不致如此了。

「思量卻是，無情有思」——挽回一筆：雖然是「非花」，不過仔細想來，「道是無情還有情」，所以又不完全是「非花」，它也有自己的情思。

「縈損柔腸，困酣嬌眼，欲開還閉」——索性進一步把楊花人格化，想像它是一位閨中少婦。在暮春的天氣裏，她因思念遠人而柔腸縈結，因天氣倦人而嬌眼欲開還閉。有人說，柔腸是比喻柔弱的柳枝，嬌眼是比喻柳葉的飛舞。看來並不如此。因為題目是楊花（柳絮），作者必須在這吃緊之處緊扣題目，否則便有文不對題的危險。不過蘇東坡的主觀色彩未免過分強烈了些，頗有離開物象，憑空捏合的嫌疑。到底柳絮如何「縈損柔腸」，又如何「困酣嬌眼」，實在是不大好領會的。

「夢隨風萬里，尋郎去處，又還被鶯呼起」——這是順着上面的想像下來的。這位少婦如今正在入夢，夢見自己去找尋夫婿，不料還在中途，就給可厭的黃鶯兒吵醒了。雖然是暗用了唐詩人金昌緒的詩意❸，但形容柳絮隨風飄蕩、乍去還回、欲墮仍起的動態，卻是頗為傳神的。

以下，轉入下片，作者索性撇開比喻，站出來抒發自己的感想。

「不恨此花飛盡，恨西園、落紅難綴」——上文說過「似花還似非花」，如今再從這層意思生發開去：楊花非花，所以不必怨恨飛盡；但是此花飛盡，卻說明春光已逝，西園裏的繁花從此紛紛飄零了，那卻是很可惜的。

「曉來雨過，遺蹤何在？一池萍碎」——本來漫天飛舞的楊花，只下了一場雨，便一下子消失乾淨。到底它們到哪兒去了？只看見滿池子細碎的浮萍。曾經聽人說，「柳絮入水化為萍」，那麼，這許多細碎的浮萍便是它們唯一留下的蹤影麼？

「春色三分，二分塵土，一分流水」——如果柳絮可以代表春天，看起來，春天的氣息三分之二已經變成塵土，剩下的三分之一又變成流水，一去不回了。

這真可以說是超凡脫俗的筆墨。春天可以分為三份，各有各的去向。這又使人想起唐詩人徐凝的「天下三分明月夜，二分無賴是揚州」的名句。「二分塵土，一分流水」，細想又何其確切。春天的蹤影忽地無處可尋，難道不是已隨同楊花化成塵土和流水麼！

「細看來、不是楊花，點點是離人淚」——回應上文閨中少婦那一段。只有思婦和

❸金昌緒《春怨》詩：「打起黃鶯兒，莫教枝上啼。啼時驚妾夢，不得到遼西。」

遊子的眼淚，才如此地紛紛揚揚、無窮無盡；才能夠陌上閨中，無所不在；也只有思婦遊子的眼淚，才如此漫天蓋地，葬送了大好春光！

至此，詩人以強烈的誇張，濃摯的情感，把全篇收束得異常飽滿。

不知道讀者的看法怎樣，在我則認為，章楶那幾段刻畫，只要稍加一點形象的想像，就是一組生動活潑的「卡通」，比起東坡來實在並不見得遜色。

但是，從注入作者的情感的強度來說，東坡還是高了一頭。英國湖畔詩人華茲華斯說過：「是情感給予動作和情節以重要性，而不是動作和情節給予情感以重要性。」東坡這篇和韻，正是以情感驅動對象的動作和情節，使後者顯示其不平凡的意義的。這是東坡的高明之處。

在歷史上，我國出現過無數的詠物詩詞。如果要鑒別它們的精粗高下，除了看作者是否有章楶那樣深入地把捉物象的本領，還須看他是否有蘇軾那種以情感為馭手，讓駿馬充分騰躍的本事——而後者是更為重要的。

晏幾道

約一〇三〇～約一一〇六

字叔原，號小山，晏殊幼子，曾監潁昌許田鎮，又為開封府推官。有《小山詞》。

臨江仙

鬥草階前初見，穿針樓上曾逢❶。羅裙香露玉釵風。靚妝眉沁綠，羞臉粉生紅。　流水便隨春遠，行雲終與誰同？酒醒長恨錦屏空。相尋夢裏路，飛雨落花中。

❶ 宗懍《荊楚歲時記》：「五月五日，四民並踏百草。又有鬥百草之戲。」又：「七月七日，是夕人家婦女，結彩縷，穿七孔針，或以金銀鍮石為針，陳瓜果於庭中以乞巧。」

這是一首深情款款的懷人之作。從這首詞中，我們可以看到，在那個「禮不下庶人」的封建社會，我們這位詩人卻以截然不同的思想風貌出現。

晏幾道是晏殊的幼子，當他睜開眼睛辨認周圍世界的時候，四面盡是珠光寶氣，前後都有翠鬟雲鬢。正如生長在榮府裏的賈寶玉，從小就同家裏的女孩子廝混在一起那樣，晏幾道在一群女孩子手裏給提攜長大起來。他熟悉她們的聲音笑貌，感染了她們的喜怒哀樂。在他的心靈裏，事物都是那麼美好，人與人的關係也是溫暖的。他沒有歧視身邊的那些所謂「下人」，他想不到人會有那麼多的爾虞我詐。加上他那生就的豐富感情，更使他覺得人與人的真摯的友誼是多麼可貴。我們不妨這樣說，晏幾道是在賈寶玉這個理想人物誕生以前幾百年就出現的賈寶玉型的真實人物。他在好些方面都有着同我們熟知的「寶二爺」相似的性格。

試看這一首膾炙人口的《臨江仙》，就可以說明晏家公子那美好靈魂的某一側面。詞是為了懷念一個已經離開自己的女孩子而寫的。

這個女孩子顯然是晏家中的一個婢女。她的身份，到底相當於賈寶玉身邊的花襲人，還是賈母身邊的鴛鴦兒，現在已經無法確定了。我們只能從詞中的描述，知道她曾經在晏府裏服侍過人，而後來又被遣嫁了出去的。

先請看上片。不過寥寥五句，可是一句一景，一景一情，景中不僅有人，也有人物的感情透出；而且，通過這情景交融的描寫，又暗暗交代了雙方感情的由淺而深，逐步遞變。更妙的是，這個女孩子的音容笑貌，也彷彿可以呼之欲出。我們僅僅看了這麼幾句，便不難領略小晏的高妙的藝術手法了。

「鬥草階前初見」——女孩子初進晏府，看來是某一年的夏天。那時候，女孩子們在端午節日喜歡做「鬥百草」的遊戲。晏公子是在她同別的姑娘們鬥草的時候第一次看見她的。

「穿針樓上曾逢」——轉眼又到了七夕。七月七日是姑娘們的節日。《西京雜記》說：「漢彩女嘗以七月七日穿針於開襟樓。」這種風俗就從漢代一直流傳下來。那一天，晏家的女孩子——她們的身份大概就像賈府的丫頭吧——都湊到樓上，對着牛女雙星穿乞巧針。也就是在這天晚上，他同她又一次碰了面。

「羅裙香露玉釵風」——又一次見面是在庭院前。她的裙子沾了露水，玉釵在頭上迎風微顫，正在同一群女孩子在花蔭樹下戲耍。

「靚妝眉沁綠」——她還沒有發現他走近自己身邊。

「羞臉粉生紅」——她突然發現走近身邊來的他。

以上是追述他和她的三次偶然的、不期而遇的見面。那時候，她進入晏府還沒多久，而且，她還不是他身邊的人。

進入下片，卻已是女孩子已經離開晏府之後了。中間留下了一大段空白，小晏沒有來得及加以描寫。到底他同她有過一段什麼樣的關係，發生過什麼樣的感情……我們現在都無從知道。但是，從小晏那深情一片的憶念中，我們仍然能夠探出一點消息。

「流水便隨春遠」——時光就像流水一樣，把春天帶走。也把他倆那段美好的生活一同帶走。

「行雲終與誰同」——如今，她究竟同哪些人在一起生活啊？

五代詞人歐陽修的《蝶戀花》詞，有「幾日行雲何處去？忘卻歸來，不道春將暮」的句子（此詞一作馮延巳）。「行雲」自然可以比擬為人的蹤跡無定。可是這詞兒是從宋玉《高唐賦》「旦為行雲，暮為行雨」來的。這個「行雲行雨」的人，正是巫山神女。由於她同楚王有過一段男女之間的關係，後人提到「神女」時，常是作為一種代詞，指倡伎式或近於倡伎式的人物；而「行雲」一詞，也多少帶有同別人情戀的意思。宋詞中的「行雲」就常是如此。我們仔細尋味上面這兩句，就可以明白，上句是指光陰過得很快，轉眼之間，他同她那段共同生活便中止了；下句是說，她如今像傳說中的神女，不知又到哪個地方「行雲行雨」去了。換句話說，她如今已經不知屬於誰人了。

「酒醒長恨錦屏空」——人是早已走了，再也不回來了。可是，那情感卻一直留了下來。每當夜闌酒醒的時候，總覺得圍屏是空蕩蕩的，他永遠也找不回能夠填滿這空虛的那一段溫暖了。很顯然，他同她有過一段共同在一起的生活經歷，這段生活使他永久無法忘懷。而且，他又多麼希望她和他永遠生活在一起啊！

於是，我們看到小晏寫下了如此動人心魄的兩句話：

「相尋夢裏路，飛雨落花中」——是落花時節，在春雨飛灑中，他獨個兒跋山涉水，到處尋找那女孩子。儘管這是在夢裏吧，他仍然希望能夠找到她。這真是何等崇高的境界！

從近處看，這是小晏對那女子的強烈的懷念。單是從這一點看，晏家公子的深情一片，已經使我們異常感動了。須知在他生活的那個時代，封建等級制度是那樣沉重地壓在每個人的身上。被看成「賤民」似的婢女，連獨立的人格也是不存在的；從正統的觀點看，她們壓根兒不是士大夫階層所認為的真正的人，更不值得加以懷念。然而我們這位詩人卻有着高出於同時代的一般士大夫的優美的靈魂。他不僅在心裏鏤刻着他和她之間的一段感情，而且還要「相尋夢裏路」，把對方看成自己所追求嚮往的理想的對象。在那個社會中，這難道不是絕無僅有的嗎？

然而我們還要想得更遠——「相尋夢裏路，飛雨落花中」，這是小晏有意無意之間向我們揭示他一心追求的一種崇高境界。他不滿意眼前的現實，他要追求他的理想王國，但他又分明知道，他的理想王國似乎只能存在於「華胥世界」之中，能夠無拘無束地馳騁的也只有自己的夢魂。於是他反覆地詠歎自己的夢境：

夢魂慣得無拘檢，又踏楊花過謝橋。
夢入江南煙水路，行盡江南，不與離人遇。
從別後，憶相逢，幾回魂夢與君同？
莫道後期無定，夢魂猶有相逢。
如今不是夢，真箇到伊行。

應該說，這不是偶然的，這正是小晏在封建制度的束縛下熱烈嚮往自由、追求解放的心理反映。儘管他的想法非常天真，幻想的境界那麼優美，但那是不可能在現實生活中存在，甚至也不可能永遠在夢魂中出現的。然而，我們與其責備作者，毋寧讚美作者。因為一種思想的升華，總要排除妨礙其升華的雜質。人們幻想中的烏托邦，宗教聖光裏的極樂世界，其實都是這樣的。我們為什麼不允許小晏追尋那「飛雨落花」的世界呢！

鷓鴣天

彩袖殷勤捧玉鐘，當年拚卻醉顏紅。舞低楊柳樓心月，歌盡桃花扇影風。
從別後，憶相逢，幾回魂夢與君同？今宵剩把銀釭照，猶恐相逢是夢中。

十九世紀法國兩位作家——福樓拜和喬治·桑，曾在一八七五年展開一場不大不小的爭論。福樓拜堅持他對小說的觀點，曾經說：「藝術家不該在他的作品裏面露面，就像上帝不該在自然裏面露面一樣。」

他這話可能說得絕對了一點，有些作家是不會服氣的。可是，他這話到底在很大範圍內歸納了小說的一個重要特點。因為小說家所努力塑造的典型人物，其中即使有作者自己的影子，他也不肯坦白地宣說出來。他彷彿是個冷眼旁觀的第三者。正如寫《紅樓夢》的曹雪芹，明明那主角正是他自己的影子，他卻把寫書的人說是什麼「石兄」，由空空道人抄來，而曹雪芹自己不過是拿來披閱增刪罷了。

同小說家所避開的相反，抒情詩人所全力以赴的，卻是塑造自己的形象。他不僅不應該避開自己，反而要把自己的靈魂充分顯示，而且顯示得愈鮮明、愈有個性就愈好。似乎可以說，在這一點上，劃開了抒情詩人與小說家之間的一道鴻溝。

古今中外的著名抒情詩人，都是自覺或不自覺地在作品中塑造自己的形象。因為形象是如此具體鮮明、個性突出，使讀者對他感到十分親切，為之念念不忘。然而這並不是所有寫詩填詞的人都能夠做到的，有些人甚至故意隱瞞自己的感情，而把虛偽浮誇或言不由衷的辭藻加以堆砌，以為技巧就是一切。

從這個角度我們去看晏幾道，就可以清楚地看到，在塑造作者自己的形象方面，他的成就是超卓的。試讀讀他的詞集吧（晏幾道的詞集叫《小山詞》，傳世有汲古閣《宋六十名家詞》本，晏端書刻《二晏詞鈔》本，朱孝臧《彊村叢書》本），你會看到一個性格鮮明的人物，決不會比你在一些著名小說中看到的人物遜色。

這裏選的一首《鷓鴣天》，不過是隨手拈來的例子。它寫的是他同一個歌伎久別重逢時的喜悅。事情本來十分尋常，然而你注意看他那鮮明的性格，那無邪的品質。

詞的上片，寫分手之前一段往事。

小晏不知道是在哪家秦樓楚館碰上這個歌女。他倆好像一見鍾情。一方面，她是「彩袖殷勤捧玉鐘」；一方面，他是「當年拚卻醉顏紅」。從對方的「殷勤」，小晏的「拚卻」，我們分明看見當時的情景。雙方的柔情蜜意，通過這幅小小畫面，十分形象地描畫了下來。

他進一步飽滿地寫那段美好的往事：「舞低楊柳樓心月」——許多個夜晚，在輕歌曼舞的氛圍中，他們彼此都忘卻了時間的流逝，直到樓外的楊柳樹梢墜下了金黃色的曉月，才發覺天快亮了（樓心月，指午夜，月低了，便近天明，所以說「舞低楊柳樓心月」。或說，楊柳是樓名，似無根據）。

「歌盡桃花扇影風」——清人孔尚任的《桃花扇傳奇》是說楊龍友因着李香君的鮮血，在扇子上畫了幾朵桃花。我不知道孔尚任是不是把這首詞的「桃花扇」理解為繪畫着桃花的扇子，但何嘗不可以說，他們在桃花盛開的日子，她拿着扇子，清歌數曲，讓桃花灑滿了一地呢！反正，當年小晏和那位女郎就在歌聲扇影之中，非常愉快地度過了一段美好時光。

以上四句，一個承平公子和他所眷戀的歌女的形象，已經初步描畫出來了。而且正如晁補之（比晏幾道稍後的詞人）說的：「自可知此人不生在三家村中也。」❶當時的讀者便已經觸摸到小晏刻畫人物的妙手了。

然而，形象的光輝畢竟還是出現在下片。

「從別後，憶相逢，幾回魂夢與君同」——他倆不知道為什麼會分手，分手之後又為什麼會渺無音信。反正彼此是離開了，而且離開的時間不算太短。但小晏卻始終沒有把這段生活忘卻，更沒有把這位女郎忘卻。不但不忘卻，而且，「幾回魂夢與君同」，不知多少回在夢中同她一起，並不因為對方只是一個歌女，根本不值得回念那段往事。

這不正是一個活生生的小晏嗎（我說這句話，並不是只根據他的這兩句）！

於是，一個更加動人的場面出現了：

❶《詩人玉屑》引王直方《詩話》又認為這話是黃庭堅說的。

他倆又意外地重逢了。我們這位晏公子這份驚喜過望就集中在這兩句話裏：「今宵剩把銀釭照，猶恐相逢是夢中。」他把她拉到燈下來，再三端詳着：「這是做夢吧！不！這不是做夢。但也許正是又在做夢哩！」

那是多麼優美的一幅畫像，那是多麼高尚的一個靈魂，真不能不使人歡喜讚歎，不能自已。

是的，「夜闌更秉燭，相對如夢寐」。杜甫早就寫過了。但在小晏筆下卻另有一番光彩。它不是簡單地仿效或複攝，而是賦予人物以新的精神面貌。這正是我們的小晏，一個勇敢地打破貴賤之分的青年人，一個感情深摯而又鍥而不捨的青年人，一個平平凡凡然而又是使「天地為之久低昂」的人！

少年遊

離多最是，東西流水，終解兩相逢。淺情縱似，行雲無定，猶到夢魂中。　可憐人意，薄於雲水，佳會更難重。細想從來，斷腸多處，不與這番同！

黃庭堅對晏幾道曾經有過這樣的評論：「余嘗論：叔原固人英也，其癡亦自絕人。」下面就談到小晏有「四癡」。最後那一癡是：「人百負之而不恨；己信人，終不疑其欺己。」黃庭堅和小晏是朋友，他的話是得自親聞親見，所以完全可信。對於這一點，我們在小晏的作品裏也得到大量的印證。

生活在所謂承平時代，出身於世家大族的公子群中，的確有些人是頗有點兒「傻氣」的，雖然具體的表現並不完全相同。在小晏來說，除了不懂得奔走於權貴門前，不肯寫朝廷規定的應制文章，不懂得如何用錢之外，最顯得突出的便是「人百負之而不恨；己信人，終不疑其欺己」這一點了。我們現在已經無從知道他是怎麼盲目相信別人，而別人又是怎樣欺負他的；可是，透過他留下來的作品，仍然可以看出他對人的信賴和尊重，同情和諒解，以及在對人感情上的真純。比方說，他對於同自己相好過的女子，其中有些人，身份還被認為是「卑賤」的，他不僅始終寄與同情，而且即使對方辜負了他，他仍然不怨恨對方，甚至依舊強烈思念着。難怪許多人都說他「癡」。而這種「癡」，在一般公子群中，卻是非常罕見的。

他寫過一首《醉落魄》，下片說：

若問相思何處歇？相逢便是相思徹。儘饒別後留心別（儘管對方分手以後已經戀上了別人），也待相逢，細把相思說。

分明人已經走了，而且並沒有再惦念自己，可是小晏還是盼望着有朝一日，彼此相逢，把自己那一段思憶之情一點一滴向對方訴說。

還有一首是這樣寫的：

相逢欲話相思苦，淺情肯信相思否？還恐漫相思，淺情人不知。　憶曾攜手處，月滿窗前路。長到月明時，不眠猶待伊。

——《菩薩蠻》

他知道，對方並不是個深於感情的人，自己對她的深情厚意，她未必能夠理解。既然如此，這股傻勁兒不是白費了嗎？可是從前那段往事，又像用刀子鏤在自己心上，以致一看見窗前的月亮，就重新回憶起來，還幻想她突然會回到自己的跟前，因而深夜還在守候着呢！

這種品格是很難拿別的事物去加以比擬的，只能重複黃庭堅那句話：「其癡亦自絕人。」

這首《少年遊》用不着怎樣解釋，他同樣是使用本人的藝術語言，表達他本人的「癡」。它的具體背景我們也不知道，也許是為一個女性寫的，也許是為一個朋友寫的。那種「薄於雲水」的「人意」的感歎，也許是得到對方非常無情的回答，也許還有其他的事情。總之，是使他感到萬分難過。然而，受到這種不幸打擊的時候，他仍然沒有憎恨對方，而只是慨歎着「佳會更難重」，只是「細想從來，斷腸多處，不與這番同！」讓自己咽下這深沉悲痛的苦果，而不願也不忍去觸傷對方的心靈。

人，是應該有所愛憎的。對於薄情負義的人，也是應該鄙視的。然而，這終究不過是個人與個人之間的事；而且，當想到這不是某一個人本身能負得了的責任（這種原因是複雜的），當想到比個人遠為強大而且頑固的某些勢力的嚴重存在，那麼，對於某個單獨的人，你又能怨恨他什麼呢？

這也許不是小晏的原意吧。我們對於他的了解畢竟還是那麼淺薄，對他心靈的活動更是茫無所知。但他對社會的理念卻總是高出於「個人」之上，甚至有些地方還超出他那個時代的一般水平。從他的大量作品裏，從他朋友對他的評論中，我們還是多少可以體會得到的。

清平樂

留人不住，醉解蘭舟去。一棹碧濤春水路，過盡曉鶯啼處。　　渡頭楊柳青青，枝枝葉葉離情。此後錦書休寄，畫樓雲雨無憑。

深情的人很難不碰上倒霉的事兒。小晏就是經常碰到這種倒霉事兒的。如今這又是一樁。製造這種倒霉事兒的就是那些淺情的人。在他那個社會，在他遭遇的生活裏，他碰到這種人委實不少。小晏卻總是帶着無可奈何的心情和惋惜的語氣提起他們或她們，在他的作品中曾再三地這樣說：

還恐漫相思，淺情人不知。——《菩薩蠻》

懊惱寒花暫時香，與情淺人相似。——《留春令》

欲把相思說似誰？淺情人不知。——《長相思》

別來久，淺情未有、錦字繫征鴻。——《滿庭芳》

對於那些拿別人的感情故意作踐的人，他甚至說得更加激動：

相思本是無憑語，莫向花箋費淚行。——《鷓鴣天》
回頭滿眼淒涼事，秋月春風豈得知？——《鷓鴣天》
齊斗堆金，難買丹誠一寸真。——《采桑子》
悵恨不逢如意酒，尋思難值有情人。——《浣溪沙》

但雖然這樣懊惱着，他可始終沒有想到以牙還牙，向誰尋求報復；自然，他也不會忽然大徹大悟，從此「披髮入山」，當和尚去的。他不是曹雪芹或高鶚筆下那個能跟和尚道士出家的賈寶玉，他是活生生的一個晏家公子。

在這首《清平樂》裏，晏幾道對於那個「千留萬留不住」的人，也是感到懊惱的。看他一開頭就下了「留人不住」四個字，想見已經挽留過不知多少回，終於無法留得。「醉解蘭舟去」，她喝醉了，卻毫無留戀之意，船纜一解，就決絕地走掉。他呢，仍然陪着她喝酒，仍然殷勤相送。

「一棹碧濤春水路，過盡曉鶯啼處」——這一帶的江上景色，原是他和她平時流連欣賞過的。那些春濤、曉鶯、青山、楊柳，他是這樣熟悉。如今還是這些景色，可那人已經把它丟在腦後，頭也不回地走掉。眼看那船兒在碧波春水中飛箭似的駛了過去，轉眼便「過盡曉鶯啼處」，可以想見小晏的心情是如何悵惘。

等到連「一棹」的影子都消失了以後，他猛地回過頭來，只剩下「渡頭楊柳青青」，這時心情的寂寞和激動才到了頂點。一方面，看到堤邊的楊柳就彷彿一枝一葉都染上離情別緒；另一方面，又惱着對方走得這樣決絕，因而陡然湧起了「此後錦書休寄，畫樓雲雨無憑」的念頭來。反正這些人物都是一走就完事的，自己又何必書呀信呀向她寄個不休呢！

但這又不過是一時激動，好像恍然大悟，從此割捨一切，而其實並非如此的。深情的人不會真正割捨，因為他常常想到對方曾經在自己心頭留下的美好的印象。那些一時決絕的話，不過是更加執着的表面的反撥罷了。否則，在他的眼裏，就不會出現「枝枝葉葉離情」的感覺了。

我們相信，小晏終於會在心靈裏留下她那美好的印象，正如一位偉大的哲學家或詩人，盡情排除了在現實中還存在的渣滓，然後讓思想境界獲得最高的升華。

阮郎歸

天邊金掌露成霜，雲隨雁字長。綠杯紅袖❶趁重陽，人情似故鄉。
蘭佩紫，菊簪黃❷，殷勤理舊狂。欲將沉醉換悲涼，清歌莫斷腸。

從這首詞的感情內容來看，它無疑是小晏晚年的作品。人年紀大了，閱歷也加深了，已經不再是「歸夢碧紗窗，說與人人道，真箇別離難，不似相逢好」那種公子哥兒的脆弱感情了。現在住在京城裏，雖然也會想到從前的故鄉，但是那感情顯然不是用「思鄉」兩字包括得了的。於是，這一篇「重九詞」也就顯得感慨深沉，情懷淒冷，好像換上另外一種調子了。

詞一開頭，令節已在深秋。從「天邊金掌」四字，可知地點是在京城汴梁。因為「金掌」原是漢武帝為了求仙而建立的。《三輔黃圖・台榭》載：「通天台，上有承露盤仙人掌，擎玉杯以承雲表之露。」這個漢代的古董久已毀失。北宋徽宗時，大興道教，信神仙，徽宗自稱為「教主道君皇帝」，下詔天下所有「洞天福地」都修建宮觀，塑造聖像。他是否曾建造承露盤仙人掌呢？據《宋史》記載，欽宗靖康二年，金人南侵，

❶綠杯紅袖，綠杯指擺設的筵席。紅袖指婦女。

❷佩紫，在衣襟佩上紫色的蕙蘭。簪黃，在頭上簪戴黃菊。

俘虜了徽欽二帝，還把禮器、法物、八寶、九鼎、圭璧、渾天儀、銅人、刻漏、古器等掠奪北去。其中「銅人」大抵就是承露的仙人掌。李賀詩有《金銅仙人辭漢歌》，「金銅仙人」、「銅人」，應是同類之物❸。再證以晏幾道此詞的「天邊金掌」，可見在汴京確曾建立過這種求仙長生的東西。

「雲隨雁字長」，是說天上拖着長條形的捲雲，還有一行飛雁，列成一字，向南飛去。這兩句點出時序已是深秋，為下文的「趁重陽」先作襯墊。

晏幾道雖說是丞相晏殊的幼子，但仕宦很不得意，曾做過一員小官——監穎昌府許田鎮。《宋史．職官志》七載：「諸鎮置於管下人煙繁盛處，設監官，管火禁或兼酒稅之事。」略等於後代的一個鎮長。他當這個官時間很短，不久就退休回家（但據說他還任過開封府推官）。此時是住在汴京，因為那兒有皇帝賜給他父親的邸宅。

時逢重陽佳節，都中仕女都紛紛到郊外遊賞。《東京夢華錄》載：「九月重陽，都下賞菊。」又說：「酒家皆以菊花縛成洞戶，都人多出郊外登高，如倉王廟、四里橋、愁台、梁王城、硯台、毛駝岡、獨樂岡等處宴聚。」陳元靚《歲時廣記》引《歲時雜記》說：「都城人家婦女，剪綵繒為茱萸、菊、木芙蓉花以相送遺。」可見當時風俗。這一幕幕景色，一處處繁鬧，都勾引起小晏對許多舊事的回憶，使他禁不住湧出了「人情似故鄉」的感想。這故鄉，也許就是晏殊的祖居臨川（今江西撫州市）吧。

在重陽節的歡鬧中，他也是照例出來應節的各色人物中的一個，但並沒有人特

❸如今北京北海公園瓊華島西北半山上有一漢白玉石柱，上立銅鑄仙人捧盤像，有人說是金朝時從汴京移來的。

別去討好他，他也不想去討好什麼人。那些平日要好的朋友，如今死的死了，散的散了。但畢竟是重陽佳節啊！既然大家都這樣興高采烈，自己又何妨照例佩上紫蘭，簪上黃菊，裝成歡樂的樣子呢！然而在搬弄這些玩意兒的時候，心情卻是很複雜的。他想起從前的日子，年紀還輕，也是每年鬧着這些個玩意。如今照樣還是鬧着，可是時間不同，心情也不同了。現在怎麼能夠像做公子哥兒的時候，那樣傻裏傻氣地鬧着啊！但從前那段生活，又是多麼可戀，如今，當已經消失了那股傻勁兒的時候，反而覺得過去那股傻勁兒多麼耐人尋味，多麼可珍可貴了。而且，從今以後，還有多少個年頭的重陽可以鬧着呢？倒不如盡情盡意地佩紫、簪黃，再鬧它一番吧——這就是「殷勤理舊狂」五個字包含的複雜而又感慨深沉的內容。

「理舊狂」，正是對悲涼心情的無可奈何的反撥；「殷勤」理它，又可見這悲涼是沉重的。為了擺脫這種悲涼，於是他想到：還是聽聽那些美妙的曲子，讓自己沉浸在酒杯和歌喉的甜美境界中，再不要惹起什麼哀愁了！他好像是要追求一種解脫，一種忘卻；然而，恐怕連他自己也不會相信這真能換來歡樂吧！

這才是小晏晚年的真正悲哀。

於是，他讓我們看到：儘管也還是那種披肝瀝膽的真摯，但在經歷了多少風塵磨折之後，悲涼已經壓倒了纏綿；雖然還有鏤刻不滅的回憶，可是已經很害怕回憶了。

時間，對於一個人來說，非常有限，同時又是非常冷酷的。深情到像小晏，也給時光的流水沖刷到這種程度——拿它同「彩袖殷勤捧玉鍾，當年拚卻醉顏紅」那種豪情勝概，以及「長到月明時，不眠猶待伊」那種向回憶強烈擁抱的心情比較起來，相隔是多麼遙遠啊！

阮郎歸

舊香殘粉似當初，人情恨不如。一春猶有數行書，秋來書更疏。
　衾鳳冷，枕鴛孤，愁腸待酒舒。夢魂縱有也成虛，那堪和夢無！

我們現在可以轉過來着重欣賞一下小晏的藝術技巧了。

弄文藝的人，都不會忽視技巧的掌握，並且人抵知道技巧是為內容而服務的，單純追求技巧只是捨本逐末。雖則如此，技巧還是挺重要的。文，就是外表好看的東西；藝，就是專門的技巧。所以「文藝」本身正是要體現好看和有技巧的，否則，它不成其為好的文藝。

技巧自然掌握得愈純熟、愈多門就愈好。正如俗語說的：「長袖善舞，多財善賈。」

但有人似乎忽略了一層：長袖未必善舞，多財也會成為守財奴。正如巴爾札克筆下那個葛朗台老頭，黃金堆在屋子裏，卻沒有給一家人帶來半點兒快樂，連排場和闊氣都談不上。

技巧有了，用得不是地方，也就等於沒有地方使用，在文藝史上，這並不是什麼難以想像的怪事。

如今暫且撇開這個話頭，先談談小晏這首短短九行的小詞。

這首詞抒寫的仍然不外是一種思憶之情。但它同其他同類主題的作品比較，在技巧上卻自有它的特色。小晏在這首詞裏，運用了層層開剝的手法，把人物面對的矛盾逐步推上尖端，推向一個絕境，從而展示了人生不可解脫的一種痛苦。

這詞上下兩片，九句話，可以分為六段。

第一段：「舊香殘粉似當初」。人顯然已經走了，但留下她用過的東西。在小晏看來，它們都並沒有發生任何變化，只是「人情」卻不是當初了。物和人對比，由此揭開了矛盾。

第二段：「一春猶有數行書」。盼來盼去，總算盼到一封信來了，這還是一種安慰，雖然不過僅僅數行而已。然而，「秋來書更疏」，證明對方的感情愈來愈冷淡，愈來愈疏遠。這就探進一步，事實上證明了「人情」的「不如」。

第三段揭示自己眼前的實境：「衾鳳冷，枕鴛孤」。自己並沒有別戀他人，當時的信誓自己是堅守着的。

第四段：「愁腸待酒舒」。還有什麼別的辦法呢？除了拿酒來使自己開解，使自己麻木。

第五段：「夢魂縱有也成虛」。於是矛盾進入白熱化。他指出，自己便是進入夢魂中去找她吧，那也是白費的。為什麼？因為她同自己的想法不一樣，連夢中看見她的，她的感情也是冰冷冰冷的，讓自己很不好受。

第六段：「那堪和夢無」。以「和夢無」三字向「夢魂縱有」反戈刺入，於是構成了心死魂斷、完全絕望的境界。就像《紅樓夢》寫到林黛玉的結局：「一點淚也沒有了。」

作者就是這樣層層開剝，步步緊迫，把感情擠壓到無可迴旋的地步。使人產生了異樣的黯然情緒。

有人也許會這樣說：這種技巧，說來也尋常，不過是層層剝入罷了，在古人作品中是不乏其例的。自然，這話也有它的理由。然而技巧並不是獨立存在的，我們不能忽視與技巧同時存在的作者深摯的感情內容。沒有相應的感情內容，技巧就成為一個空架子，正如沒有真正敵人，軍隊的活動就不過是一種演習。常常看到有些人寫東西，文字技巧是不壞的，可就不能打動人，最多只能說一句：技巧還好。正如說，這次演習獲得成功。

拿小晏的作品作為例子，在北宋諸大家中，若純從技巧來看，小晏並不算特別出色，所以有人拿他父親比做牡丹，而小晏不過是文杏。更多的人則大讚周邦彥的技巧如何出神入化。假如從純粹的技巧去看，這是無可非議的。而我則更加喜愛小晏，原因便在於他那感情的光彩在技巧的組織中，有如「照花前後鏡，花面交相映」。（溫庭筠《菩薩蠻》）不僅僅是「花花相映發」而已。

再舉個極端一點的例子吧。南宋有個叫謝直的人，寫了一首《卜算子》給情人送行，你看他是怎樣寫的：

雙槳浪花平，夾岸青山鎖。你自歸家我自歸，說着如何過？　我斷不思量，你莫思量我。將你從前與我心，付與他人可！

這樣的人，就算擁有再高明的技巧，你能對他說些什麼呢？

生查子❶

關山魂夢長，魚雁音塵❷少。兩鬢可憐青，只為相思老。歸夢碧紗窗，說與人人❸道：真箇別離難，不似相逢好。

有些作者擅長於摹寫人物性格，雖然寥寥幾筆，因為掌握了對方的特徵，一下子就把人物寫活了。

有些作者又善於描繪自己，也不過是那麼三兩筆，就把自己的精神面貌活潑地勾勒下來。

這都是非有熟練的技巧不行的；但這決不只是詞章文字方面的技巧。作者首先應該熟悉人，熟悉人的精神世界。有千萬種人就有千萬種不同的精神上的差別，而這種差別又是同千萬種不同的客觀條件加給他的影響分不開的。「千人一面」之所以是個嚴重的貶詞，正因為他把多樣簡化成為一樣；而有些人甚至蠻不講理地否認多樣，只承認他自己定下的那個一樣。

我們多看看古今作者對人物性格的生動描寫，不但對小說、戲劇等創作是有益

❶這首詞既見於《小山詞》，又見於《杜壽域詞》，而《唐宋諸賢絕妙詞選》又以為是王觀的作品。我以為，《杜壽域詞》所收作品相當龐雜，混進了不少馮延巳、晏殊和歐陽修的，甚至還有李煜的。至於王觀的詞，也是由後人裒輯而成，《絕妙詞選》可能弄亂了作者的名字。此詞定為晏幾道作，似乎較妥。

❷音塵，音書信息。宋謝莊《月賦》：「美人邁兮音塵闕，隔千里兮共明月。」李白《憶秦娥》詞：「咸陽古道音塵絕。」

❸人人，心愛的人。黃庭堅《少年心》詞：「似合歡桃核，真堪人恨。心兒裏有兩個人人。」又：「心裏人人，暫不見霎時難過。」均是

的，對詩詞的創作同樣是有益的。

就以小晏這首詞為例吧。

你看小晏在這首詞裏描寫的這個人物多麼有其特色！那個呼之欲出的人物的性格竟是如此鮮明，真不愧是攝神之筆。

他是作為一個遠方遊子的口吻說話的。這個遊子，不是老於風塵的世故老人，不是常出經商的瞿塘賈客，也不是周遊求食的落魄文人……而是平時並未離開過溫暖的家庭，這次突然襆被出行，遠涉關山，因此感到非常不習慣的少年公子。他一走到外面，只覺得整個大地都變了顏色，樣樣東西都不稱心如意，幹出許多傻事，鬧了不少笑話。假如你是小說家或戲劇家，真可以把他這段生活寫成一個絕妙的喜劇故事。

但小晏只是寫他的詞，他不可能使用許多筆墨。你看他只是揀出這位公子的兩三個鏡頭，一兩句說話，就把人物寫活了。這就是他的本領。

開頭四句，就已經透出了這位公子的傻裏傻氣：那青年人離開家鄉以後，自然是滿口埋怨。這裏只是突出寫他既怨魂夢思家之長，又怨家中音書之少；他不歇拿起鏡子，對着滿頭黑鬒鬒的秀髮，硬是埋怨說一下子就老了許多，還執拗說這是因為思念家人的緣故。

他這股傻勁兒繼續發展了。他想着要做夢，因為那是能夠見到他的家人妻子的絕妙而唯一的辦法，而他卻也居然做到了。在夢裏，他就對着妻子大訴其苦：

真箇別離難，不似相逢好。

又是一句傻裏傻氣的廢話。不過它又是這位公子哥兒在飽受苦楚之後，從內心中迸發出來的一句真心話。誰不知道別離難、相逢好呢？難得這位哥兒在此時此地說出這種最平凡的真理，讓你惱也不是，笑也不是。我們只好說，這是一句「傻角的語言」。

傻角的語言，往往就是哲人的語言。就看你從哪個角度去評量它。秦二世時代的小丑優旃對皇帝說：「陛下想把皇城都上了漆，那多好哇！滑滑溜溜，敵人怎麼也爬不上來。只是，漆器上漆以後，要放進陰黑的屋子裏陰乾的，我們怎麼把皇城裝進黑屋子裏去呢？」你說他是傻角還是哲人？

照我看，小晏便是傻角和哲人的結合體。他平生的「四癡」和他留下來的作品的光彩互相輝映，便是一個明證。這首詞也是一個明證。

御街行

街南綠樹春饒絮，雪滿遊春路；樹頭花豔雜嬌雲，樹底人家朱戶。北樓閑上，疏簾高捲，直見街南樹。　闌干倚盡猶慵去，幾度黃昏雨。晚春盤馬踏青苔，曾傍綠陰深駐。落花猶在，香屏空掩，人面知何處？

這首詞，按詞牌是分成上下兩片；但按內容，卻是分成上、中、下三個段落的。作者靈活地打破了原來的局限。

從開頭到「樹底人家朱戶」，是第一段，寫的是街南。從「北樓閑上」到「幾度黃昏雨」，是第二段，寫的是街北。從「晚春盤馬」以下，是第三段，回頭再寫街南。其中，第一段是眼下的街南，第二段是眼下的街北，第三段則是過去的街南。三段之中分成兩段不同時間，這又是一個變化。雖然仍舊是憶舊的主題，在藝術安排上卻是下了一番工夫的。

作者通過一系列有如電影鏡頭的處理手法，以街和樹作為畫面的主幹，中間插入人物的活動，反覆變換，給讀者以形象性的暗示，然後在最末一句點出題旨，使讀者獲得藝術上的滿足。

現在我們就從這個角度分析一下這首詞的「蒙太奇」。

「街南綠樹春饒絮，雪滿遊春路」——畫面上出現一條街道的一部分，夾道綠蔭，楊柳搖曳，樹上和路上滿鋪着白濛濛的飛絮，彷彿剛下了一場雪。

「樹頭花豔雜嬌雲，樹底人家朱戶」——鏡頭前移，樹上開着各樣顏色的花，繁密得就像五色雲彩。鏡頭繼續前移，透過樹蔭，出現了朱門一角。

「北樓閑上，疏簾高捲，直見街南樹」——畫面轉換，出現了街的另一端，即街北。樹影中出現一座樓房，有個人孤獨地緩步登樓。鏡頭隨移，推近。樓上珠簾高捲，出現了登樓人的面影。他倚着欄杆，向前眺望，神情慘淡，若有所思。鏡頭順着他的目光，移到遠處，那就是剛才出現的朱樓，如今隱約可見。

「闌干倚盡猶慵去，幾度黃昏雨」——雨景，雨而又晴，斜陽下，樹影變長。倚欄人凝神深思，並沒有移動位置。

「晚春盤馬踏青苔，曾傍綠陰深駐」——畫面化為回憶。是另一個晚春，也是滿路落花，也是那邊街角，倚欄的人此時正騎着一匹細馬，在畫面上出現。馬在綠樹叢中停下，人在馬上瞻望，若有所盼。朱樓上面，隱約出現一個女郎的秀影。

「落花猶在，香屏空掩，人面知何處」——畫面又回到現在：朱樓的近影，空虛寂寞，重門深閉，綠窗低掩，悄然無人，下面是落花滿地……

我對電影這一行全無研究，上面分出來的鏡頭，也許全是外行的胡鬧，貽笑大方。不過，電影工作者顯然是能夠根據這首詞的內容把它構成電影片斷的。

我倒是盼望從事電影工作的人，多留意一下宋詞這一類的描寫手法，它是有助於電影工作者的思考的。唐詩和宋詞都長於運用形象。不論是抒情還是敍事，或者描寫人物的思想、性情，常常都以景物的隱現變化來進行表達。這不單是我國詩歌的一份豐富遺產，也是電影工作者很可貴的參考資料。這裏不過是聊舉一例，而且未必便是最有代表性的。

蝶戀花[1]

欲減羅衣寒未去，不捲珠簾，人在深深處。殘杏枝頭花幾許（紅杏枝頭花幾許）？啼紅正恨清明雨（啼痕止恨清明雨）。　盡日沉香煙一縷（盡日沉煙香一縷），宿酒醒遲（宿雨醒遲），惱破春情緒。遠信還因歸燕誤（飛燕又將歸信誤），小屏風上西江路。

蝶戀花

捲絮風頭寒欲盡，墜粉飄紅，日日香成陣（墜粉飄香，日日紅成陣）。新酒又添殘酒困，今春不減前春恨。　蝶去鶯飛無處問，隔水高樓，望斷雙魚信。惱亂層波橫一寸（惱亂橫波秋一寸），斜陽只與黃昏近。

[1] 文字根據《小山詞》，括號內是曾慥《樂府雅詞》的異文。

詞，也叫做曲子，開頭主要是供歌伎伶工們演唱用的，並不純是案頭文學。有人唱自然也有人抄，經過輾轉的傳唱傳抄，難免不出現錯誤，所以現存的宋詞，不但錯字和異文都不少，而且有些連作者的名字都弄亂了，或張冠李戴，或一首詞出現幾個作者名字。

清代以來，有人做了些校輯工作，有一定的成績，可惜收效不大，存在的問題還很多。這份工作，將來有心人還是要繼續下一番艱苦工夫的。

這裏舉出晏幾道的兩首《蝶戀花》作為例子，因為一則它有異文，二則出現兩個作者名字，三則長期以來給選家們張冠李戴，尚未「物歸原主」。

這兩首《蝶戀花》，收在南宋初年曾慥編的《樂府雅詞》，署上趙令畤的名字。但是傳世的《小山詞》也有這兩首。歷代許多選家都根據《樂府雅詞》認為是趙令畤（也是北宋作者）的作品，反而把晏幾道的名字湮沒了（朱孝臧《宋詞三百首》、梁令嫻《藝蘅館詞選》、龍榆生《唐宋名家詞選》等均是）。這是很不公平的。其實，這兩首詞的作者應是晏幾道，它同趙令畤無關。我們研究一下詞裏的幾處異文，就能夠分辨出來。

先看第一首的異文：

《小山詞》晏作「殘杏枝頭花幾許？啼紅正恨清明雨」。

《樂府雅詞》（趙）作「紅杏枝頭花幾許？啼痕止恨清明雨」。

初看似乎兩者都說得通，但仔細分析，所謂趙作便顯出破綻。「紅杏」和「殘杏」

先不管它，「啼痕」和「啼紅」相差便遠。「啼痕」者，淚痕也。它是屬於在「深深處」的人嗎？為什麼人的落淚是「止恨清明雨」？是因為清明下雨而停止了恨，還是別的不恨，只恨清明下雨？所以句子首先就費解。若說這是杏花的啼痕，也一樣難以索解，而且淚痕只是一種現象，它本身怎麼能恨得起來？晏作「啼紅正恨清明雨」，那便非常清楚，指的是殘杏因雨，零落更稀，花染水珠，有如啼泣。作者想像它是在惱恨清明的雨，所以上句用「殘杏」，下句則用「啼紅」相應（啼痕不可能恨雨，啼紅則是杏花的代詞，故可以恨雨）。意思十分明豁，絕不會引起誤解。

下片，趙作「宿雨醒遲」❷，晏作「宿酒醒遲」，一字之差，前者不通，後者明白。雨無所謂醒與不醒，更何有於遲早？即使說，它指的是人因宿雨而醒遲，也同樣不通。「宿雨」者，昨夜下過如今不再下之雨也。剛才還說「止恨清明雨」，如今忽又說「宿雨」，到底是下雨還是雨止？何況昨夜下雨，同今天人的醒遲，有什麼必然的聯繫？「宿酒醒遲」便不同了，是指人在昨天晚上喝了酒（宿酒），因此今天醒得遲了。這樣同上下文都咬合得緊。

下面，趙作「飛燕又將歸信誤」，晏作「遠信還因歸燕誤」，初看意思出入不大，其實兩句意思不同。趙的意思是燕子誤了歸期，就是說燕子還沒有歸來，或者還可以再添一層意思：因為燕子不歸，所以連遠人託牠帶回家中的信也耽誤了。晏的意思卻是，燕子歸來太急，所以遠人要託牠捎一封家信也來不及了；或像南宋詞人史達祖

❷《宋詞三百首》及《唐宋名家詞選》雖同據《樂府雅詞》定為趙作，但「宿雨」均作「宿酒」，則是據《小山詞》校改的。《藝蘅館詞選》則將「紅杏」改為「殘杏」，「沉香煙一縷」改為「水沉香一縷」，「宿雨」亦改為「宿酒」。也是知道《樂府雅詞》不可靠，但他們都不曾突破作者這一關。可見因襲勢力是很可怕的。

《雙雙燕》說的：「應自棲香正穩，便忘了天涯芳信。」把人家託牠捎的信也忘掉了。所以下文才以「小屏風上西江路」作結，意思是說，閨中人只有悵望着屏風上畫的西江路，遙憶遠人而已（這兩句還可以與小晏的《虞美人》：「去年雙燕欲歸時，還是碧雲千里錦書遲」互參）。

我們再看第二首。

趙作「墜粉飄香，日日紅成陣」，晏作「墜粉飄紅，日日香成陣」。僅僅「紅」、「香」兩字互調，就可以看出誰真誰偽。因為明明是「墜粉」——白色的落花，哪裏忽然又來個「紅成陣」？晏詞則不然，既有「墜粉」，又有「飄紅」，是說紅花白花都紛紛墜落，自然出現「香成陣」的現象，句中的「香」也同上文「捲絮風頭」的風互相呼應。

末二句，趙作「惱亂橫波秋一寸」，晏作「惱亂層波橫一寸」。也許有人以為「橫波」是眼的代詞，好懂；「層波」卻不好懂。其實用「層波」比喻眼睛，最早出於《楚辭．招魂》：「娭光眇視，目層波些。」後來唐人也用，如劉禹錫《觀柘枝舞》：「曲盡回身處，層波猶注人。」便是一例。宋詞裏就更不少。如柳永《晝夜樂》云：「層波細剪明眸。」《少年遊》云：「層波瀲灩遠山橫，一笑一傾城。」《西施》云：「萬嬌千媚，的的在層波。」李新《浣溪沙》云：「素腕撥香臨玉砌，層波窺客擘輕紗。」這些都是確證。晏詞的「惱亂層波橫一寸」，形容黃昏遠望仍然不見歸人信息的神態，是富於形象的。反之，「惱亂橫波秋一寸」，實在不好理解。什麼是「秋一寸」？整首詞都不是寫秋，而是寫春；若說是「秋波」之省略，上面已有「橫波」，何必再來重複？

由上述的分析，可見曾慥《樂府雅詞》所收的這兩首詞，是幾經傳唱傳抄弄錯了不少字的一份稿子，署名作者趙令畤，其可靠程度也應大打折扣。而《小山詞》所錄既無誤字，風格又與小晏接近，我們與其相信《樂府雅詞》，毋寧相信《小山詞》。物歸原主，這該是合理合法的。

秦觀

一〇四九～一一〇〇

字少游，一字太虛，高郵人。元豐八年（一〇八五）進士，元佑初，官秘書省正字、兼國史院編修官，紹聖初，削秩，監處州酒稅，徙郴州，編管橫州，又徙雷州，元符三年卒於藤州。有《淮海居士長短句》三卷。

千秋歲

水邊沙外，城郭春寒退。花影亂，鶯聲碎。飄零疏酒盞，離別寬衣帶。人不見，碧雲暮合空相對。　憶昔西池會，鵷鷺同飛蓋。攜手處，今誰在？日邊清夢斷，鏡裏朱顏改。春去也！飛紅萬點愁如海。

清代詞評家馮煦說：「淮海（秦觀）、小山（晏幾道），古之傷心人也。其淡語皆有味，淺語皆有致。」（味是回味，致是情致）評價很高。在兩宋詞人中，這兩位作者也實在當之無愧。但如果僅以淡語、淺語來概括秦觀，那便遠不足以說明秦觀的面目。

許多人都認為秦觀是「婉約派」，婉約固然是他一大特色，然而也只是大致上概括罷了。其實他有些作品，在婉約之中包含激烈，而且是異常的激烈。可以說他是外婉約而內激烈的。

王國維是看出秦觀的內在激烈的，認為他有淒厲一面❶，並且也肯定這種淒厲。這個看法是值得重視的。

然而，激烈也好，淒厲也好，如果只是出於個人的遭遇不幸，他的作品的意義畢竟有限。便拿秦觀這首詞來說，如果抒發的只不過是一人的身世之痛，難免使人覺得這種淒厲有些過分，但如果進一步觀察，看出這首詞是紹聖年間新舊兩黨因王安石變法引起的矛盾的激化的反映，而作者所代表的又是整個失敗一派（舊派）的廣大悲哀，那就不單不會認為它過於淒厲，反而會認為是理所當然的了。

看來，細心的讀者已經發現，這首《千秋歲》開頭才說「春寒退」，又說「花影亂，鶯聲碎」，分明是仲春天氣，風物正佳，為什麼下面忽然來個「飛紅萬點」，大歎「春去也」，不是很奇怪嗎？

其實，這正是作者心情的形象的反映。

❶王國維《人間詞話》：「少游詞境最淒婉，至『可堪孤館閉春寒，杜鵑聲裏斜陽暮』，則變而淒厲矣。東坡賞其後二語（即「郴江幸自繞郴山，為誰流下瀟湘去」兩句），猶為皮相。」按，少游「郴江」兩句含意極為深刻。郴江本來是繞着郴山轉的，為什麼它又流到瀟湘那邊去了？這是一個打比。比喻自己原是一員小京官，在京都安分守己地幹下去就行了，為什麼偏要捲進政治漩渦裏去，落得這種可憐的下場呢？蘇軾是領會這個意思的，所以有意把這兩句寫在自己的扇子上（見《冷齋夜話》）。還說：「少游已矣！雖萬人何贖。」他自己不是也慨歎過「我被

北宋新黨和舊黨之爭，是一場需要認真分析的歷史公案。在這裏沒有必要詳論。簡單地說，由於王安石的變法和司馬光等人的反變法，進而形成宗派，演為派系門爭。這一派上台，不問青紅皂白，把另一派統統打倒，一個不留。而當另一派抬頭，又以同樣手段進行報復。其結果是兩敗俱傷（參看本書蘇軾《水調歌頭》）。

元佑年間（一〇八六—一〇九三）正是舊派得勢的時候。元豐八年（一〇八五）三月，神宗崩逝。皇太子年僅十歲，由太皇太后高氏臨朝聽政。重用司馬光。明年，改元元佑。以蘇軾為翰林院學士，兼侍讀。於是黃庭堅、蘇轍、秦觀等著名詩人都集中在汴京。他們都有共同或相近的政治主張。那時秦觀雖然還是一名太學博士兼國史院編修官，但史官稱他「強志盛氣，好大而見奇，讀兵家書，與己意合」，可見他是個倔強負氣，勇於自信，有政治熱情的人，不甘於只作為一個文人而已的。但是，舊黨好景不常，到元佑八年，太后高氏崩，哲宗親政，改元紹聖，於是政局發生重大變化，新法中人如章惇、呂惠卿等恢復進用，舊派大量受到貶斥，蘇軾兄弟、黃庭堅、秦觀等都紛紛被逐出京師。在舊派看來，這自然是翻天覆地的巨變。牽涉在內的秦觀，初則貶為杭州通判，再斥為監處州酒稅。多年在汴京的一班舊好，霎時間風流雲散了。

秦觀這首詞就是在處州（今浙江麗水縣）當一名監酒稅官的時候寫的❷，他的內心正翻騰着極度的憂傷。

聰明誤一生」嗎？他應當也痛感到「為誰流下瀟湘去」的失策。所以王國維認為蘇軾欣賞此二語為「皮相」（即膚淺），那還是未真正領會秦少游心中的慘痛的。

❷按汲古閣刊本《淮海詞》此詞下題為「謫虔州日作」，虔州是處州之誤。曾季貍《艇齋詩話》說：「少游『水邊沙外，城郭春寒退』詞，為張芸叟（按，即張舜民，時謫為郴州稅）作。」曾敏行《獨醒雜志》卷五，則說此詞是秦觀謫守藤州（今廣西藤縣）後，過衡陽為孔毅甫作。記載頗為混亂。

詞的開頭，寫的是城郊的春日風光。他面對眼前的佳麗春光，卻湧起了一股強烈的今昔之感。在「綠水之旁，沙岸之畔」，舉目一望，城牆內外春寒已退，春色漸濃。「花影亂，鶯聲碎」，那是一片熱鬧的好春。

這好像是眼前在處州的春景，但其實是他回憶中的春景。他記起在汴京時，同樣是「水邊沙外」，同樣是「花影亂，鶯聲碎」，每逢這些佳日，便同一班友好（其中少不免有蘇軾、黃庭堅等人），或騎馬，或馳車，去到城郊園庭花木所在，詩酒流連，縱情玩賞。

可是，如今卻變成「飄零疏酒盞，離別寬衣帶」了。

由於人在外地飄零，彼此喝酒不在一起，所以彼此的酒杯也疏遠了。

也是由於離別，彼此相思，正如柳永說的「衣帶漸寬都不悔，況伊消得人憔悴」（見本書柳永《鳳棲梧》詞）。自己往身上一看，那衣帶不也是這個樣子嗎？

面對眼前春光，人卻憔悴零落。只剩下自己一個，老友都四散分飛了。這時候，同自己相對的，只有天邊的碧雲，碧雲逐漸同暮色結合起來，形成一片淒迷黯淡的氣氛——這就是「碧雲暮合空相對」。

上片寫的就是這樣一段觸景生情。

下片：「憶昔西池會，鵷鷺同飛蓋」，是追想當年朋友們在汴京的一段快樂的敍會。西池，據陸游《老學庵筆記》卷六：「故老言，大臣嘗從容請幸金明池。哲廟（按，即哲宗）曰：祖宗幸西池，必宴射。朕不能射，不敢出。……後勉一幸金明，所謂龍舟，非獨不登，亦終不觀也。」可見便是汴京西郊的金明池。他是同朋友常到金明池遊玩的。「鵷鷺」，是兩種鳥，古人用來比喻品級相差不遠的同僚。如《隋書・音樂志》：「懷黃綰白，鵷鷺成行」、唐李嶠《陳情表》：「思解鵷鶵之服，願辭鵷鷺之行」、岑參《初至西虢官舍南池》詩：「空積犬馬戀，豈思鵷鷺行」都是。「蓋」是車子上遮陽的帷傘。「飛」是形容車子在奔馳。你看他們幾個老朋友，坐着馬車，在綠蔭無限的官道上，指點江山，議論時政，何等徜徉自得，何其豪情勝概！

不料轉眼之間，政治局面發生巨變，朝廷中換上另一派政見不同的人物，原來的朋友們，一個都沒有留下。他不禁惘然自失地問道：「攜手處，今誰在？」

「日邊清夢斷」——傳說伊尹受湯王之聘前，曾夢乘船經過日月旁邊。「日邊」，即皇帝的身邊。只有執掌權力的大臣才能靠近「日邊」。如今，元佑這一夥人的「日邊」好夢，顯然已經斷絕了，所以說是「清夢斷」。

「鏡裏朱顏改」——同夥們都不是青春年少，這一番蹉跌，難道還有翻身的日子嗎？只有眼看着逐年逐月地改變了鏡中的紅顏。

於是，作者把這場巨大的政治失敗，凝聚成為一句淒厲的絕叫：

春去也！飛紅萬點愁如海。

「春」，指的是人事方面的春，也就是好的光景。「飛紅萬點」，那是一大批被斥逐的元佑黨人。整個政治勢力一下子給對手打垮了，就像滿樹繁英霎時化做飛紅片片。他多麼痛心，又多麼傷悼！

這才是抱着一腔政治抱負的秦淮海感到無以自解的——愁如海。

應該從這個角度去看秦觀這首詞，才能感受到其悲傷的深度。

正因為這首詞寫得如此淒厲。他的朋友讀了以後，都很有感慨。其中蘇軾、黃庭堅、孔平仲、李之儀四人都有次韻《千秋歲》的詞現存。蘇詞有「島邊天外，未老身先退」的話。黃庭堅在秦觀死後，追和《千秋歲》詞，更是淒婉，有「灑淚誰能會？醉臥藤陰蓋，人已去，詞空在……海濤萬頃珠沉海」的話。李之儀的和韻，也有「歎息誰能會，猶記逢傾蓋。情暫遣，心常在」等句。可以看出秦觀此詞傳出後，朋友們震動之大，感觸之深。

秦觀並不是一味「婉約」的，在必要的時候，他敢於掣出匕首，迎面搏殺。正如一個有非凡本領的勇士，當他集中全力進行狠命一擊的時候，是足以使人目搖神駭的。請看這些句子：

郴江幸自繞郴山，為誰流下瀟湘去？——《踏莎行》

兩情若是久長時，又豈在朝朝暮暮！——《鵲橋仙》

都是「婉約」其表，而實則用全力搏擊。這才是我們這位名家的非凡本領。

鵲橋仙

纖雲弄巧，飛星傳恨，銀漢迢迢暗度。金風玉露一相逢，便勝卻人間無數。　柔情似水，佳期如夢，忍顧鵲橋歸路！兩情若是久長時，又豈在朝朝暮暮！

牛女雙星的神話不同尋常。因為它是遠古以來我們漢族祖先構思的星象神話中，能夠流傳下來的僅有幾個之一，所以就顯得特別可貴。

本來，不論哪個古老民族，他們的祖先對於頭頂上無比燦爛的星象，都曾產生過許多神奇的幻想，由此又構成各種各樣的神奇傳說。不過，傳說和神話雖多，後來也有幸與不幸。有些民族雖有不少神話，卻隨着社會的逐步發展而大量失傳、湮沒了。我們漢族就是屬於這種情況的。最幸運的恐怕是希臘人，他們在極目杳冥的地平遠處，在浩蕩無垠的海天會合中，看到了神秘莫測的星辰起落；又在圓穹深處，看到飛躍的流星，曳尾的奇彗，茫茫閃爍的銀河，羅列成形而又永不移動的遠方天體……於是在他們的頭腦裏，一個宙斯世界出現了。故事豐富而又曲折，真是色彩斑斕，神奇無比。而更難得的是，這些神話一直能保存至今，一直使億萬世人為之神往。

對後人來說，古代神話也是文藝創作的很好素材。假如我們祖先遠古神話能更多地保存下來，這三千年的詩歌、兩千年的小說、一千年的戲劇以及可以追溯得很遠的音樂、繪畫、舞蹈，其內容也許要比如今更加豐富多彩吧！

然而我又希望，隨着今後各個民族（這裏是包括各大洲的諸民族）的文化交流更進一步密切，乃至互相彙合交融，那麼，其他民族的星象神話會很自然地被引進我們的文藝領域，從而茁生出更多和更瑰麗的鮮花。神話，不管它怎麼動人，對後人來說仍然只是創作的素材；問題還在於有了素材以後能否創作出真正能感動人、真正能傳之不朽的好作品。

拿牛女雙星這個神話來說，別的朝代且不論，單說在兩宋詞壇，人們歌詠這個愛情故事的篇章何止千萬，可是照現存的名家作品來看，寫得真正好的實在是少之又少，而能長久地膾炙人口傳誦不衰的，恐怕就只有秦觀這首《鵲橋仙》了。

雙星故事本來人人皆知，情節並不曲折，寓意也是頗為簡單。但正因如此，拿它來進行創作，便不那樣容易打動人心；連名家也往往達不到應有的水平。要舉例的話，請看下面這幾位名家的手筆：

歐陽修《漁家傲》是這樣說的：

……一別經年今始見，新歡往恨知何限？天上佳期貪眷戀，良宵短，人間不合催銀箭。

他以為牛郎織女一年一度相逢，必然是「貪眷戀」的，因此人們不應該驚破他倆的好夢。這種構思說不上有什麼高明。

柳永的《二郎神》是這樣說的：

……願天上人間，佔得歡娛，年年今夜。

好像是明代高則誠《琵琶記》中「唯願取年年此夜，人月雙清」一語的出處。作為祝頌的吉詞，自然是不錯的，但也僅僅是吉詞而已。

蘇東坡的《菩薩蠻》又是這樣說的：

相逢雖草草，長共天難老。終不羨人間，人間日似年。

這已經涉及天上愛情的長久了。可是，句子的構造還未能達到理想。

下面又是張先的《菩薩蠻》：

牛星織女年年別，分明不及人間物。匹鳥少孤飛，斷沙猶並棲。……

他是以人間的戀情反過來傲視雙星，立意恰同蘇東坡相反，但其缺點卻還是一樣。北宋名家，其成就不過如此。可見便是一個小小題目，考起試來也不是容易對付的。

於是也就突出了秦觀這首《鵲橋仙》。

這首詞開頭，是一幅七夕的美景。天上織着一些纖細的雲彩，偶爾暗暗飄過銀河，偶爾又把一些星宿遮掩起來，好像有意顯示它那靈巧的身段似的。忽然，長空劃過一道閃亮的光輝，從東到西越過半個天空，又消失在冥冥的黑暗裏。那是一顆明亮的流星，彷彿又是一位報信的使者，牛女的離別之恨，七夕的歡會之期，通過它的流光，帶出了牛女雙星通過鵲橋，渡過銀河，作一年一度的聚合了。

這開頭三句寫得很空靈，筆觸輕巧，着墨不多。因為故事是大家熟悉的，用不着多費唇舌，只是輕輕一筆把題目點出也就行了。

然後，重點出現在下面兩句。你看作者濃蘸巨筆，在紙上大書特書道：「金風玉露一相逢，便勝卻人間無數。」

這才是雙星故事所蘊藏的特有的思想光輝。

「一相逢」指牛女雙星的一年一度；「人間無數」有兩種含義，一是世上的無數人，一指人間夫妻朝夕相會。「一」和「無數」是兩極端。「無數」比「一」大上無數倍，照理，「一」無論如何比不上「無數」，可是任何事物都不是永恆不變的，在一定的條件下，「一」又可以勝過「無數」。這個條件就是愛情的無限堅貞，無限純潔。請想想吧！世間有多少男女愛情能夠像雙星那樣永遠也不虧損，永遠如此誠摯呢？在這裏，秦觀不但高度概括了雙星故事的愛情意義，而且嘲笑了世俗那些虛偽短暫的愛情，從而樹立了牛女雙星的崇高的形象。

下片，開頭寫雙星的一段短暫的歡會。「柔情似水」，形容雙方感情深沉廣大，浩渺無際；「佳期如夢」，這一歡會又是似真如幻，並且是非常短暫的；「忍顧鵲橋歸路」，不能不又分手了。這裏又有多少依戀，多少悵惘！這是行文上的反跌，用以襯起下文的氣勢。

那麼，應該怎樣看待這種天上的離別呢？作者以更加昂揚的調子，振筆大書道：「兩情若是久長時，又豈在朝朝暮暮！」

真像是禪宗的棒喝，佛門的頓悟，使人為之猛然震驚。雙星的品格獲得高度的升華，「七夕」的紀念有了更大的含義，連讀此詞者的感情也頓然為之淨化了。

「朝朝暮暮」，也就是朝夕廝守，如此豈不甚好！然而關鍵卻在於「兩情」是否「久長」。如果是爾虞我詐的「朝朝暮暮」，那還不如趁早決絕，省卻煩惱。

法國作家羅曼·羅蘭寫過一部小說，那名字就叫《搏鬥》。男女主人公是一對不同國籍的青年。在開頭，那種「朝朝暮暮」簡直達到瘋狂的程度；然而不久，兩人就在彼此猜疑、窺伺、嫉妒、敵視中過着痛苦的日子。羅曼·羅蘭對人生的觀察是深刻的；秦觀同樣也看出了永恆和短暫的辯證關係。「朝朝暮暮」同幸福並不是同義語，而「金風玉露一相逢」，從某一角度去看，不等於就沒有幸福。

而且，這兩句詩給予人間的離別者以多麼巨大的安慰和鼓勵啊！每當他們在離別之中讀着「兩情若是久長時……」的時候，不是好像感到一股支持的力量嗎？

就這樣，秦觀把牛郎織女的故事的意義進一步深化了，人物的品格也顯得更為崇高了。對比着前面引錄的歐、柳諸人的作品，秦觀這首《鵲橋仙》，豈不像是高蹈銀河、俯視塵世的愛情之星！

浣溪沙

漠漠輕寒上小樓，曉陰無賴似窮秋。淡煙流水畫屏幽。　自在飛花輕似夢，無邊絲雨細如愁。寶簾閑掛小銀鈎。

在尋味這首詞的技巧的時候，我腦子裏忽然湧出一首晚唐人寫的絕句：

碧闌干外繡簾垂，猩色屏風畫折枝。
八尺龍鬚方錦褥，已涼天氣未寒時。

——韓偓《已涼》

這是一首很有啟發性的作品，在初唐、盛唐大大小小詩人中，似乎還沒有誰敢於這樣落筆。因為它實在過分「特寫化」了，連盛唐的大師們也沒想到就這樣也可以算得上是一件完成的作品。它只是寫了幾樣陳設，一種天氣，題目是從詩中隨手拈來的：這能算是詩麼？我們回答說：是詩，而且是晚唐的詩。因為它體現了近體詩的高度技巧，是詩法已經進入完全成熟的階段才出現的新派的詩。我們就說它是晚唐派吧，是新出現的。

乍一看時，這首詩似乎沒頭沒腦，還沒有說完一件事，很不完整。可是只要我們仔細尋味，那引人聯想的空間就出現了；而且這空間是如此深邃、幽渺，彷彿一個捉摸不定的境界，其中似乎有人物的活動，卻又藏在朦朧不定之中，因之你必須填充詩裏不曾道破的內容。你不禁要問：到底是什麼東西能夠發生這種作用？

回答是簡單的：那是你自己的腦子。你是一個有生活經驗，又有一定的文化修養的人，你接觸過一定數量的文藝作品，掌握它的規律，也懂得了不少表現技巧，因之你具有屬於文藝範疇的思維活動；而由於具有這種思維活動，又使你掌握了一種特殊的本領：你能夠從沒有線條中看出線條，沒有聲響中聽出聲響，沒有語言中領會語言，沒有形象中體會形象。這是你比之缺乏文藝素養的人要高明的地方。

一個作家在進行創作的時候，決不可以忘記或低估作品欣賞者的藝術思維能力。不應該把欣賞者看成比自己低能的，應該承認他們的鑒賞能力不比自己差，要讓他們與作者充分合作，一起發掘作品的內在蘊藏。

為什麼畫裏的船兒可以漂在一片素白的地方？為什麼紙上那一段白色就是雲彩？為什麼舞台上演員的表演是形神兼備，而佈景卻簡單到幾乎一無所有？為什麼詩歌的語言有如此其多的省略、跳躍，同時又有如此之多的交叉、重疊？為什麼音樂的旋律可以表現人物的性格？……類似的例子太多了，歸結到一點，創作者都懂得尊重欣賞者的藝術思維能力，理解他們欣賞的本領。

韓偓那首《已涼》，對室中的陳設描寫如此工細，連屏風是猩紅色，上面畫着折枝花，龍鬚蓆子方橫八尺，錦褥是方形的，都細細寫出，天氣已涼而未寒，也是夠具體的了。唯獨就不曾下一個字去描寫室中人，真是連痕跡都找不着。可是，由於作者細緻而準確地交代了一個特定的環境和氣氛，讓讀者恍如置身其中，於是讀者就有把握馳騁自己的想像力，把室中人物「再創造」出來，使之切合這樣的環境。

自然，那是些什麼人物？形象如何？是坐着還是睡着？讀者的想像未必便與作者的原型完全相同，而且不同讀者又可以有不同的想像。儘管如此，這一篇作品其實已經寫完了，作者的目的達到了，而讀者也不會認為它是「半成品」。這樣，一種代表新派的藝術出現了。晚唐的詩歌是不可忽視的，在藝術技巧上它頗有突破盛唐的地方。從前頗有人卑視晚唐，認為它纖巧，其實纖巧何嘗不是一種藝術風格，何必加以歧視！何況所謂纖巧者，又往往是細膩精巧的東西，更是不應一律否定的。

理解了《已涼》，那麼，秦觀這首《浣溪沙》就好掌握了。他這首詞使用的也就是《已涼》的那種手法。也是細緻地寫了季節，寫了畫屏和寶簾，寫了飛花和春雨，除此之外，也是沒有一個字寫到人，連痕跡都沒有。可是這樣的一個特定環境，它讓你走了進去，你就能夠看見處在這環境中的人物，甚至能夠猜到他（或她）此時的心境。

真是多麼奇妙！

那是春寒未退的時候，小樓裏面有一個人（他，或她。姑且就認為是她吧）。她感到這小樓的氣氛一片淒冷。為什麼呢？樓裏沒有半點兒溫暖，有的只是一陣陣似乎是無所不在的早春的寒意，這寒意好像是從樓外一步步進入樓中的，使得這春天的陰暗的早晨變成了淒冷的晚秋天色了。她還依舊躺在床上，床頭立着幾曲屏風，屏風上面繪着一彎流水，幾縷細煙……她怔怔地瞅着這些用輕柔的線條組成的東西，總覺得淒冷而又寂寞。突然，一瓣兩瓣飛花從窗口飛了進來，彷佛就在床前舞蹈着……一忽兒，她便進入了夢境。那夢境迷糊恍惚，像飛花那樣悠揚，那樣自在。不知是這些飛花化成了一場夢境，還是夢境出現飛花。她這時才覺得自己是在追逐着那三片兩片、霎時又化為千片萬片的飛花，飛出窗外，飛在空中，隨風上下。這才真是自由自在，無拘無束啊……可是，正當她獲得這少有的愉快的當口，夢卻像泡沫一樣，破滅了。窗外正在下着一絲絲細雨，那雨細得宛如塵霧，在天空中交織成廣大迷濛的一片。她站到窗下，抬頭看着這雨，雨彷彿織成了一張憂愁的巨網，無邊無際，無窮無盡！於是，簾子依舊放了下來。人們只見簾鈎空蕩蕩地搖晃着……

我能馳騁的想像大抵便是如此。比我聰明的讀者自然還有很多可以回翔的天地，讓各人自己去補充發揮吧！作者是會歡迎這種合作的。那麼，作者在這首詞裏打算告訴我們一些什麼呢？

假如我在上面的「再創造」沒有完全走入歧途，我以為作者要表現的依然是傳統的「閨怨」的主題。詞裏描寫了一位閨中少婦在晚春時節的無聊情緒和對禁閉似的生活的怨恨。主題並不新鮮，可是運用的手法卻是吸取了晚唐新派詩人的成就。如果我們說，宋詞中的婉約派是繼承晚唐新派詩人的衣缽，而又加以發揚光大，恐怕不會是毫無根據的瞎說吧！

下面，讓我們再對全詞進行藝術分析：

用「漠漠」形容輕寒，是因為這輕寒無所不在，人無法把它甩開。這句中就含有人的愁意。而且「輕寒」又彷彿故意同室中人作拗，它毫不客氣地侵入小樓，使室中更添上凄冷，那便使室中人倍覺難堪。開頭這句，出現一種特殊的環境，讓讀者感到其中的不尋常的氣氛。

第二句是進一步加強這凄冷的感覺。本來是春天，可是偏偏不像春天，而是濃陰四佈，沒有陽光，反而像是深秋的天氣。「窮秋」是說秋天已盡，那天氣是森冷的。句中還下了「無賴」二字，「無賴」是惱恨之詞，室中人對於這樣的天氣，簡直惱恨極了，所以直說它「無賴」。

第三句補充室內的環境。古代富貴人家的臥室，有一種小屏風，是圍在床頭的，用來擋風或遮光。晏幾道

《蝶戀花》詞：「斜月半窗還少睡，畫屏閑展吳山翠」、周邦彥《隔浦蓮》詞：「屏裏吳山夢自到」、張先《清平樂》詞：「屏山斜展，帳捲紅綃半」、晏殊《清平樂》詞：「雙燕欲歸時節，銀屏昨夜微寒」都是。屏風上多畫人物、山水或禽鳥。溫庭筠《菩薩蠻》詞：「小山重疊金明滅」，是說金色屏風上畫了重疊的山，反映晨早的陽光。又《偶遊》詩：「紅珠斗帳櫻桃熟，金尾屏風孔雀閑」是說屏風畫了孔雀。杜牧《屏風絕句》：「屏風周昉畫纖腰，歲久丹青色半銷」是說屏風上畫了仕女。秦觀此詞的「淡煙流水」，也是屏風上面所畫的。有了這句，點出人是睡在床上，或是躺在床上發愣，開出下片的夢境。

下片首句以飛花比夢境的悠揚，意境極美，用「自在」二字，反襯室中人物的不自在或不自由，是意在言外的一筆。「飛花輕似夢」，解為夢似飛花那樣輕，更為傳神。次句，「絲雨」用「無邊」二字形容，更顯得春雨的使人煩悶，而室中人的「愁」則簡直無可擺脫。這都是不尋常的筆墨。本來，愁無所謂粗細，但因下着絲雨，人又因雨而更愁，所以就有「愁如細雨」的比喻，新奇而又貼切。最後那句，用室中景物作結，讓讀者自己去伸展想像，更是餘情裊裊的一筆。那時候，室中人在幹什麼呢？應當是更孤獨吧？但她又能怎麼樣？這都只有留給讀者去體味了。

秦觀這首詞，意境迷離，辭藻優美，很能表現婉約派的特色。

賀鑄

一〇五二～一一二五

字方回，衛州人。元佑中通判泗州，又倅太平州。退居吳下，築室橫塘，自號慶湖遺老。有《東山寓聲樂府》三卷。

青玉案（橫塘路）

凌波不過橫塘路，但目送、芳塵去。錦瑟華年誰與度？月橋花院，瑣窗朱戶？只有春知處！　飛雲冉冉蘅皋❶暮，彩筆新題斷腸句。試問閑愁都幾許？一川煙草，滿城風絮，梅子黃時雨。

❶ 蘅皋，指長着香草的郊野。

這是賀鑄在暮春時節寫的懷念一個女子的作品。

這首詞一向名氣很大，不僅當時有許多人極口稱讚，像黃庭堅就為此寫一首詩，內中說：「解作江南斷腸句，只今唯有賀方回。」（《寄賀方回》）據吳曾《能改齋漫錄》卷十六：「賀方回為《青玉案》詞，山谷尤愛之，故作小詩以紀其事。」而且還有不少人步韻寫詞，表示傾倒。粗略一算，與他同時或稍後的人，用《青玉案》詞牌而步賀韻的，就有蘇東坡的「和賀方回韻送伯固歸吳中故居」（首句是「三年枕上吳中路」）；李之儀的「用賀方回韻有所禱而作」（首句為「小篷又泛曾行路」），黃大臨（首句為「行人欲上來時路」；又「千峰百嶂宜州路」），黃庭堅的「至宜州次韻上酬七兄」（首句為「煙中一線來時路」），周紫芝的「凌歊台懷姑溪老人」（首句為「青鞋忍踏江沙路」），蔡伸的「和賀方回韻」（首句為「參差弱柳長堤路」）；王之道的「送無為守張文伯還朝」（首句為「逢人借問錢塘路」）；馮時行的「和賀方回《青玉案》寄果山諸公」（首句為「年時江上垂楊路」）；楊無咎的「次賀方回韻」（首句為「五雲樓閣蓬瀛路」）；史浩的「用賀方回韻」（首句為「湧金斜轉青雲路」）；還有張元幹的一首，有小序云：「賀方回所作，世間和韻者多矣……」（首句為「平生百繞垂虹路」）等，足見賀鑄這首詞影響之大和愛好者之多。

但是話雖如此，因為這首詞寫得幽隱婉約，後來有些人就不大弄得清楚他寫的內容是什麼。黃蓼園說此詞上片「第孤寂自守，無與為歡，惟有春風相慰藉而已。後段言幽居腸斷，不盡窮愁，惟見煙草風絮，梅雨如霧，共此旦晚，無非寫其境之鬱勃岑寂耳。」（見《蓼園詞選》）就是一例。

其實作者懷念前歡的感情是十分深沉的。

橫塘路是蘇州一個名勝。《中吳紀聞》說，賀鑄在此地有一間別墅。可見詞是在他這別墅寫的。

從整首詞看，作者在這地方曾經和一個女子相好，後來女的離去，就再也不回來了。如今又是春暮，時節引起他深深的回憶。他盼望她也許會在這時候回來，但是終於毫無蹤影。開頭一句——「凌波不過橫塘路」，正是寫出了作者這種悵惘。

「凌波」一詞從曹植《洛神賦》「凌波微步，羅襪生塵」借來，指代他認識的那女子。周邦彥《瑞鶴仙》詞：「凌波步弱，過短亭何用素約」亦用此意。

「目送芳塵」是凝望已久。用一「但」字，見得人是杳無蹤影，滿眼只有落花飛絮，紅紫成塵，一片春去的景色。

人終於沒有再來。他心頭充滿疑問：「她如今到底在什麼地方？她同誰待在一起？她的生活是怎麼過的？」這一串疑問，他都無法解答。於是，他不能不湧出「錦瑟華年誰與度」的念頭來。這是一句深情的追問，然而沒有人能夠解答，他自己當然也無法解答。

「錦瑟華年」，說的是她的年紀。瑟有二十三弦的，有二十五弦的。《漢書·郊祀志》：「泰帝使素女鼓五十弦瑟，悲，帝禁不止，破其瑟為二十五弦。」因此「錦瑟華年」說的是她年紀是二十來歲。

「月橋花院，瑣窗朱戶」——這八個字是猜測那女子的下落的疑問句。她是在月橋，還是花院？是在瑣窗，還是朱戶？是哪一處似月的橋、堆花之院？是哪一家青瑣之窗、朱漆門戶？誰知道呢？誰也不知道。

由於那女子的終不見來，他做了許多猜測：也許她已流落異地，也許她已嫁了他人，也許還是回到娘家去……但畢竟都只是猜測。

於是他終於發出這樣的概歎：「只有春知處！」也許唯一知道她的下落的只有春之神了。然而春之神只管忙着回到那天涯海角的老家，並不曾告訴他半點兒消息。

這是上片。那情懷之淒婉，心境的悲涼，已經深深打動了讀者。真是「別時容易見時難」，人生的遇合常常就是這樣。

「飛雲冉冉蘅皋暮」——他追憶舊時的歡好，懷念離人的行蹤，反反覆覆，心情激蕩，早就忘記時間的早晚了。直等看到飛雲冉冉散去，草原暮色蒼茫，才猛然發覺天色已經暗下來了。而那些往事，正如冉冉飛雲，自己這顆心也愈來愈陰沉了。

「彩筆新題斷腸句」——斷腸的詞句當然不是這一回才寫的，因為想念她，早已寫過不少斷腸之句；本來打算再也不寫了，誰知道如今拿起筆來，還是要寫這些使人斷腸的句子。

假如誰要問我：這種相思的苦悶到底如何……

那麼，打些個比喻吧：請看「一川煙草」，它是怎樣的連綿瀰漫，無邊無際地生長；請看「滿城風絮」，它是怎樣的濛濛一片，遮天蓋地；也請看黃梅時節的雨，它是怎樣的日夜飄灑，無休無止吧！

這些都是暮春時節的眼前景色，拿來和作者此時的愁情作比，真是形象豐富，窮情盡致，使人有難以超越的驚歎。我們知道，古來形容愁情的詩句，有南齊謝朓的「大江流日夜，客心悲未央」，有唐代詩人杜甫的「憂端齊終南，澒洞不可掇」，有杜牧的「楚岸柳何窮，別愁紛若絮」，有李頎的「請量東海水，看取淺深愁」，有馮延巳的「撩亂春愁如柳絮，悠悠夢裏無尋處」，也有南唐李後主的「問君能有幾多愁，恰似一江春水向東流」，以及歐陽修的「離愁漸遠漸無窮，迢迢不斷如春水」，都是膾炙人口的名句。賀鑄卻能在他們之外，別樹一幟，獨鑄新詞，那力量真是不容小視的。

這最後三句，技巧上前人稱為勾勒。它不是一般的重疊，而是有目的的加厚。正如畫家描繪山水，「有連皴數層而取深厚者，有重疊焦擦以取秋蒼者」。似重疊而實不重疊。試看，「一川煙草」，已是一層，「滿城風絮」，又是一層，「梅子黃時雨」，又更進一層。形象步步進展，步步豐滿，感人的力量也就不斷加深加厚。此詞所取得的成功確實不是偶然的。

關於這首詞的寫作年代，據蘇東坡《青玉案》（和賀方回韻送伯固還吳中），寫於元佑七年壬申（一〇九二），是年東坡五十五歲，賀鑄四十歲。則賀詞應是四十歲或更前所作。曾有人說它作於晚年，看來是不對的。

趙令時

一〇五一～一一三四

字德麟，燕王德昭玄孫。歷官營州防禦使，洪州觀察使，紹興初，襲封安定郡王，同知行在大宗正事。

菩薩蠻

輕鷗欲下寒塘浴，雙雙飛破春煙綠。兩岸野薔薇，翠籠熏繡衣。　憑船閑弄水，中有相思意：憶得去年時，水邊初別離。

筆者往年初學攝影，常常碰到這種難題：「一帶江山如畫」，可惜鏡頭收攏不盡，去取之間，大費斟酌；反覆考慮，最後下了決心，對着一個方向，「咔嚓」一聲按下快門。及至沖印出來一看，大失所望。原來這當中不單有眼睛選得準不準的問題，還有眼睛所收同鏡頭所收不完全是一個樣的問題。

但也會出現這樣的情況：你認為並不理想的那一幅，經過內行人的一裁一剪，給它來個去粗取精，就像是撥去障目的塵埃，一幅精彩的作品脫穎而出，使你為之驚喜不已。

創作詩詞也會出現類似情形。當你徘徊於山水之間，似乎有所觸發，想寫下一點什麼，可是一則不知如何選景，再則，即使選了，到底有什麼意義，心裏也不免躊躇。在這裏，學習選擇與剪裁同樣是重要的工夫。

趙令畤這首《菩薩蠻》也許會對你有所啟發。

一派滔滔江水，兩岸繁花綠樹，水上往來着各色各樣的船兒；岸上，許多店戶人家，還有種種不同人物在活動。景物可謂繁複了。為什麼這位作者對這一切都不感興趣，單獨只選擇下面這兩樣景色呢？

一種是：

輕鷗欲下寒塘浴，雙雙飛破春煙綠。

另一種是：

兩岸野薔薇，翠籠熏繡衣。

一雙輕鷗從春煙中穿飛過來，轉眼又回身飛入迷濛的碧空，牠們好像要落到寒塘中戲水，不料陡地向上一翻，又翩然向着遠處去了。

野生的薔薇，密密蓋滿了一江兩岸。紅花襯上綠葉，便彷彿在翠色的熏籠上（一種竹織的熏烘衣服用的工具）鋪着紅豔的繡衣。

這是為了描寫春天的景色嗎？是，可也不完全是。說它是，因為它確實寫出了很動人的江上景色，前者生趣盎然，後者色彩絢麗。說它又不是，因為作者原是另有目的另有作用去選擇這兩種景色的，並非只為着寫一寫眼前所見。

這裏一帶江景，在作者並不陌生。原來去年此際，他就在此地同一個相好的女郎在江邊分手；不料此次舊地重遊，那女郎已經不在了。她到底是什麼原因離開此地？是逝去還是給人帶走？都無法知道，也打探不出一個究竟。如今他只好獨個兒默默地憑在船邊，無聊地逗弄着江水，強烈地回憶着在這江上同她分手的情景。這時候，眼前什麼綠樹人家，什麼遊船旅客——儘管這些事物以強烈的色彩和閃熠的動勢在他眼前招展，他都好像一無所見，只有心頭那股思憶之情正在促使他進行「情感的物化」。

換句話說，他要從眼前的景物中尋求一種情感的再現。這種尋求說不上是很有意識的，但他是在苦憶當時的情景。就在這時候，江上那一雙欲下不下、輕盈矯捷、互相追逐着的鷗鳥，就幻出他和那女郎的身影；而兩岸的野薔薇，紅花襯着碧綠的葉子，看上去又宛如那女郎的繡衣——她留給他印象最深的那件繡衣——曾放在碧色的熏籠上面的。

於是我們領悟了，原來作者開頭四句寫景，絕不是隨便拉來湊數應付的。因為這些景物是融和着人的感情而出現的。

有人說過：「一切景語，皆情語也。」從廣義說，是這樣；不過又未免過於浮泛。應該說，一切景語，都通過作者的選擇、剪裁，使其成為我之情語。換句話說，使景物帶上作者在一定條件下出現的感情色彩。正如薔薇和繡衣本來是風馬牛不相及的兩回事，但是在特定的條件下，它們不但可以融合起來，而且還體現出作者此時此地的感情內容。

從一定的時間觀念來說，景色是死板的，而人的思想感情卻能給予這些死板的東西以新的生命。同樣的景色，會有不同的思想感情內容，試一看唐代杜甫、岑參、高適、儲光羲幾位詩人登上慈恩寺塔時寫的詩就知道了。他們各寫各的，完全不相蹈襲。因為各有各的具體的思想感情。不是常常聽到有人慨歎，說好景都給前人寫盡了嗎？看來他們還是只知其一，不知其二。

王觀

生卒年不詳。字通叟，如皋人，嘉佑二年進士。元豐二年為大理寺丞，坐知江都縣受賕，除名永州編管。

卜算子（送鮑浩然之浙東）

水是眼波橫，山是眉峰聚。欲問行人去那邊？眉眼盈盈處。才始送春歸，又送君歸去。若到江南趕上春，千萬和春住！

在文藝作品裏運用一些俏皮話，不是低級庸俗的打趣，既不損害風格，又能引起欣賞者的會心微笑，這在高明的作者筆下是常有的。

詞在北宋，被一些人視為「小道」，有些作者因此也視詞如小品文，並不把它堂而皇之地看待，他們在這種文體中有意表現自己的脫略不羈或滑稽風趣。王觀便是此中之一人。

王觀是如皋人，考開封府試第一名，中嘉佑二年（一〇五七）進士，官翰林學士，後因應制撰《清平樂》詞，被指為冒犯神宗皇帝，罷職，因號王逐客。著有《冠柳詞》。他的生平記載雖然簡單，也能看出是個脫略不羈的人物。他的作品，風趣而近於俚俗，時有奇想。王灼說他「新麗處與輕狂處皆足驚人」（見《碧雞漫志》）。他曾寫過一首《天香》詞，下片云：

> 呵梅弄妝試巧，繡羅衣、瑞雲芝草。伴我語時同語，笑時同笑，已被金樽勸倒。又唱個新詞故相惱。盡道窮冬，原來恁好！（這麼好，咁好）

寫一家人在冬天圍爐喝酒、互相戲謔的情景，十分生動。

又有一首《木蘭花令·詠柳》，後面幾句是：

東君有意偏撋就（搓挪成就，成全），慣得（放縱得）腰肢真箇瘦。阿誰道你不思量，因甚眉頭長恁皺？

這樣寫柳腰和柳眉，都是別開生面，不落俗套的。

王觀這首《卜算子》，頗受選家的注意，也是俏皮話說得新鮮，毫不落俗的緣故。

這首詞是為送別一個朋友寫的。這個朋友叫鮑浩然，不知是什麼人，他同王觀的交情似乎不很深，但也並非十分疏遠；這次分手，既不是被貶謫，也不是去遠行，而是同親人團聚。所以此行還是愉快的。不過，王觀同他的交情一般，沒有太多惜別之感，又用不上那些虛浮的客套話，送行之作怎麼能夠寫好，卻是頗費斟酌的。

於是我們看見這位聰明的作者運用風趣的筆墨，把尋常的話頭來個「化腐臭為神奇」，居然能引起讀者對它的喜愛。這可以算是「唯陳言之務去」的一個小小例子。

鮑浩然如今到浙東（浙江省以浙江為界，東南面地區稱浙東），作者為他送行（可能他有個愛姬在浙東，這回是去探望她）。這類事情真是太尋常了，差不多每天都可以碰上。要寫這種送行詩，隨便湊合幾句，也可以應付過去了。可是這位作者卻不這麼想，他有他的一套不落俗的構思：先從遊子歸家這件事想開去，想到朋友的妻妾一定是日夜盼着丈夫歸家的，由此設想她們在想念遠人時的眉眼，再聯繫着「眉如遠山」（《西京雜記》：「司馬相如妻文君，眉色如望遠山。時人效畫遠山眉。」）、「眼如秋水」

（李賀《唐兒歌》：「一雙瞳人剪秋水」）這些習用的常語，又把它們同遊子歸家所歷經的山山水水來個擬人化，於是便得出了這樣兩句：

水是眼波橫，山是眉峰聚。

它是說，當這位朋友歸去的時候，路上的一山一水，對他都顯出了特別的感情。那些清澈明亮的江水，彷彿變成了他所想念的人的流動的眼波；而一路上團簇糾結的山巒，也似乎是她們蹙損的眉峰了。山水都變成了有感情之物，正因為鮑浩然在歸途中懷着深厚的懷人感情呵。

從這一構思向前展開，於是就點出行人此行的目的：他要到哪兒去呢？是「眉眼盈盈處」。

「眉眼盈盈」四字有兩層意思。一層意思是：江南的山水，清麗明秀，有如女子的秀眉和媚眼。又一層意思是：有着盈盈的眉眼的那個人（古詩：「盈盈樓上女」）。盈盈，美好貌）。因此「眉眼盈盈處」，既寫了江南山水，也同時寫了他要見到的人物。語帶雙關，扣得又是天衣無縫，實在是高明的手法。

上片既着重寫了人，下片便轉而着重寫季節。而這季節又是同歸家者的心情配合得恰好的。

那還是暮春天氣，春才歸去，鮑浩然卻又要歸去了。作者用了兩個「送」字和兩個「歸」字，把季節同人輕輕搭上，一是「送春歸」，一是「送君歸」；言下之意，鮑浩然此行是愉快的，因為不是「燕歸人未歸」，而是春歸人也歸。

然後又想到鮑浩然歸去的浙東地區，一定是春光明媚，配合着明秀的山容水色，愈顯得陽春不老。因而便寫出了：

若到江南趕上春，千萬和春住！

也許是從唐詩人韋莊的《古別離》：「更把玉鞭雲外指，斷腸春色在江南」得到啟發吧，春色既然還在江南，所以是能夠趕上的。趕上了春，那就不要辜負這大好春光，一定要同它住在一起了。但這只是表面一層意思，它還有另外一層。

這個「春」，不僅是季節方面的，而且又是人事方面的。所謂人事方面的「春」，便是與家人團聚，是家庭生活中的「春」。

這樣的語帶雙關，當然也聰明，也俏皮。

通看整首詞，輕鬆活潑，比喻巧妙，耐人體味；幾句俏皮話，新而不俗，雅而不謔。比起那些敷衍應酬之作，顯然是有死活之別的。

仲殊

生卒年不詳。名揮，姓張氏，安州人，曾舉進士，後棄家為僧，居杭州吳山寶月寺，崇寧中自縊卒。有《寶月詞》。

南柯子

十里青山遠，潮平路帶沙。數聲啼鳥怨年華。又是淒涼時候、在天涯。　白露收殘月，清風散曉霞。綠楊堤畔問荷花：記得年時沽酒、那人家❶？

❶ 年時，當年、那時。那人家，那個人。家，語尾助詞，無實義。

《紅樓夢》第二十二回，寫薛寶釵把《魯智深大鬧五台山》戲文中的一支曲子《寄生草》唸給賈寶玉聽。寶玉聽了，拍膝搖頭，稱讚不已。那曲子是這樣的：

> 漫搵英雄淚，相離處士家。謝慈悲剃度在蓮台下。沒緣法轉眼分離乍。赤條條來去無牽掛。那裏討煙蓑雨笠捲單行，一任俺芒鞋破缽隨緣化。

也許是為了暗示賈寶玉原就有「解脫世塵」的佛家思想，也許曹雪芹本人歡喜佛法，或者對這支曲子本來很感興趣，正好借寶釵之口表露出來。這些都很難確定，且不管它。

這支曲子寫得好不好？單就文字而論，它寫得還是好的。假如它不是由魯智深唱的話。因為這曲子並不符合那粗豪魯莽、三拳打死鎮關西、兩回大鬧相國寺的魯智深的性格。一個「卻不識字」的魯提轄，怎麼會一下子那麼文縐縐，什麼「謝慈悲剃度」，什麼「沒緣法分離」，什麼「煙蓑南笠」、「芒鞋破缽」，一大套知識分子腔口。這能令人想到是一位莽和尚說的話嗎？

比較起來，《西廂記》寫惠明和尚還不脫英雄和尚的本色。人的性格有多種，和尚的性格也有多種，不能都用一個馬絡頭。《紅樓夢》和《西廂記》都是以讀書人的筆桿子來寫和尚，是代人立言；我們不妨再看看和尚怎樣寫自己。

> 野僧自是閑，不復知閑味。譬如庵中人，不見庵外事。——宋惠洪《次韻贈庵僧》

惠洪是個有文化的和尚，又是個閑不住的和尚。他寫詩，甚至還寫詩話，可見不甘寂寞。此詩「不復知閑味」五字，確是閑得發慌的和尚所特有的感受，不是碌碌塵世的俗人能夠隨便想得出的。

再看下面這個：

春雨樓頭尺八簫，何時歸看浙江潮？芒鞋破缽無人識，踏過櫻花第幾橋？

碧玉莫愁身世賤，同鄉仙子獨銷魂。袈裟點點疑櫻瓣，半是脂痕半淚痕。

——蘇曼殊《本事詩》

是破缽，是袈裟，卻又是櫻花、櫻瓣，又是脂痕、淚痕，豈不十分矛盾和十分可笑？但這只有出自從革命走向頹廢的知識分子和尚之口，才算恰如其分。

可見所謂「寫出本色」，就是要寫出其人的性格、氣質或身份。即文藝學上的「這一個」。

如今言歸正傳。

仲殊和尚，俗姓張名揮，曾中進士，早年因放蕩不羈，妻子對他極為不滿，在食物裏下了毒，得救不死，自此出家為僧。所食都拌蜜糖，所以又稱「蜜殊」。與蘇東坡為友。善詩詞，詞集七卷今失傳，後人僅輯得三十首。

讀了這首《南柯子》，真能看出一個早年放蕩不羈而後半路出家的和尚的自我寫照。

那是個夏日早晨，和尚獨個兒在江岸走着，潮水漲平了沙路。遠處一帶青山，偶爾可以聽見幾聲啼鳥。殘月西墮，白露濕衣，拂曉的涼風把朝霞慢慢吹開了。這本來是很好的天氣，對於旅行者來說，應該是愉快的；但他本是個感觸特多、凡心未盡的和尚，於是就在走着聽着的時候，覺得啼鳥好像在怨年光的易逝，他自己也不期而然地湧起又是「淒涼時候」，又是「遠在天涯」的感歎了。

仲殊和尚愛吃蜜，不吃肉。據說醫生說過，吃肉可以使毒性再發作。但他還是要喝酒，顯然不肯守那佛門清規。

現在，他來到荷花塘近旁。這裏一堤楊柳，濃蔭繁密，微風過處，荷香飄拂。那些荷花真是開得又大又好看。於是，他在塘邊柳下停了腳步……他想起來了，原來有一年也是這個時候，他來過這地方，在附近的酒家買酒喝了一回，乘着酒意，還來看這些荷花哩！

他禁不住又是感歎又是高興，於是向着塘裏的荷花問道：「荷花啊！你可記得從前那個買酒喝的漢子麼？」

這真是風情搖曳的一問。僅僅憑這一問，仲殊和尚的性格以至於氣質，都充分流露出來了。

佛教徒認為蓮花是聖潔的。《釋迦氏譜》引《普曜經》說，釋迦如來誕生時，在無憂樹下生七莖七寶蓮花，大如車輪。菩薩墮蓮花上，不須扶持，自行七步。所以釋迦如來的雕像都是坐在蓮花上的。如今仲殊和尚看到蓮花，想起的卻是它那「世俗」的美豔，還同自己醉中賞花的往事聯繫起來。這就全不是一心皈依的和尚了。

同樣是寫和尚，有種種不同的寫法；同樣是和尚寫的作品，也有種種不同的性格表現。這才使人感到它的真實。

再請看仲殊另外一首調寄《柳梢青》詞，下片是這樣寫的：

行人一棹天涯，酒醒處、殘陽亂鴉。門外秋千，牆頭紅粉，深院誰家❷？

黃昏薄暮，看見人家門外聳立着秋千，牆頭出現一個打秋千的少女，於是就猜測住在深院裏的是些什麼人。嗐！這哪裏還像個出家的和尚呢！

❷誰家，指哪個人、什麼人。

周邦彥

一〇五六～一一二一

字美成，錢塘人，元豐中獻《汴都賦》，召為太學正，徽宗時仕至徽猷閣待制，提舉大晟府。卒於明州。自號清真居士，有《清真集》。

過秦樓

水浴清蟾，葉喧涼吹❶，巷陌馬聲初斷。閑依露井，笑撲流螢，惹破畫羅輕扇。人靜夜久憑闌，愁不歸眠，立殘更箭❷。歎年華一瞬，人今千里，夢沉書遠。　空見說，鬢怯瓊梳，容消金鏡，漸懶趁時勻染❸。梅風地溽，虹雨苔滋，一架舞紅都變❹。誰信無聊，為伊才減江淹，情傷荀倩❺。但明河❻影下，還看稀星數點。

❶清蟾，月亮。涼吹，涼風。

❷更箭，古代用銅壺滴漏報時，壺中有箭用以表示時間，稱漏箭或更箭。

❸勻染，梳妝打扮。

❹梅風，初夏黃梅時節的風。溽，濕。虹雨，指雨後見虹的夏雨。舞紅，風中搖蕩的紅花。

❺這是兩個典故。《南史·江淹傳》:「江淹少時宿於江亭，夢人授五色筆，因而有文章。後夢郭璞取其筆，自此為詩無美句，人稱才盡。」荀粲字奉倩，娶妻曹氏有豔色。妻亡，歎曰：佳人難再得。人弔之，不哭而神傷。未幾，奉倩亦亡。見《世說新語·惑溺》註引《荀粲別傳》。

❻明河，銀河。

在兩宋詞人中，周邦彥一向受到很高的評價。南宋時他已經得到不少好評，有些填詞的人，甚至嚴守他的作品中的四聲。到了清代，經過詞評家和詞選家的竭力表彰，結果是變本加厲，把他捧成「詞中老杜」，或「詞家正宗」、「詞人巨擘」，甚至說，「後有作者，莫能出其範圍矣」。簡直偉大得無可再偉大了。

究竟周邦彥的作品是不是如此出神入化，無可比擬呢？

竭力表彰周詞的人，大抵都有一種片面性，站在純技巧方面來談，完全拋棄了思想內容。就像看到一個很能修飾打扮的女子，僅僅從她的外表盡情誇讚，而且明知她在品德方面並不那麼完美，也裝作沒有看見。

較中肯的倒是晚清劉熙載的看法：「周美成詞，或稱其無美不備。余謂論詞莫先於品；美成詞信富豔精工，只是當不得個貞字。」「周美成律最精審，史邦卿句最警煉；然未得為君子之詞者，周旨蕩而史意貪也。」（「旨蕩」，含意放蕩）

在周邦彥的作品中，除了有一部分比之「有分看伊，無分共伊宿」之類還更進一步，也就是更精細地描寫色情，因而更顯得他的「旨蕩」之外，另有一部分則是用工細的筆墨來描述封建士大夫的無聊生活。這兩部分佔了他整個作品中相當大的比重。又由於他不像晏幾道那樣具有純真的品性，在抒寫男女之情的時候，儘管技巧上費了工夫，仍然無法掩飾內容的空虛和淺薄。這些都是周邦彥作品的致命缺點。

自然，這樣說並不等於不要藝術性。應該承認，周邦彥的技巧是十分高明的。

他不僅精通音律，對曲調有所創新，擴展了音樂的領域，提高了樂壇的水平，而且在填詞的技法上也有不少新的創造。他對詞壇中的格律派產生重大的影響，因為在選詞下字、佈局謀篇方面，他都有比前人更加精到的地方；在描摹物象方面，更是精工細膩，曲折周到，為許多名手所不及。

周邦彥的技巧是可以學習的，在指出他的作品內容的不良傾向以後，也應該指出他在藝術技巧上的長處，從而吸取其優點，為我所用。

我們就先看看他這首《過秦樓》。

這首詞內容很簡單，不過是追憶已經離去的戀人而已。但寫得很有特色。它使用了類似現代電影的畫面突轉的手法，使時間、地點、人物、感情一齊起了變化，如此進行了數次變換，構成整個事件的因果關係，顯示人物感情的發展過程。這是不是前人所說的「空際轉身」？我說不準，因為「空際轉身」指的是什麼，實在不明確。值得指出的，是這種手法在詞壇中由周邦彥首先創造，並且運用得十分靈活，開創了以後寫長調的一個絕妙的法門。

整首詞可以分為四大段，每段又分兩小節。四大段是四次畫面的大變換，兩小節是前後鏡頭的小轉移。

下面是具體的剖析：

「水浴清蟾，葉喧涼吹，巷陌馬聲初斷」——這是一之一。畫面是夏天的夜晚，月亮像從水裏洗浴過，那麼晶明瑩徹，纖塵不染。涼風吹在樹葉上發出「沙拉」的響聲。夜的街巷非常寂靜，人馬走動聲都完全停下來了。我們看到這畫面似是用廣角鏡頭拍下來的，一個廣闊的然而幽靜的境界首先呈現在讀者（觀眾）眼前。

「閑依露井，笑撲流螢，惹破畫羅輕扇」——一之二。鏡頭緩緩近移，於是出現了畫面中心的人物。井欄邊斜靠着一位男性青年，他此時的目光和笑靨都正落在院子中的一位少女身上。那美麗的女郎正在拿一柄紈扇去追撲在月光底下翔舞的螢火蟲，撲得正起勁呢，不想一個不小心，扇子撲在薔薇的枝椏兒上，嗤的一聲，扯破了一大片。兩人都一愣，跟着又一齊大笑起來❼。

這是一遠一近組成的畫面，鏡頭是由遠漸推向近。

「人靜夜久憑闌，愁不歸眠，立殘更箭」——這是二之一。畫面突然變換，不是在院子裏，而是在小樓一角；不是兩個人，而是男的一人；也不是笑容可掬，而是愁容滿面。雖然同樣是夏夜，景色、人物、感情都起了極大的變化。這個小樓倚立的人，神色慘淡，長久望向遠方，長久沒有動彈，只聽得遠處的更鼓低沉地響着，響了一遍又一遍，夜氣很深了。

「歎年華一瞬，人今千里，夢沉書遠」——二之二。鏡頭推成一個人物面部的特寫。他，原來就是「閑依露井」那個青年人，風采如舊，卻顯出沉思悵惘的神氣。過了一會，他輕輕歎息，自言自語：「想不到又是一年了，近來連夢裏也沒有見到

❼張相《詩詞曲語辭彙釋》引周氏此詞，釋「惹破」為「惹着」，未確。

她……怎麼總沒有一個音訊……哎！其實路也真遠……」

「空見說，鬢怯瓊梳，容消金鏡，漸懶趁時勻染」——這是三之一。又是一個畫面大變換，是從那青年人的苦思苦憶中化出來的另一個畫面：開頭出場的那位撲流螢的女郎，出現在她的閨房裏。她神情憔悴，面容清瘦。好像剛起來不久，頭髮有點散亂，釵鐶都沒有整好，而且顯然不施脂粉，只是呆呆坐着，心事重重，正在想些什麼。

「梅風地溽，虹雨苔滋，一架舞紅都變」——三之二。鏡頭逐步搖向窗外，人們可以看到那熟悉的井欄，那依舊的庭院，還有那一架劃破扇子的薔薇。還是初夏景色，不過不是晚上而是白天了。地上還可以看到剛下過雨的痕跡，濕潤的土地，綠苔到處長了起來，把環境染成一片衰敗荒涼。那滿架薔薇，給風一吹，花瓣紛紛掉在地上，剩下枝頭的殘英，零落得不成樣子。很顯然，女主人不知多久沒有光臨這個院子了。以上，還是幻出來的畫面。

「誰信無聊，為伊才減江淹，情傷荀倩」——這是四之一。鏡頭又轉，回到倚欄的青年人身上。這是第二段的回覆。「才減江淹」，是在暗示這位青年想寫一首詩抒述此際情懷，卻又心緒撩亂，老是寫不成功。「情傷荀倩」，自然是指他這時心情是非常惡劣的。

「但明河影下，還看稀星數點」——四之二。在更漏沉沉中，他眼前幻化出笑撲流螢那一幕；還是女郎的動作和那笑貌，還是他那含笑倚着井欄的風度和情態。漸漸人物隱去，只看見幾點流螢在空中閃閃爍爍地飛舞。不料轉眼之間，飛舞的流螢竟然凝結起來，再也不動了。原來那是明亮的銀河附近閃爍着的幾顆疏星。

那也許就是織女星座吧，她隔着銀河同牽牛遙遙相對❽，然而也只是遙遙相對，誰都沒有辦法跨過那明亮而又冷酷無情的銀河……

應該說，周氏這種手法是很新穎的。它只通過畫面變換，許多可有可無的話就都省略掉了，然而情節卻是分明清楚的，敍述也是秩然不亂的。一個尋常懷人的主題由於作了這樣的處理而顯得人物形象生動鮮明，景色富於變化，取得了很好的藝術效果。它之所以受到後人的高度讚美，當然不是沒有緣由的。

❽每年初夏半夜時，織女、牽牛兩星座已在東天出現。

應天長

條風❶布暖，霏霧弄晴，池塘遍滿春色。正是夜台無月，沉沉暗寒食。梁間燕，前社客❷，似笑我、閉門愁寂。亂花過，隔院芸香，滿地狼藉。

長記那回時，邂逅❸相逢，郊外駐油壁❹。又見漢宮傳燭，飛煙五侯❺宅。青青草，迷路陌。強載酒、細尋前跡。市橋遠、柳下人家，猶自相識。

這首詞，前人的解釋都含糊籠統，不甚了了。

明人李攀龍說：

上半敍景色寥寂，下半與人世睽絕。

又說：

❶條風，立春以後吹的風。《易緯》：「立春條風至。」

❷社，指舊時祭社神的日子。通常立春後第五個戊日叫春社，立秋後第五個戊日叫秋社。燕子在春社前從南飛來，所以叫「前社客」。

❸邂逅，偶然相遇。

❹油壁，油壁車。一種車廂油漆花紋的車子，供婦女乘坐。

❺五侯，西漢時，王譚、王商、王立、王根、王逢時五個皇親國戚同日封侯，世稱五侯。

不用介子推典實，但意俱是不求官，不徼功，似有埋光鏟彩之卓識。

——《草堂詩餘雋》

近人陳洵說：

「布暖」「弄晴」，已將後闋遊興之神攝起。「夜堂無月」，從閉門中見。「梁燕笑人」，「亂花過院」，一有情，一無情，全為「愁寂」二字出力。後闋全是閉門中設想。「強載酒、細尋前跡」，言意欲如此也。「人家相識」，反應「邂逅相逢」。

——《海綃說詞》

李攀龍固然沒有讀懂這首詞；陳洵說「夜堂無月，從閉門中見」；下闋「全是閉門中設想」，也是誤解。

其原因是這首詞有個關鍵的字傳抄錯了，以訛傳訛；那些評論的人也沒有弄清楚，以致整首詞的意思都搞亂了。

這個字就是「夜台無月」的「台」字。現存周詞的版本，統統錯成「夜堂無月」，只有清康熙的欽定《詞譜》引此詞時還保留原狀，刊作「夜台無月」。「台」和「堂」乍看相差不遠，實則相差甚遠。因為「夜堂」指的是夜間的廳堂，而「夜台」卻是指死者的埋骨之地，也就是墓穴。詞中的「正是夜台無月，沉沉暗寒食。」乃是從李白《哭宣城善釀紀叟》詩「夜台無曉日，沽酒與何人」變化而來❻。「夜堂」是活人的，「夜台」是死人的。不弄清楚這個字眼兒，這首詞就無法正確理解了。

怎麼知道欽定《詞譜》不是弄錯呢？可不可以「少數服從多數」呢？

欽定《詞譜》所引用的宋詞，錯誤較少，可以糾正許多其他版本的錯字。這是讀過清人萬樹的《詞律》及恩錫、杜文瀾的校勘的人都知道的。但更重要的是，從這首詞的內容來看，作「夜台」則用意明顯，作「夜堂」則簡直無從索解。

不妨逐句加以分析。

這首詞是周邦彥在某一年的寒食節日寫的。從上年冬至節開始算一百零五天就是本年的寒食節。寒食節是遊春的好日子，但在古代，這天也是人們上墳拜掃的日子，元人劉因有《寒食道中》詩：「簪花楚楚歸寧女，荷鍤紛紛上塚人。」正是舊時的社會風習的寫照。

「條風布暖，霏霧弄晴，池塘遍滿春色」——一幅節日的光景：「條風」即春風；「霏霧」指晨霧。春風給人以愈來愈暖的感覺，早霧又預示這天是個好晴天，放眼看去，池塘泛綠，春意盎然，本來是郊遊的好日子啊！

「正是夜台無月，沉沉暗寒食」——可是，他卻想起逝去的那位女郎。她正沉睡在墓穴之中，那地方一片昏暗，既沒有太陽，也沒有月亮。她過的只是昏沉黑暗的寒食

❻李白這首詩上句，一作「夜台無李白」，這比較合理。但另有版本作「夜台無曉日」，當是周詞所本。

節罷了。

這是一種陡然轉折的手法，但在周詞中卻是常見的。

「梁間燕，前社客，似笑我、閉門愁寂」——一想起已逝的女郎，自己就禁不住心裏悲哀，儘管是郊遊的好天氣，人人都興高采烈到外面趁熱鬧，自己卻不想出門。不料樑上的燕子——這些給人稱為「前社客」的小傢伙，像在冷冷地譏笑：「這個傻小子呀！人家都成群結夥到外面玩兒去了，你發什麼呆呀！」

「亂花過，隔院芸香，滿地狼藉」——隔院飄過來一陣陣芳香，原來春風把花兒從枝頭吹了下來，弄得滿地都是散亂的花瓣。他怔怔地瞧着，殘花彷彿是女郎的不幸身世……

白居易有《夜惜禁中桃花詩》：「坐惜殘芳君不見，風吹狼藉月明中。」是說宮禁中的桃花零落了。曹唐又有《長安春舍敍邵陵舊宴》詩：「狼藉梨花滿城月，當時常醉信陵門。」是說梨花零落了。但是周邦彥為什麼說到「芸香」呢？原來他在哲宗時官秘書省正字，徽宗時又曾官秘書監。秘書和「芸香」是有關係的。唐詩人楊炯《登秘書省閣詩序》說：「命蘭芷之君子，坐芸香之秘閣。」趙嘏《酬元秘書》詩：「官總芸香閣署崇，可憐詩句落春風。」可見「芸香」同秘書關係是密切的，已經成為典故。周邦彥在詞裏用「隔院芸香」，很可能那時正在任職秘書省，用「芸香」便可以帶出他那時的官職和所在的環境。

上片寫的就是他「閉門愁寂」的事。

折到下片，畫面又來一個大轉換。

「長記那回時，邂逅相逢，郊外駐油壁」——從這兒開始，他已經走出大門，來到郊外了。

他來到郊外，便記起那回兩人無意中相逢的舊事：她剛從一輛漆得很華麗的車子上走下來，恰好和他打個照面，這叫「不期而遇」。然後就互通情愫。那一天也恰好是寒食佳節。

以後呢？當然是一段不尋常的生活經歷了。到底情形是怎樣的，作者沒有交代，我們自然也不清楚；可以肯定，經過了若干日月，她不幸夭逝了，這使他十分傷感，所以在寒食節追憶起來，連門都不想出了。

但是，人的思想往往是矛盾的，不想出去，又偏偏想出去。他的腦子進行了反覆的思想鬥爭。最後，決定到外面去走一回。而到了外面，卻又想重新找回那次初度相逢的地方。

「又見漢宮傳燭，飛煙五侯宅」——想起唐代詩人韓翃那首詩：「春城無處不飛花，寒食東風御柳斜。日暮漢宮傳蠟燭，輕煙散入五侯家。」京城的習俗還是那樣，自己卻只能引起「物是人非」的歎息，那段往事早已一去不返了。上面「長記」，這裏是「又見」，可見他是一面走着，一面苦苦追憶。

「青青草，迷路陌。強載酒、細尋前跡」——「強」，是明知不可為而為之。自己心裏明明知道，人早已死了，但由於繫心的憶念，仍然打算重尋舊地，奠一杯酒憑弔一番。可是，到郊外一看，滿眼芳草萋萋，正是風景不殊，舉目卻有人事之異。他在路上繞來尋去，卻再也找不回那年同她初見的那個地點了。

「市橋遠、柳下人家，猶自相識」——雖然畢竟是找不到，不知不覺卻走到市橋上來。在一棵大柳樹下，住着一戶人家。他正走近這棵樹，忽聽得有人向他打招呼，抬頭一看，呵！原來是從前認識的……

這一結尾是什麼意思呢？

是作者向我們暗示：這戶人家曾經同他和那位女郎之間有過一定的關係或來往。自從女郎夭逝以後，這種關係便中斷了；如今由於「細尋前跡」，才又重新碰上。而重新見面後，更增添了他懷人的傷感。

這一結尾表面平淡，骨子裏是沉重的。

這就是寒食節日的曲折。可見弄清楚了那個關鍵的字眼，這首詞原是不難懂的。

這首詞不能算是寫得特別高明；它的技巧，在周詞中也是屬於常見的。儘管如此，還可以看出它那變換轉折過渡的安排，舉重若輕，頗見本領，仍然有值得後人學習的地方。

花犯

粉牆低，梅花照眼，依然舊風味。露痕輕綴。疑淨洗鉛華，無限佳麗。去年勝賞曾孤倚，冰盤同燕喜。更可惜、雪中高樹，香篝熏素被。

今年對花最匆匆，相逢似有恨，依依愁悴。吟望久，青苔上、旋看飛墜。相將❶見、翠丸薦酒，人正在、空江煙浪裏。但夢想、一枝瀟灑❷，黃昏斜照水。

這首《花犯》也是談周邦彥的技巧時不可少的例子。

初看這首詞，只覺它跳動得厲害。不容易把捉住它的脈絡。但仔細尋味以後，就會看出作者是分成過去、現在、未來三個階段去寫梅花的，三個階段各有不同的情懷，委婉曲折；而且寫梅花又是為自己寫照。筆墨的照應、映帶、收放、開合，都十分講究。從技法來說，確是大可玩味的。

寫這首詞之前，作者正在地方上做官；寫詞的時候，他已經準備離任他往了。客

❶相將，行將、即將。

❷瀟灑，淒涼、淒清。

中孤寂，梅花曾經是他的唯一知己，如今卻又要捨它而去，心情實在難過。由此又想到自己近年來行蹤不定，宦情冷落，頗有身世之感，於是借梅花抒發情懷。詞的題旨就是這樣。

我們看作者是怎樣用筆的。

一開頭，寫自己在官舍裏。官舍外面有一堵低矮的白粉牆，牆頭伸出一棵大梅樹。現在花又映入自己眼中。這梅樹他看過已經不止一回，如今枝椏上又綴滿了珠子似的花朵，豐神韻味還是像往常一樣。

這裏，作者先透出一個「舊」字，便埋伏了下面許多文章。

跟着，就具體描寫梅花。這些花輕輕沾着露水，就像洗淨了脂粉的美人兒，有一種說不出的嬌豔。句中下一「疑」字，是彷彿很像的意思。「鉛華」，即鉛粉，舊時婦女常用來搽臉。這三句顯示了作者正在細心地欣賞着梅花。

「去年勝賞曾孤倚，冰盤同燕喜」——這兩句點出了去年曾欣賞過梅花。那是在春初，正逢一個節日。自己客中寂寞，沒有伴侶，就獨自一人，持酒賞花。「冰盤」是白瓷盤，韓愈《李花》詩：「冰盤夏薦碧實脆，斥去不禦慚其花。」便是指冰樣潔淨的瓷盤。「燕喜」是過節的時候飲宴。句中下一「同」字，那意思說，同自己過節喝酒的沒有別人，就只有梅花了。

跟着就對去年的梅花細寫一筆：

「更可惜、雪中高樹，香篝熏素被」——「可惜」這裏是可愛的意思。「香篝」指裏面放香用來熏烘衣服的熏籠。那時剛下過一場雪，雪還壓在密密的枝椏上，襯着滿樹燦爛的白梅花，看上去就如同熏籠上面蓋了一張白色的被子，好看極了！

這個比喻並不太新鮮。我們知道，同周邦彥同時的趙令畤，在他的《菩薩蠻》中，就有「兩岸野薔薇，翠籠熏繡衣」的描寫，恰好也用熏籠和衣服比喻枝上的繁花。

上片，先從眼前所見的梅花寫起，然後回憶去年觀賞梅花。這樣，他就先寫了一筆前後兩年的情景。

轉入下片，再又回到今年的情事上來：

「今年對花最匆匆，相逢似有恨，依依愁悴」——他從回憶中又回到眼前來。先用「匆匆」暗冒一筆，見得自己快要離開此地了；然後轉筆寫梅花有情，它似乎知道要同老朋友分手，所以也像是懷着滿腔心事，既戀戀地依倚着故人，又顯出愁悶憔悴的神氣。這當然是以人的感情注入花中。因為上片還在說梅花「無限佳麗」，如今卻忽說梅花「依依愁悴」，似有矛盾，實則因作者此時情懷惆悵而已。

下面索性轉筆寫自己對花的惜別之情。

自己看到梅花這種情態，心裏就更不好開解。於是長久地凝望着它，也想吟詠幾句詩去安慰它。正在呆着的時候，卻看見枝梢搖曳，一陣風吹過，花瓣紛紛掉到青苔上。這是為什麼？是梅花悲哀到不能自制嗎？是梅花怨恨自己嗎？

這是同梅花最後一次見面的鏡頭。作者的無可奈何之情，都含蓄在此時的無言之中。

「相將見、翠丸薦酒，人正在、空江煙浪裏」——「相將」是行將、快要的意思。他的思路又向着未來伸展開去；我快要離開這地方了，梅花會怎麼樣呢？梅花一定落盡了。花落以後，就結出梅子，那個時候，我早已坐着船兒，浮泛在空江煙浪之中了。我也許在船上會看到梅子，它還伴隨我喝酒呢（「翠丸薦酒」，是拿梅子作為下酒的東西）。

結拍於是又追想梅花的形影，那心境更是蒼涼了。因為要再看見那粉牆外的梅花，除了夢中，已不可能了。遠離舊地，只有在夢裏見得：一枝橫斜的梅花，淒涼冷落，在淡淡的夕照中，對着自己水裏的影子。

整首詞句句緊扣梅花，也句句緊扣作者自己。你看他先從眼前寫起，然後追到去年，又從去年繞回到眼前，再從眼前推開去，寫想像中的未來的情景。前後呼應，上下串插，結構何其嚴密，筆墨又何其靈動！

作者分明意在寫出自己年來落寞的情懷，卻借了梅花作為襯墊，委婉表達。人與梅花彷彿溶化成為一片。應該注意的是，其中的「依然舊風味」、「無限佳麗」、「旋看飛墜」和「一枝瀟灑」，都是既寫了梅花，也暗暗透出作者自己的景況的。

少年遊

并刀如水，吳鹽勝雪，纖手破新橙。錦幄初溫，獸煙不斷，相對坐調笙。　低聲問：向誰行宿？城上已三更。馬滑霜濃，不如休去，直是少人行！

這首詞，不外是追述作者自己在秦樓楚館中的一段經歷❶，在當時士大夫的生活中，自然是尋常慣見的，所以它也是一種時興的題材。然而這一類作品大都鄙俚惡俗，意識低下，使人望而生厭。周邦彥這一首之所以受到選家的注意，卻是因為他能夠曲折深微地寫出對象的細微心理狀態，連這種女子特有的口吻也刻畫得惟妙惟肖，大有呼之欲出之概。誰說中國古典詩詞不善摹寫人物，請看這首詞，不過用了五十一字，便寫出一個典型人物的典型性格。

「并刀如水，吳鹽勝雪，纖手破新橙」——這是富暗示力的特寫鏡頭。出現在觀眾眼前的，僅僅是兩件簡單的道具（并刀，并州出產的刀子；吳鹽，吳地出產的鹽）和女子一雙纖手的微細動作，可那女子刻意討好對方的隱微心理，已為觀眾所覺察了。

❶張端義《貴耳錄》載：「道君（按，即宋徽宗）幸李師師家，偶周邦彥先在焉。知道君至，遂匿床下。道君自攜新橙一顆，云江南初進來。遂與師師謔語。邦彥悉聞之，隱括成《少年遊》云……」這種耳食的記載簡直荒謬可笑。皇帝與官僚同狎一妓，事或有之，走開便是，何至於匿伏床下，而事後又填詞暴露，還讓李師師當面唱給皇帝聽。皇帝自攜新橙，已是奇聞，攜來僅僅一顆，又何其乞兒相！

「錦幄初溫，獸煙不斷，相對坐調笙」——室內是暖烘烘的幃幕，刻着獸頭的香爐輕輕升起沉水的香煙。只有兩個人相對坐着，女的正調弄着手裏的笙，試試它的音響；男的顯然也是精通音樂的，他從女的手中接過笙來，也試吹了幾聲，評論它的音色和音量，再請女的吹奏一支曲子。

這裏也僅僅用了三句話，而室內的氣氛，兩個人的情態，彼此的關係，男和女的身份，已經讓人們看得清清楚楚了。

但最精彩的筆墨還在下片。

下片不過用了幾句極簡短的語言，卻是有層次，有曲折，人物心情的宛曲，心理活動的幽微，在簡潔的筆墨中恰到好處地揭示出來。

請看：

「向誰行宿」——「誰行」，哪個人。在這裏可以解作哪個地方❷。這句是表面親切而實在是小心的打探。乍一聽好像並不打算把他留下來似的。

「城上已三更」——這是提醒對方：時間已經不早，走該早走，不走就該決定留下來了。

「馬滑霜濃」——顯然想對方留下來，卻好像一心一意替對方設想：走是有些不放心，外面天氣冷，也許萬一會着涼；霜又很濃，馬兒會打滑……我真放心不下。

這樣一轉一折之後，才直截了當說出早就要說的話來：「不如休去，直是少人

❷行，陽韻。詞中多從屬於人，用作「那邊」解。「誰行」就是「誰那邊」。作者另有《風流子》句云：「最苦夢魂，今宵不到伊行」，是指她那邊。姜白石《踏莎行》「離魂暗逐郎行遠」的「郎行」是指郎那邊。

行！」你看，街上連人影也沒幾個，回家去多危險，你就不要走了吧！

真是一語一試探，一句一轉折。我們分明聽見她在語氣上的一鬆一緊，一擒一縱；也彷彿看見她每說一句話同時都偵伺着對方的神情和反應。作者把這種身份、這種環境中的女子所顯現的機靈、狡猾，以及合乎她身份、性格的思想活動，都逼真地摹畫出來了。

這種寫生的技巧，用在散文方面已經不易着筆，用在詩詞方面就更不容易了。單從技巧去看，不能不叫人承認周邦彥實在是此中高手。

六醜（薔薇謝後作）

正單衣試酒，悵客裏光陰虛擲。願春暫留，春歸如過翼❶，一去無跡。為問花何在？夜來風雨，葬楚宮傾國。釵鈿墮處遺香澤。亂點桃蹊❷，輕翻柳陌。多情更誰追惜？但蜂媒蝶使，時叩窗槅。

東園岑寂，漸蒙籠❸暗碧。靜繞珍叢❹底，成歎息。長條故惹行客，似牽衣待話，別情無極。殘英小、強簪巾幘❺。終不似、一朵釵頭顫裊，向人欹側。漂流處、莫趁潮汐。恐斷紅❻尚有相思字，何由見得？

❶ 過翼，飛過的鳥兒。

❷ 桃蹊，指桃花樹下的小路。

❸ 蒙籠，指草樹茂密的樣子。

❹ 珍叢，珍貴的樹叢。此指薔薇。

❺ 巾幘，頭巾、帽子。

❻ 斷紅，指落花。

《六醜》是周邦彥自創的一個新調，也是宋詞發展到燦爛時期的一個珍貴的產兒。

南宋詞人周密在所著《浩然齋雅談》中曾記載了這樣一件事，他說：北宋末年，汴京（今河南開封市）有個著名的妓女李師師，有一回在徽宗皇帝跟前唱了一支曲子，那曲子很動聽，可是連精於音樂的這位皇帝也不知道是一支什麼曲子。他就問她：是誰人寫的？李師師回說：這叫《六醜》，撰曲人是周邦彥。後來，徽宗皇帝召見周邦彥時，特意問起此事，還問他曲子的名字為什麼叫《六醜》。周回答說：因為它犯了六個宮調（取各宮調的聲律合成一曲，使宮商相犯以增加樂曲的變化），那都是最好聽的章段，因此取名《六醜》；可是要唱得好聽卻不容易。

把六段好聽的章段連接起來，卻名之曰《六醜》，大抵也像把可愛說成「可憎」，把親愛的伴侶喚作「冤家」那樣，是「物極必反」吧。

不管怎樣，這首詞是寫得成功的，而且很可以看出周邦彥那種展挪、鋪敍的本領。整首詞只寫了園子裏薔薇花的凋謝，事情本來十分簡單，但他卻能寫成一百四十字的長調，曲折委婉，圓轉妥帖。沒有深入生活、觀察細微的工夫，是不可能做到的。

由此，我不禁想起金聖歎批點《第六才子西廂記》裏的一段話：

吾少即為文，橫塗直描，吾何知哉！吾中年而始見一智人，曾教我以二字法，曰「那輾」。至矣哉！彼固不言文，而我心獨知其為作文之高手。何以言之？凡作文必有題，題也者，文之所由以出也。乃吾嘗取題而熟睹之矣，見其中間全無有文。夫題之中間全無有文，而彼天下能文之人都從何處得文者耶？吾由今以思，而後深信「那輾」之為功，是唯不小。何則？夫題，有以一字為之，有以三五七乃至數十百字為之；今都不論其字少之與字多，而總之，題則有其前，則有其後，則有其中間；抑不寧唯是已也，且有其前之前，且有其後之後，且有其前之後，而尚非中間，而猶為中間之前；且有其後之前，而既非中間，而已為中間之後。此其不可以不察也。誠察題之有前，又察其有前前，而於是焉先寫其前前，夫然後寫其前，夫然後寫其幾幾欲至中間而猶為中間之前；夫然後始寫其中間，至於其後，亦復如是。而後信題固蹙而吾文乃甚舒長也，題固急而吾文乃甚紆遲也，題固直而吾文乃甚委折也，題固竭而吾文乃甚悠揚也。如不知題之有前有後有諸迤邐，而一發遂取其中間，此譬之以槪擊石，確然一聲，則遽已耳，更不能多有其餘響也。蓋「那輾」與不「那輾」，其不同有如此者。

——見《第六才子書．前候》

金聖歎其人應作如何評價，是另一回事；寫文章也不僅僅是技巧問題，這些都可以另作議論。假如從藝術探討出發，研究文章的做法，那麼，他這番話卻是有道理的。「那輾」決不是故意拖拉，更不是無中生有，而是像畫家在紙上反覆點染勾勒，乃是使主題深化、形象飽滿的藝術技巧之一。從事文藝工作的人，對於這種技巧，是應該懂得的。

在兩宋詞人中，柳永和周邦彥都是善於運用「那輾」的。如今我們且來看看周邦彥的「那輾」。

一開頭，他就從題目之前下筆。「單衣試酒」，本來與薔薇毫不相關。「單衣」無非點明季節已到了初夏；「試酒」則說明可以偷得空閑。就在喝着新釀好的酒之時，忽然想到「客裏光陰虛擲」，那為什麼？那是暗暗點出正在那繁花盛開之際，自己牽於俗務，便把賞花的時間都擠掉了。

「願春暫留，春歸如過翼，一去無跡」——這一韻也仍然在題目之前盤旋。因為在春天無法欣賞園中名花，所以才「願春暫留」，不料春天卻像不肯停留的候鳥，毫不留戀地飛走了。如今，自己走進園子裏一看，原來連春天的影子都找不着了。

然後才出現落花的形象：「為問花何在？夜來風雨，葬楚宮傾國。」前一句是作者的發問，後兩句是作者的自答。通過一問一答，於是人們知道，昨夜有一件出人意料的事情：一場突然而來的狂風驟雨，把有如傾國傾城的絕色名花，一下子一掃而光了。「楚宮傾國」，原是指春秋戰國時代楚國的宮女們。李商隱《夢澤》詩：「夢澤悲風動白茅，楚王葬盡滿城嬌。」周邦彥是借用「楚宮」的美女比喻薔薇花的。

但上面還只是粗略地下了一筆；略寫之後，便進一步加以細寫。你看作者正在細尋落花的蹤跡：「釵鈿墮處遺香澤，亂點桃蹊，輕翻柳陌。」上面他把落花比作楚宮的美人，如今他又把落花比作唐宮的楊妃。正如白居易在《長恨歌》中說的，「花鈿委地無人收，翠翹金雀玉搔頭」。楊妃在馬嵬坡這一幕，彷彿重現在他眼前：滿地的花瓣，四散飛揚，桃花樹下有的是，楊柳路上也有的是。原來薔薇已經完全凋謝了，都從枝頭上落下來了。

於是又從側面描寫一筆：「多情更誰追惜？」遊人都散盡了，誰也不來可憐這些殘敗的花朵。可是，這園子裏還有一些戀戀不肯離開的，它們卻不是遊人，而是蜂兒蝶兒。那些蜂兒蝶兒時不時撞到窗槅子上，為什麼呢？難道牠們要憑弔可憐的落花嗎？

我們分明看到，作者這一支筆也像蜂媒蝶使那樣，不斷地繞着「凋謝的薔薇」轉來轉去。這是題目的中心，是必須着力去描繪的。

下面換頭先提一句夏初的景色。「岑寂」是因為不僅沒有賞花的人，也沒有了花。

如今有的只是暗沉的碧葉，這些葉子由於氣候轉熱而愈發密茂了。「蒙籠」是草樹茂盛的樣子。左思《蜀都賦》：「蹴蹈蒙籠，涉躐寥廓。」杜牧《歎花》詩：「狂風落盡深紅色，綠葉成陰子滿枝。」便是這兩句話的出處。

「靜繞珍叢底，成歎息」——這就轉入了自己。薔薇花落後，如今只剩下自己一個人還對殘花有所留戀。句中下一「靜」字，可見除了自己，更無別人。「歎息」則是表現了對已逝的好景的無可奈何。應該注意，這是題後的初步「那輾」。

「長條故惹行客，似牽衣待話，別情無極」——又是把自己同薔薇進一步牽繫起來。自己既對薔薇如此有情，薔薇也就對這位詩人報以同樣的情態了：它伸出長長的枝條，並且拿它的尖刺拉着詩人的衣袂，宛似無限依戀，要訴說一番情致纏綿的話。

這是又一番「那輾」。

「殘英小，強簪巾幘」——給薔薇枝條拉住，於是定神細看，這才看見原來枝頭上還剩下沒有開成的花蕾。想起自己錯過了花期，如今又何妨補上一課：把小小的蓓蕾摘下來，再簪到自己的頭巾上面。

可是，這怎麼也比不上那開得正好的花兒在美人的釵鬢上輕輕顫動，還側過身子逗引旁人向它注視呀！

這又是一種「那輾」。你可以說它是無中生有或翻空出奇。人愛薔薇，薔薇也戀着人，這是一環一扣；人簪殘花，又不滿意這殘花，這是一正一反。通過如此這般的勾勒渲染，人和花的感情於是愈來愈深厚了。可見「那輾」決不是單純地賣弄技巧。

結拍又再推開一層：「漂流處，莫趁潮汐。恐斷紅尚有相思字，何由見得？」他想到有些落花也許會隨水漂流，也許會流進大海中去。又想到有些花片也許是哪一位情人在上面題了字，要它帶給他心愛的人的。假如花片兒跟着潮水進了大海，不是辜負了情人的一番心事了嗎？這裏是化用了「紅葉題詩」的故事。《雲溪友議》記載，唐士子盧渥應試到了長安，偶然走到宮城御河附近，看見水面漂流着一片紅葉，葉上題了一首詩：「流水何太急，深宮競日閑。殷勤謝紅葉，好去到人間。」在這裏，周邦彥不過把紅葉改成花片罷了。

作者從落花想到花片，從花片想到「題葉」，又由「題葉」想到潮水，由潮水又想到情人。真是反覆騰挪，極盡開合變化之能事。

有人說，這首詞「借花起興。以下是花是自己，比興無端，指與物化，奇情四溢，不可方物。」（見《蓼園詞選》）認為作者有意借花比人。不過據我看來，作者並無如此深意。實則作者能夠把人和花之間的感情寫得如此纏綿宛轉，耐人尋味，比之借花喻人似乎還更加情意深沉些。

万俟詠

生卒年不詳。字雅言，號詞隱。崇寧中充大晟府制撰，有《大聲集》，不傳。

訴衷情

一鞭清曉喜還家，宿醉困流霞❶。夜來❷小雨新霽，雙燕舞風斜。　山不盡，水無涯，望中賒。送春滋味，念遠情懷，分付❸楊花。

❶流霞，酒。

❷夜來，這裏是指昨夜。

❸分付，意為交付、發付、發落。

万俟詠這首詞，《唐宋諸賢絕妙詞選》題作「送春」，大抵是因為看見詞中有「送春滋味」四字吧。但其實是錯會的。這首詞的內容完全不是寫什麼送春，它乃是描繪還家之喜。因為是寫在即將到達家門之前，詞中並無傷感，相反是洋溢着一團喜氣。

一開頭作者就點明題旨。那是一個早晨，他騎着一匹馬兒，直向家鄉的路上進發。這時，離家已經不遠，甚至自己家門前那一列樹林都隱約可見，他心裏那陣子高興就愈發按捺不住了。

昨天晚上，他宿在最後一程的驛館裏，想到第二天就可以到達家門，不禁興致勃勃，一個勁兒喝酒，不知不覺喝多了。今天一早起來趕路，宿酒還沒全消，坐在馬上還有點兒頭腦昏沉。可是心裏痛快。他睜開帶着餘醉的眼睛，瞧這四下裏的風光。原來下過一場小小的夜雨，趕天亮以前恰好停住。在一陣陣清涼的晨風之中，一雙小燕兒上下飛舞，一轉眼間，便斜斜掠過馬頭，互相追趕着去了。

這當然不是意在送春。我們倒是可以通過這幾句簡單的描寫，體味到作者流露在語言之外的一團喜氣。他是帶着愜意的心情去欣賞眼前景物的。「小雨新霽」、「雙燕舞風」，彷彿都是有意為他增添喜氣。

下片是情中帶景。

「山不盡，水無涯，望中賒」——他如今回過頭去看那已經走過來的長途。無窮無盡的山巒，一山又一山，連綿不絕，總算也走過來了；還有那浩闊無邊的河水，滔滔汩汩，伸向天外。那山程水驛真是悠長得很啊！

他在這兒下了一個「賒」字，是什麼意思呢？「賒」是詩詞裏常見的詞兒。張相《詩詞曲語辭彙釋》說它有相反的兩義。一是有餘，一是不足。由有餘可以引申為遠、長、空闊，多、寬等，由不足又可以引申為渺茫、短少、消、疏等。此詞的「賒」是作為長遠解的。因為万俟詠在返家的旅程中，已經走了很長的一段路，所以才說「望中賒」。

「送春滋味，念遠情懷，分付楊花」——他想到馬上就可以回到家裏。回家以後，同妻子兒女一塊兒團聚，從此，既不須再嘗那種年年客中送春的淒涼滋味，而家中的妻子也完全可以放下那思念遠人的愁懷了。

想到這兒，這位詞人禁不住向濛濛撲面的柳絮開起玩笑來。他俏皮地向它們說道：「如今送春也罷，念遠也罷，那難堪的滋味，那傷感的情懷，統統都交給你楊花去發落了！對不起，咱們再見！」

這樣來描寫還家途中的喜悅心情，不是比繪聲繪影還更要生動逼真嗎！

作品的風格是輕快的，遣詞用字又輕清圓脆，恰好和作者此時的心情相應。

葉夢得

（一〇七七～一一四八）

字少蘊，烏程人，紹聖四年（一〇九七）進士，累官中書舍人、翰林學士、吏部尚書。高宗朝，除尚書右丞、江東安撫使，兼知建康府行官留守。晚號石林居士。有《石林集》。

八聲甘州

（壽陽樓八公山作）

故都❶迷岸草，望長淮依然繞孤城❷。想烏衣年少，芝蘭秀發❸，戈戟雲橫。坐看驕兵南渡，沸浪駭奔鯨。轉眄東流水，一顧功成❹。

千歲八公山下，尚斷崖草木，遙擁崢嶸❺。漫雲濤吞吐，無處問豪英。信勞生空成今古，笑我來何事愴遺情？東山老，可堪歲晚，獨聽桓箏！

❶故都，北宋都城汴京。作者寫此詞時，汴京已殘破，所以用「故」字。

❷長淮，淮河。當時宋、金以淮河為界。孤城，指壽陽城。

❸烏衣，東晉時貴族王、謝兩姓多住在南京烏衣巷，因稱他們的子弟為烏衣年少。芝蘭，《晉書·謝玄傳》：「（謝）安嘗曰：子弟亦何與人事，而政欲使其佳？玄答曰：譬如芝蘭玉樹，欲使其生於庭階耳。」

蘇軾在詞壇中開闢了一個豪放的境界，在北宋晚年，已經有晁補之、賀鑄等人嘗試着效法，可是在詞壇的影響還不很大。只有到了金人南侵，鐵蹄戰火震撼南北，使許多士大夫的心理產生了巨大變化，於是蘇派的詞風隨着時代的激變而高揚起來，葉夢得、張元幹等詞人在南宋初期便以豪蕩激越的筆墨寫下了與時代氣息相通的篇章，並為此後辛棄疾、陳亮、劉過等詞人開闢更廣闊的路子。

葉夢得在南宋初年，是掌管東南數路財政的重要人物，面對異族侵略，他隱然以東晉的謝安自命，是頗為自負的。他在詞中常自稱為「東山老」（謝安曾隱居東山）。他也確實有點經濟長才，為朝廷所倚重。最後出任福建安撫使，因年老退休。

葉夢得的詞，風格頗近蘇軾。雖然不及蘇軾才氣橫溢，但也沒有蘇軾那種掩抑不住的頹唐。正像一個善於理財的人，別人只見他手段闊綽，排場不小，疑心他會鬧虧空。其實他算盤很精，決不任意揮霍。葉夢得的豪放正是有這個特點，在豪放中時時計算到要掌握分寸，避免一放難收。但也正因為如此，就缺乏真正動人的宏大氣魄和縱橫跌宕的壯闊波瀾，從而感人之力頓減。

這首詞題為「壽陽樓八公山作」，是作者在著名的歷史戰場——淝水附近八公山前（今安徽鳳台縣東南），懷古感今寫下來的。

東晉當年的情況，同南宋初年頗有相似之處。人們面對女真族的侵略，很容易想到歷史上的淝水之戰，並用這個著名的以少勝多、以弱勝強的事例來鼓舞士氣民心。

❹東晉初年，北方氐族奴隸主苻堅率九十餘萬大軍，沿淮水南下，企圖一舉滅亡東晉。東晉大臣謝安派將軍謝玄、謝石領兵八萬迎戰，在淝水大敗敵軍，史稱「淝水之戰」。

❺崢嶸，山勢險峻貌。

詞的上片便含有這種用意。作者一開頭用「故都迷岸草」五字領起，所謂身在淮南，眼注汴京，立足點便已很高。第二句落入眼前現景，「依然」二字，句中見眼，照顧古今，手法也很老辣。

「故都」之所以是指汴京，因為作者此時是立足在八公山前，八公山西北遙望便是汴京。作者追想當年苻堅大舉侵犯東晉，而東晉政權是在八公山一帶抗擊苻堅大軍的。所以很自然也想到隔着淮河的金兵，從而引起對汴京殘破的歎息了❻。

下去便是追憶淝水之戰。「烏衣少年」指謝玄、謝石（當年打敗苻秦侵略軍的少年將領）；「芝蘭秀發」指江東子弟兵作戰精神昂揚；「坐看」是以逸待勞。「驕兵」指苻秦侵略軍，「駭奔鯨」說他們來勢洶洶。當年淝水兩岸戰爭形勢，用這五句話加以概括，也簡練，也有氣魄。而東晉這場大捷，則用「轉眄東流水，一顧功成」九個字收拾乾淨。

從上片我們已經可以看到葉夢得風格的一斑。那就是豪放得相當穩健，下字頗有斟酌，正如他的善於理財。

下片轉入感今。「千歲八公山下，尚斷崖草木，遙擁崢嶸」——句中暗藏當年苻堅與晉軍接戰時，「望八公山上草木，皆以為晉兵」的故事，以帶出此地形勢的險要。是以古照今的寫法。

「漫雲濤吞吐，無處問豪英」——也是借古感今。山川形勢依舊，可是歷史人物已

❻ 一說「故都」指壽春，壽春曾是楚國國都。

成過去；如今，是不是還有這樣的以弱勝強的豪傑呢？「雲濤吞吐」四字，顯然由蘇軾的「大江東去，浪淘盡、千古風流人物」這話化用過來。

「信勞生空成今古，笑我來何事愴遺情」——表面上看，好像忽然曠達起來：今古人生不過是那麼一回事，我何必在這兒弔古傷今呢？其實骨子裏有話。這裏的所謂「愴遺情」，指的是下面提到的一個謝安的故事。

謝安晚年，因為位高望重，加上小人播弄是非，同孝武帝司馬曜發生了一些摩擦。有一次，孝武帝請謝安和桓伊等人喝酒。酒席中間，孝武帝叫桓伊吹笛子，因為一向知道他精通音樂。桓伊奉命吹了一曲，然後說，我彈箏比吹笛還要拿手。於是一邊彈箏，一邊唱出了曹植的一首樂府詩：「為君既不易，為臣良獨難。忠信事不顯，乃有見疑患……」❼謝安聽了，感動得泣下沾襟，孝武帝也很慚愧。

這是個君臣之間不容易善始善終的故事。葉夢得詞的末尾：「東山老，可堪歲晚，獨聽桓箏」，指的便是這個「遺情」。顯然，他寫這首詞的時候，已經離開中樞政府，所以「桓箏」只能獨聽了。這到底是惋惜自己不能在皇帝身邊，還是君臣之間發生了什麼問題？我們現在已經不很清楚。因為作者在豪放之中還保持了穩健。同辛棄疾的「蛾眉曾有人妒，千金縱買相如賦，脈脈此情誰訴」的寫法，又不完全相同。

以蘇、辛為代表的豪放派的詞，蘇的飄逸，辛的沉摯，都是各擅勝場；但也正因如此，要走這一派的路實在並不容易討好（雖說這一派不限於這兩種風格）。像葉夢

❼ 題為《怨歌行》，有些古書如《樂府解題》等認為是古辭，另外有些書如《藝文類聚》等則說是曹植所作。

得此詞就只是得個穩健，而且還嫌它過分的穩健，意思是表達了，卻未能給人多少藝術上的回味，總使人覺得不滿足。這種毛病，在學豪放一路的詞人中，恐怕是不少人會犯的。因為既有才力的限制，又有識力的限制，才識較差的人，難免陷入四平八穩之中，於是豪放的本色大減，反而給人以指摘的藉口了。

豪放派的詞，易學而難工。有人因其易學而走這一條路，其結果往往不是陷於平淺，便是陷於庸鈍，比四平八穩還要更遜一籌。要走豪放一路的作者，是不能不認真注意的。

陳克

一〇八一～？

字子高，臨海人，僑寓金陵。有《天台集》，不傳。

菩薩蠻

赤欄橋盡香街直，籠街細柳嬌無力。金碧上青空，花晴簾影紅。　黃衫飛白馬，日日青樓下。醉眼不逢人，午香吹暗塵。

那是一座繁華城市裏的一角；河上橫起一道橋面寬闊、兩旁護着朱紅欄杆的木橋，橋的盡頭是一條筆直的長街，兩旁滿種楊柳，把街都籠罩住了。那綠油油的枝條隨風飄擺，頗有弱不禁風的樣子。人走在街上，隱約可以嗅到各種香氣，有花香、草香，還有從人的衣鬢上飄過來的脂粉香，以及從房櫳裏透出來的爐香。街兩旁都是些精緻的房子，朱簾翠幕，裝飾得五彩繽紛，金碧射目。一片令人神迷的建築，再襯上一個晴朗的藍天，愈顯得它的精巧富麗。

這裏是達官貴人常來走動的地方，也是他們的公子哥兒常來走動的地方。就在那些迷人的建築物裏面，住着各種各樣的歌伎舞女，她們是官僚們和公子們尋歡取樂的對象。

作者就是通過赤欄橋、香街、細柳、樓台和花草、晴空和簾影的巧妙安排，把這紙醉金迷的一角渲染得豔而又冶，使人想像當年這個「狹斜之地」竟是如此富於魅力。

下片便突出一個少年公子來。此人身披黃衫，馳着白馬，滿臉得意揚揚的神氣，是這兒一帶的熟客了。人人都認識他，因為他天天都到這裏來「上課」的。

我們注意到作者的點睛之筆，全在「醉眼不逢人」五字。這位氣焰熏天的少爺，平時眼睛就已經長在頭頂上，何況還加上七分酒意。他放開轡頭，讓那匹高頭大白馬橫衝直闖，拿過路人來尋開心。直嚇得老的少的雞飛狗跳，閃躲不迭。就連平日和他廝混的一夥迎頭碰上他，他也全像看不見，一徑地翻起那雙酒色過度失神僵白的眼睛，衝過人叢，只留下馬蹄揚起的衝天塵土。

真是一幅絕妙的人物寫生。那公子哥兒的氣派、性格都活畫出來了。這得力於作者驅使辭藻的本領。他下字很有斟酌，也很有分寸，精練準確，兼而有之。不妨看看下面這三句：

「籠街細柳嬌無力」——說的不過是楊柳，卻既用「細」字寫它的姿態，又用「籠街」寫它的繁密，還添上「嬌」字，補上「無力」二字，於是花街柳巷的特殊環境就富於形象地逗露出來了。

「花晴簾影紅」——「紅」字放在這裏真是精光四射。人們通過它可以看到，花是紅的，簾是紅的，連晴天的氣氛也是紅的，甚至花影、簾影都是紅的。因為花在晴光底下的紅，增強了簾的紅，花紅和簾紅映得影子也紅，這一片紅又使得晴天也帶上紅的色彩。真好像是一具激光裝置，由於紅的反射、震盪、激發，使它的能量以驚人的倍數增加了。這才是深得「花面交相映」的妙用。有了這五個字，連同那些個「上青空」的金碧樓台也更加絢麗了。

「午香吹暗塵」——寫的是那少爺飛馬過處，街上蕩起一股香氣。這香是花香還是衣香？恐怕都有。「香」前先下了「午」字，點出那是中午時分，於是前面的「青空」、「花晴」、「簾影」都因之帶上一層熱烘烘的色彩。再下了「暗塵」，則不但加強了「香」的力量，又同「飛馬」產生呼應。中間那個「吹」字，是「暗塵」送來了香，還是香給「暗塵」添上了特殊的內容，那就不妨請讀者自己去體會了。

寫景不難於絢麗，而難於顯出生命的活潑；寫人不難於形貌，而難於透出神情的畢肖。陳克這首詞兩者都能夠「舉重若輕」，它能獲得人們的喜愛當然不是偶然的。

徽宗趙佶

一〇八二～一一三五

神宗第十一子，一一〇一年繼位，在位廿五年。一一二七年為金人所擄，後卒於五國城。

宴山亭（北行見杏花）

裁剪冰綃，輕疊數重，淡着胭脂匀注。新樣靚妝，豔溢香融，羞殺蕊珠宮女。易得凋零，更多少無情風雨！愁苦，問院落淒涼，幾番春暮？　憑寄離恨重重，這雙燕何曾、會人言語？天遙地遠，萬水千山，知他故宮何處？怎不思量，除夢裏有時曾去。無據，和夢也新來不做！

中國北方的女真族於一一二五年（宋徽宗宣和七年）大舉侵宋，到一一二七年（宋欽宗靖康二年）攻陷汴京（今河南開封市），把徽宗、欽宗連同一大群皇子皇孫、妃嬪宮女全都俘虜了押送北方。這就是岳飛《滿江紅》指出的「靖康恥」。一一三五年（宋高宗紹興五年），徽宗死於五國城（今吉林寧安縣附近）❶，前後一共過了九年的俘虜生活。

徽宗趙佶這個人，誰都知道是「昏庸得可以」，不必多談。但歷史上有些事情確是不知怎麼陰差陽錯造成的。他是神宗皇帝第十一子，他哥哥哲宗趙煦十歲登位，他封為端王；哲宗在位十五年，死了，趙佶僅僅才二十歲；由於皇太后的堅持，這個被章惇稱為「輕佻不可以君天下」的「御弟」，就被人捧上御座，成為北宋王朝第八位天子了。他在位的二十五年間，別的不說，單是為了他個人的享樂，就耗費了不知多少民膏民脂，終於在他手裏葬送了趙家一百六十多年的天下。一個王朝的更迭本是常事，但由於金人的侵略引起中原地區的人民死亡和經濟破壞，卻不是容易用數字計算得出來的。

在歷史上，宋徽宗是不能逃避譴責的，但我們不想多說題外的話，只能打住。

這首《宴山亭》（一作《燕山亭》），據宋人《朝野遺記》說是徽宗的絕筆，也就是最後一首作品。我們從詞裏的描述，也可以看出是被囚了幾年之後寫的，而題目裏的「北行」，不過是當上了俘虜的修飾代詞，並非在北行途中的意思。

❶五國城相當於現在何地，有幾種不同說法。這裏不作考證，只取其中一說。

杏花，有人說是徽宗自比身世。看來似乎有這種意思，可又不能逐句一一比附，因為其中有些句子是只詠杏花，而有些句子卻又有意無意之間比擬了自己，所以不好死看。

詞的開頭是只詠杏花。

杏花本來是大自然裏的傑作，這位皇帝卻把它人工化了。他說，好像誰運用了一雙巧手，把潔白的絲綢裁成花樣，疊做幾層，然後淡淡勻上胭脂，於是枝頭上就綻開了千萬朵杏花。唐人賀知章詠柳詩：「不知細葉誰裁出，二月春風似剪刀」是這幾句的本祖，不過一個寫的是柳葉，一個寫的是杏花罷了。

第二韻再把杏花比作美女。「新樣靚妝，豔溢香融」，說它打扮是十分時髦的，洋溢着豔冶，融合着芳香。「羞殺蕊珠宮女」，道家傳說天上有一座蕊珠宮，杏花的嬌豔使蕊珠宮裏的仙女都感到了自愧不如。這是加重一筆，把杏花的豔麗再勾勒一番。

下面是一個轉折：「易得凋零，更多少無情風雨」。就在它開得無比嬌豔的時候，卻不料接二連三地來了無情的風雨。本來已是嬌嫩的弱質，哪裏經得起無限的摧殘呵！於是，它一下子就凋零殘敗，在枝頭上顯得憔悴不堪。

「愁苦」，既是杏花的，也是愛惜杏花的人的感受。「問院落淒涼，幾番春暮」，既是杏花的處境，而又是愛惜杏花的人的歎惜。院子裏一片淒涼的氣氛，試問它已經度過了幾回晚春天氣？

以上兩韻，依然是寫杏花，但同時又帶着寫人。花有人的影子，而人又像是可憐的花。到底是花還是人？似乎已經攪渾在一起了。因為，從作者當時的處境和心情來說，他不可能單純地、客觀地去描寫杏花而不帶上個人身世的感慨的。

下片便轉入了個人漂泊的哀怨。

詩裏是有所謂託物寄興的，也有借物喻人的手法，有時這兩者又交互運用，既是寄興，又是喻人。徽宗這首詞先是寫杏花，跟着花和人兩面夾寫；再一轉下去，就直抒個人的身世之感。

「憑寄離恨重重，這雙燕何曾、會人言語」——這位道君皇帝（他原是信奉道教的）遠離自己生活和享樂的地方；可他還在想念那個地方。他看到燕子又飛來了。在囚徒的生活中，他曾經向燕子發問，可燕子並沒有聽懂他說什麼；他經過多次嘗試都失敗了。如今，他對這一雙檐間燕子，顯然已經失掉了希望。他心裏湧起的是絕望的感覺：「本來我是要委託燕子把我的許多離恨帶回南方去，可是燕兒卻怎麼也聽不懂我說的話。」

「天遙地遠，萬水千山，知他故宮何處」——便算牠們懂得我說的話，牠們怕也辦不了這樁大事吧：隔開了萬水千山，天遙地遠的，牠們能夠知道我那故宮在什麼地方嗎？（其實，故宮早已落入敵人手中，他不是不知道的。然而汴京的故宮又曾是他安享生活過二十多年的地方，他怎麼不日夕思戀呵！）

「怎不思量，除夢裏有時曾去」——放不下對故宮的思量，可又連燕子也幫不了忙，剩下來只有偶然在夢裏回去一趟了。

然而，「無據，和夢也新來不做」。夢境自然不是實在的，它本來就是不可靠的；可如今就連做個好夢也難了。新近來一些時候，連回到故宮徘徊一晌的夢兒也沒一個了！

這真是悚人心魄的悲涼。那哀怨之深，使人不忍卒讀。

顯然，他開頭時還抱着也許能夠回到南方的希望，所以好夢還是時時出現的；可是經過幾年之後，南方總是音信杳然。無論是戰是和，自己回去的想望是幻滅了。

同樣是亡國之君，李後主是明知自己沒有復國的希望，所以在真實的王國已經不再存在的時候，他還能留戀在夢境裏，還唱着「夢裏不知身是客，一晌貪歡」。他能保留一個幻境，讓自己在那兒自樂一番。宋徽宗卻不是這樣。他開頭總以為淮水以南還是自己的朝廷，勝負也還未有最後決定，南邊的君臣總會給自己想些辦法，在某種條件底下讓自己能夠回去；不料這希望卻逐步走向幻滅，終於，他連夢境中的一晌歡樂也保持不住了——毋怪乎說這是他的絕筆。

一闋亡國哀音，結束了北宋王朝一百六十七年的歷史。這哀音是令人慘然不歡的；然而，也使人認識到：歷史畢竟是冷酷無情的！

李清照

一〇八四～？

號易安居士，濟南人，趙明誠之妻。約卒於紹興年間，有《漱玉詞》。

念奴嬌

蕭條庭院，又斜風細雨，重門須閉。寵柳嬌花寒食近，種種惱人天氣。險韻詩成，扶頭酒醒，別是閑滋味。征鴻過盡，萬千心事難寄。　樓上幾日春寒，簾垂四面，玉闌干慵倚。被冷香銷新夢覺，不許愁人不起。清露晨流，新桐初引，多少遊春意！日高煙斂，更看今日晴未？

北宋末年，詞壇上眾星羅列，光輝燦爛。此時卻忽如天上出現了光華奪目的織女星座：濟南人李清照——著名金石家趙明誠的妻子，以她驚人的才華高步詞壇，雄視儕輩，成為我國有史以來最卓越的女詞人。

李清照不但在創作方面具有獨特的風格，又是詞壇上最早一個詞評家。她熟悉音律，掌握高度的藝術技巧，高視闊步，目無餘子，簡直不把歐、晏、蘇、黃等人放在眼下。但因此也得罪了不少人，當時便有人掇拾她「改嫁」的事，加以譏諷攻擊。宋代的道學家本來就瞧不起婦女，強調「三從四德」、「夫為妻綱」，不料李清照卻是個在言論和行動上都不受這種羈勒的人，道學家自然把她看做眼中之釘，再嫁一事，竟成了她的一條罪案。

李清照的創作，以曲折細膩見長，能把一些非常纖細的事物或感情，通過高妙的藝術手法加以再現，不但使以豪放見長的詞人望塵莫及，便是一般婉約為宗的作手，也相形見絀。有人稱讚她的「寵柳嬌花」、「綠肥紅瘦」，也有人賞識她的「簾捲西風，人比黃花瘦」。這些固然都是警策的句子，標舉出來，未嘗不可以看出作者的功力，但還不能說是李清照的最大特色。她的最大特色，乃是開闢了詞壇中的「微觀世界」。她能從極微細處寫出人物，傳出感情，文心之細，是前人所未曾到過的，也是後人不容易學步的。我們如果不從這方面去觀察李清照，僅僅欣賞她那些警句，實在遠不足以理解這位歷史上享譽最高的女詞人。

不妨先看看下面這首短短的《訴衷情》：

夜來沉醉卸妝遲，梅萼插殘枝。酒醒熏破春睡，夢遠不成歸。　人悄悄，月依依，翠簾垂。更挼殘蕊，更撚餘香，更得些時。

此詞寫的只是這樣一件小而又小的事：

這天晚上，她喝了不少酒，醉得厲害。回到臥室卸妝的時候，夜已經深了。她自己固然醉意醺醺，侍女也是一時大意，把她插鬢的一枝梅花給忘了，沒有卸下來。到得她酒意漸退，已經是下半夜。在朦朧中，只聞到一陣陣強烈的香氣。這香氣弄得她很不舒服，不久竟醒過來了，而且再也睡不着。她心裏恨這股香，因為剛才恰巧做了一個好夢，看見丈夫從遠地歸來，驀然聚首，彼此都十分高興，不想一句話還沒出口，一陣香氣衝破了好夢，變成個「好夢不成歸」了。

醒過來不打緊，卻勾起了強烈的念遠的情懷，睡意早就跑得無蹤無影，閑愁卻纏繞不開。真是沒有辦法呵！她只好披衣起床。這時天還沒亮，四面靜悄悄的，窗前翠簾低垂，只有那孤零零的月亮，透過天窗，把柔和的清光灑進屋子裏。

到底哪兒來的陣陣香氣？她向床上翻了翻，卻發現一枝壓着的殘花，那正是自己鬢上插的，這才明白過來。

把花枝拿在手裏，她又出了神（剛才的夢境還盤繞在她的眼前），她下意識地一瓣一瓣撕下花枝上的殘蕊，慢慢一點一點地把花瓣撚碎，這樣來一分一秒地打發這傷情的憶人的殘夜……

整首詞寫的就是這些。你看，事情有多麼瑣屑，而寫來卻多麼細膩，表達的人物感情又何其曲折幽深，耐人尋味。

不知道這首小詞是不是為了寄給她丈夫的。可以想像，假如趙明誠讀了它，決不會不受感動的。妻子這一縷細微委婉的柔情，難道會比「簾捲西風，人比黃花瘦」更遜色嗎？

從古以來，不知多少男子漢寫過閨情詩或閨怨詩，其中當然不少還是寫得好的；可是，曾有哪個進入如此纖微幽隱的境界？我以為是沒有的。

所以說李清照在詞壇上開創了一個「微觀世界」，恐怕不會說得過分。

現在，讓我們再來看看她這首《念奴嬌》：

這首詞只有一個詞牌，沒有題目。它寫的內容是什麼？乍看是不明白的，須得下工夫仔細找一找❶。

從表面看，此詞描寫的是一場春雨。既是寫春雨，我們就不妨拿它同南宋詞人史達祖的詠春雨名作《綺羅香》對照一下，看看兩者之間的異同之處。

史達祖的《綺羅香》，基本上是屬於詠物性質，手法是從正面着筆，客觀抒述，滲入作者個人的感情較少；李清照這首《念奴嬌》卻不同，運用的是從旁烘托的手法，透過人物的行動和心理變化，既寫了一場漫長的春雨，更寫出人物的精神狀態，它是純然屬於抒情的。

那麼，李清照在詞裏到底要表達什麼樣的感情呢？細讀之下，我們便可以體味出來：那是晚春時節，連日下着無休無止的雨，天氣又潮又悶，就像囚禁似的，人老待在家裏。加上丈夫離家日久，閨中孤寂，平日已是無聊，如今就愈發感到那無聊的重壓了。詞中下了「別是閑滋味」五個字，恰好從正面點出了題旨。

我們且按韻分段，逐段加以分析。

❶有些詞集如《花草新編》、《古今詞統》、《林下詞選》等題作「春情」，《彤管遺編》等題作「春日閨情」。都是後人加上的。但即使加上了，對整首詞的理解也幫不了多少忙。

「蕭條庭院，又斜風細雨，重門須閉」——先寫環境，然後由環境引出風雨，再由風雨又回顧環境，真有電影蒙太奇的手法。你看，那是個小小宅院，平時已經是冷冷落落的，裏面住的人，男的出外去了，只剩下女主人和幾個侍女，在斜風細雨之中，門庭更顯得冷落不堪。這就只好把幾重門戶都關閉起來。

這一韻是先把環境和氣氛帶出，讓人知道是這麼一個庭院，又是這麼一種天氣。

「寵柳嬌花寒食近，種種惱人天氣」——原來這不是蕭蕭的秋風秋雨，時令卻是在寒食節之前（寒食節是從上年冬至後計一百零五日，常同清明節連在一起）。這本來是個好季節，人們每年都要舉行盛大的遊春會，到水邊郊外去熱鬧一番。如今，外面的園林亭榭，想必到處長着繁花嫩柳，準備人們玩賞了。不料老天爺卻有意跟人鬧彆扭，偏生就在這個時候又是颳風，又是下雨，總不肯停下來，可真把人煩死了。

「寵柳嬌花」，是受到春天寵愛的柳和因受寵而更嬌的花。這四個字一向受到稱讚，認為是形容得好的。

「種種惱人天氣」——不是風，就是雨，既是可惱；像放晴，卻不曾晴，又是可惱；本來是遊春季節，卻硬把人攔住，就更可惱了；何況風雨還會攔阻着出門的丈夫的歸程呢！

「險韻詩成，扶頭酒醒，別是閑滋味」——從這一韻開始，就一步步突出寫人，寫人的感情，寫感情的發展和變化。這位閨中少婦悶在屋子裏顯然已經不止一兩天了，覺得日子愈來愈不好打發，人也愈來愈閑得發慌。怎麼辦？總得找點事情消遣消遣才好呵！她想啊想的，終於想到，寫幾首險韻詩是消磨時光的好辦法。

什麼叫險韻詩？我們知道，詩是講押韻的，近體詩只能押同韻部的字，不許換韻。有些韻部字數多，稱為寬韻，像支、先、陽、庚之類；有些韻部字數少，稱為窄韻，像微、文、覃、鹽之類；此外還有稱為險韻的，像江、佳、肴、咸，字數既少，又不容易押好，寫詩時選這幾個韻，非得多花點心思不可。還有，自己在寬韻的韻部裏故意挑幾個難字當韻脚寫詩，也算是用險韻。李清照如今就是由於要消磨時間，才故意選險韻用的。

可是，連險韻詩也寫好了，一看天色，卻還早哩。沒有辦法，只好再喝兩杯悶酒，讓頭腦暫時麻木一下。

「扶頭酒」看來不是什麼名酒，也不是一種酒的名字。杜牧《醉題五絕》詩：「醉頭扶不起，三丈日還高。」姚合《答友人招遊》詩：「賭棋招敵手，沽酒自扶頭。」大抵酒性烈了，喝下去頭就有點沉，所以叫「扶頭」吧。

不料連這種扶頭酒也不能解決問題，不久就醒過來了，天還亮着，看來連雲裏的太陽也是夠懶洋洋的。這種閑得沒完沒了的時光，簡直不知道該怎麼打發才好。

「征鴻過盡，萬千心事難寄」——這一回卻想到正題上面了。既然生活這樣寂寞，這寂寞又是離別造成的，那麼，向遠地丈夫訴說近日的心事，不是也可以驅除心頭的沉悶麼！她真的拿起筆來寫了。不料寫好又塗掉，塗掉又再寫，再寫還是寫不下去。也不知道到底為什麼，只覺得心頭上有千言萬語，紙面上卻一字難成。終於是把筆丟下算了。

這一韻很重要，因為它向讀者交代一個情節：她的丈夫正在離家遠行，她的種種閑愁都是由此而起的。於是進入下片。

「樓上幾日春寒，簾垂四面，玉闌干慵倚」——為什麼她要倚欄？倚欄是為了盼望夫婿歸來。盼望並不是近來才出現的，早就如此了；可是由於連日春寒侵襲，加上連綿春雨，簾子四面拉了下來，連倚欄也受到影響，這也就更加增添閨中人的苦惱。我們讀過史達祖的《綺羅香》（詠春雨），其中說：「沉沉江上望極，還被春潮晚急，難尋官渡。隱約遙峰，和淚謝娘眉嫵。」便知道春雨是很妨礙遊子歸程的。這裏的「玉闌干慵倚」，多少也是因為知道倚欄是無用的吧。

本來下片的起韻也叫換頭，既然叫做換頭，自然可以另起新意，或蕩開去說。如今李清照卻有意安排得與上文欲斷還連。可見這位女詞人運用的藝術手法是很有講究的。

「被冷香銷新夢覺，不許愁人不起」——還是閑得沒有辦法，連想賴在床上多睡它一會兒也辦不到。因為被子是冷的，熏的香氣也消散了，好夢更無從繼續，不起來又怎麼樣呢？這自然是第二天早晨的事。時間總算暗暗在流轉。

「清露晨流，新桐初引，多少遊春意」——原來第二天早上外面的光景竟然和昨天有很大不同。你試掀開簾子看看庭院裏的景色吧！多美好的春之晨呵！露珠兒在葉子上，在花心裏，聚攏成一團一簇，然後又一滴一滴往下淌，弄得地下的泥土都汪上一攤水了。再往樹上看，原來梧桐樹到處茁出了新芽，樹梢頂上的枝條好像一下子長高了許多。這景象，引起人們多強烈的遊春念頭呵！

「清露晨流」兩句，原是從劉義慶的《世說新語．賞譽》裏引過來的，卻又頗得詞評家的稱賞，認為用得恰切，確是詞裏的俊語。這八個字，恰好能透出一種新鮮的氣氛，暗示天氣開始向好的方面轉變了。

「日高煙斂，更看今日晴未」——她凝神望着眼前的景色，陡然覺得非常高興了。煙霧正在一點一點地消散，起得很高的太陽偶爾從雲縫中探出半面來，於是滿院子忽然充滿了日影。有點放晴的味兒了！這是多少天來沒有過的呵！

於是她索性站着不走，像監視似的瞧着這薄薄的煙霧，淡淡的日影；瞧着這初引的新桐以及滴瀝的晨露……她要看看今天是不是真的會晴朗起來。

以上，曲曲折折，反反覆覆，就是整首詞所要描寫的人物的行動及其幽隱的心理。你看它一層一轉，一轉一深，把少婦在此景此情中的心理及其變化刻畫得多麼細膩，多麼真切。這種閨閣筆墨，豈能是心粗氣浮的男子漢所能夠描摹得出的！

我們又不妨拿這首詞同她的另一首名作《永遇樂》對照一下。《永遇樂》是李清照晚年寫的。那時，她已經是老太婆了，明明有好玩去處，也不想走動；然而這首《念奴嬌》卻充分反映了一個少婦的青春躍動。兩相比較，情調是迥然不同的。

如夢令

昨夜雨疏風驟，濃睡不消殘酒。試問捲簾人，卻道海棠依舊。知否？知否？應是綠肥紅瘦！

這首詞有些選本或題作「春曉」（《古今詞選》），或題作「春晚」（《草堂詩餘》等），或題作「暮春」（《彤管遺編》），反正是隨便安個題目，在選者的心目中，也許以為這可以方便讀者，卻不知道是一種畫蛇添足，甚至把作者的原意都弄得淺薄簡單了。

也有人只欣賞它的「綠肥紅瘦」，不過是標題警語而已，對讀者仍然沒有多大幫助。

至於說它表達出作者惜花的心情，也是膚淺的。

倒是清人黃了翁說得較為中肯：「一問極有情，答以依舊，答得極淡，跌出『知否』二句來。而『綠肥紅瘦』，無限淒婉，卻又妙在含蓄。短幅中藏無數曲折，自是聖於詞者。」（《蓼園詞選》中評語）大致如此，但是還要作進一步的探索。

我以為詞中表達的無限淒婉，不是沒有緣由的。這緣由就是因傷別而惜春，又因惜春而更傷別，兩種情緒緊緊扣在一起。不過表露得很含蓄就是了。

試作一些疏解。

「昨夜雨疏風驟，濃睡不消殘酒」—— 初看只是閨中少婦早晨醒來以後，酒意未消，腦子裏還留下昨夜雨聲風勢的印象；細味之下，卻分明還有含蓄未說的一番語言。暮春時節，傷離的少婦在「雨疏風驟」中分外容易引起念遠的情懷，借酒消愁，不覺就喝多了。如今一覺醒來，酒意還未全消，離情卻如殘酒仍然壓在心上。這是她「欲說還休」的心事，隱隱約約，教人家捉摸不着，卻可以意會得來。秦觀的《滿庭芳》有兩句頗近此意：「漫道愁須殢酒，酒未醒，愁已先回。」不過李清照卻把這層深意化得更開，便更似不着痕跡罷了。通過這兩句，閨中生活的寂寞，閨人心情的苦悶，便已輕輕烘托出來了。

於是，下文便帶出少婦和捲簾人（一個小丫頭）的一問一答。

回憶昨夜的雨疏風驟，她忽然記起窗外的海棠。來不及披衣起床，就先向捲簾人追問。因為這小丫頭正在拉起簾子，一眼就能夠看到階前的景象。不料得到的卻是漫不經心的回答：「海棠花？還不是跟昨天一樣！」

她這樣關心海棠，顯然自有緣由，但小丫頭哪裏懂得女主人的用意，冷淡地回了一句，不幸卻加重了女主人的傷感。傷離的人，本來希望有人像她關心海棠那樣同情自己，不料身邊的侍女卻木然無動於衷。

淡淡兩句，顯出不同人物不同的內心感情：閨中少婦說不出來的傷春傷別，小丫頭的天真無邪，恍如雙峰對峙，彼此不讓。於是更進一步逼出了下文：

「知否？知否？應是綠肥紅瘦！」——她這樣來糾正對方。其實也不是真要去糾正，她不過自己回答自己罷了。

「綠肥紅瘦」，是說經過一夜風雨，葉子長得更飽滿，相反，花朵卻比前憔悴了。作者用「肥」、「瘦」二字摹寫花葉經歷風雨之後的不同意態，是富於形象美的。不過它的真正用意卻是透露自己隱約的心情。

思婦本來容易睹物思人，看見階下的海棠，也會聯想到自己，或者比擬着自己。這樣她就把自己和海棠的命運聯繫起來。在一場驟風疏雨之中，給予她的又是青春易老的感觸。自己這樣，海棠何嘗不是這樣！這正是「試問捲簾人」的含蓄用意。她糾正侍女的回答，也並非出自主觀臆測，而是拿花同人聯繫起來之後所下的判斷。

「綠肥紅瘦」四字，做到了人情物態的高度深化；雖也含有時序變遷、春色又減幾分的感觸，但仍側重於「紅瘦」，亦即人物此時此際的精神狀態。

伊世珍《瑯嬛記》說：「易安結褵未久，明誠即負笈遠遊，易安殊不忍別。」他們夫婦的關係是很好的。在現存李清照的四十多首詞裏，送別和念遠的作品佔了不小的分量，而這首《如夢令》可以說是最含蓄的了。

永遇樂

落日熔金，暮雲合璧，人在何處？染柳煙濃，吹梅笛怨，春意知幾許？元宵佳節，融和天氣，次第豈無風雨？來相召、香車寶馬，謝他酒朋詩侶。　中州盛日，閨門多暇，記得偏重三五。鋪翠冠兒，撚金雪柳，簇帶爭濟楚。如今憔悴，風鬟霜鬢，怕見夜間出去。不如向簾兒底下，聽人笑語。

李清照晚年同早年過着截然不同的生活。

她原來出身於仕宦之家。父親李格非，宋神宗熙寧九年進士，官至京東路提點刑獄，著有《禮記精義》及文集等數十卷。母親王氏，也能文章。她自小就受到文學的熏陶，詩文修養很深。丈夫趙明誠是世家子弟，自幼愛好金石文字。二十歲以後，更有「盡天下古文奇字之志」，是個嗜古如狂的人。婚後夫妻生活相得，文史切磋，指事賭茶，真是清貴而又高雅。不料當她四十三歲時，突然來了一場「靖康之變」，中原隨告淪陷，夫妻倉皇南奔，趙明誠又不幸在建康逝世。她的生活從此發生殊絕的變化，不但生平積蓄盡化雲煙，而且隻身飄零，毫無倚仗。過了幾年，回到臨安（今杭州），據說一度再嫁張汝舟，不久又離異。此後晚年常在臨安，有人說她依弟以老。

這首《永遇樂》便是敍述作者晚年在臨安的一段生活。它寫在哪一年，已不可考，但是可以肯定，此時宋金雙方都已暫停交戰，南宋臨時首都出現一片昇平景象，在過節的日子裏，人們又可以熱鬧地玩樂了。此詞寫的不是她什麼不幸遭遇，而是述說在元宵節日，她不願與來邀的朋友到外間遊玩，寧可待在家裏聽聽人家笑語。事情本來瑣細，可通過這樣一些微細情節，卻十分深沉地反映了作者在歷盡滄桑以後的晚年悲涼心境。

這首詞一開頭就設下三個疑問。從這三個設疑中，人們正可看出一個漂泊者的內心活動，它是從一顆飽受創傷的心靈發出的。

那天是元宵佳節，太陽剛好下山，和太陽正好相對的月亮就從東方升起來，它透出輕紗似的雲靄，恍如一片渾圓的璧玉，晶瑩可愛；西邊低空，太陽卻像是熔開了的金塊，一步步沉落下去，景色真是美麗極了。人們都知道，這樣晴朗的元宵，正是看燈的好機會，可以痛痛快快玩它一個晚上了。

可是，她卻別有心事。看了這天色，突然湧出了「我如今是在什麼地方呵」的詢問。

這真是情懷慘淡的一問，是曾經在繁華世界度過多少個熱鬧元宵，而今卻痛感「物是人非事事休」的滄桑之客的特有問號，更是帶着她特有的孤身流落的情懷而發出的問號。

有人以為這「人」是指她丈夫趙明誠。細看不對。因為整首詞都沒有憶念丈夫的意思，這裏孤立用一個「人」字去指丈夫，違反一般行文習慣，所以還是以指作者自己為確。

下面再寫兩景，點明春天。「染柳煙濃」，便透出暖和的春意。初春柳葉才剛出芽，因為天氣較暖，傍晚霧氣低籠，柳便似罩在濃煙之中。「吹梅笛怨」，此時梅花已開殘了，聽見外面有人吹起笛子，因想起古代羌笛有《梅花落》曲（李白《觀胡人吹笛》詩：「十月吳山曉，《梅花》落敬亭。」又《與史郎中飲聽黃鶴樓上吹笛》詩：「黃鶴樓中吹玉笛，江城五月落梅花。」）但由於自己心情憂鬱，所以聽起來笛聲淒怨。雖然春色很濃，她心裏卻浮起又一個疑問：「這時節，到底有多少春意呵？」言下之意：不管有多少春意，自己還能去欣賞嗎？這個疑問又恰好反映了她垂暮之年的心境，別人認為這正好是遊玩的時光，她呢？卻已不感興趣了。

下面似是一邀一拒的對話：「元宵佳節，融和天氣」，是邀請她外出的人說的：「難得的元宵節，還碰上難得的好天氣，還是到外面玩玩吧！」可她是怎樣回答的？「天氣太暖了，暖得不正常，難道不會忽然來一場風雨嗎？」（張相《詩詞曲語辭彙釋》：「李清照《永遇樂》詞：『次第豈無風雨。』言轉眼恐有風雨也。」按，秦觀《蝶戀花》：「屈指豔陽都幾許，可無時霎閑風雨？」李清照也用此意）這是她推託的藉口。這時候她的心情實在不便明說，只好臨時拿這句似有理似無理的話來搪塞。然而這話又正好反映了她經歷了國家和個人的巨劫之後，自此便懷着世事難料、橫禍隨來的疑懼心理了。

以上三個問號，確能真實地寫出作者晚年的心境，同早年（例如反映在《念奴嬌》裏的）那種受不了寂寞的心情相比，一動一靜，非常鮮明。

於是她終於推辭了朋友們的殷勤邀請。

看來，「香車寶馬」是如實寫出這些朋友的身份。李清照晚年在杭州雖然生活貧困，但名氣還是有的。例如紹興十三年（一一四三）端午節，李清照還親撰《端午帖子詞》（一種向皇帝、皇后、夫人閣門祝賀節日的頌揚文字），並獲金帛之賜，可見一斑。她的朋友，她稱之為「酒朋詩侶」，她們並不粗俗；以「香車寶馬」相迎，又知必是富貴人家的內眷。不過她終於謝絕了這番好意。

到了下片，換頭是進一步說明自己不去玩賞的理由。

「中州盛日，閨門多暇，記得偏重三五」——「中州」原指河南省一帶，這裏專指北宋首都汴京（今開封市）；「三五」原指農曆月的十五日。古詩：「三五明月滿」，可見自古就有這種說法。這裏則專指正月十五元宵節。宋代不論官方民間，對元宵節都很重視，是一年一度的燈節。孟元老《東京夢華錄》有一則專門介紹元宵的熱鬧情景，那種繁華盛大，凡是親自參加過的人，都要留下極深刻的印象。宋人劉昌詩《蘆蒲筆記》曾錄下十五首《上元詞》，其中一首寫道：

憶得當年全盛時，人情物態自熙熙。
家家簾幕人歸晚，處處樓台月上遲。
花市裏，使人迷，州東無暇看州西。
都人只到收燈夜，已向樽前約上池。

李清照在汴京過了許多年元宵節，印象當然是抹不掉的；如今雖然老在臨安，卻還「憶得當年全盛時」，自己年紀還輕，興致極好，「鋪翠冠兒，撚金雪柳，簇帶爭濟楚」，認真熱鬧過一番。「鋪翠冠兒」是嵌插着翠鳥羽毛的女式帽子，當時富貴人家流行這樣的穿戴。「撚金雪柳」，是在雪柳（一種紙或絹製成花樣的飾物）上加金線撚絲，端也是富貴人家才有的。「簇帶」即插戴。「濟楚」等於說整齊端麗。她從記憶中又回到現實裏來。今昔對比，禁不住心情又淒涼又生怯。

「風鬟雨鬢」四字原出唐人小說《柳毅傳》，形容落難的龍女在風吹雨打之下頭髮紛披散亂。李清照在詞裏換了一個字，改為「風鬟霜鬢」，藉此說明自己年紀老了，頭上出現白髮，加上又懶得打扮，因而也就「怕見夜間出去」（怕見，張相《詩詞曲語辭彙釋》：「凡云怕見，猶云怕得或懶得也。」）。

「不如向簾兒底下，聽人笑語」——結束得好像很平淡，可是在平淡中卻包含了多少人生的感慨！「人老了，懶得動彈了。」這是一層意思。「經歷多了，大場面都不知見過多少，如今怎麼及得上舊時呵！」這是又一層意思。「自己這樣的身世，有什麼心情同人家玩兒呵！」又是一層意思。作者滿腹辛酸，一腔淒怨，通過這平淡的一句，反而顯得更加沉重了。

讀了最後一句，我們還能知道李清照已經不再住在深宅大院，同外面隔得很遠；而是住在尋常人家裏，可以在簾子下面聽得見街上人家的笑語之聲了。她生活的貧困，也是不難由此窺見的。

張元幹

一〇九一～？

字仲宗，長樂人，自號蘆川居士，官至將作少監。紹興中，坐以詞送胡銓，得罪除名。有《蘆川歸來集》。

賀新郎
（送胡邦衡待制赴新州）

夢繞神州路，悵秋風、連營畫角，故宮離黍❶。底事崑崙傾砥柱❷，九地❸黃流亂注，聚萬落千村狐兔？天意從來高難問，況人情老易悲難訴。更南浦❹，送君去。　涼生岸柳催殘暑。耿斜河❺、疏星淡月，斷雲微度。萬里江山知何處？回首對床夜語❻。雁不到、書成誰與？目盡青天懷今古，肯兒曹恩怨相爾汝❼！舉大白，聽金縷❽。

❶故宮，汴京的宮殿。離黍，《詩經·王風》有《黍離》篇，敍周室東遷後，大夫行役至於宗周，見故宮盡為禾黍，悲而作詩，有「彼黍離離」句。

❷砥柱，舊日黃河中流有砥柱山，即三門峽的三門山。

❸九地，意為大地。

❹南浦，借指送客之地。江淹《別賦》：「送君南浦，傷如之何。」

❺斜河，斜落的銀河。

❻對床夜語，白居易《招張司業》詩：「能來同宿否？聽雨對床眠。」

南宋初年，抗戰派和投降派曾展開過激烈的和戰問題的鬥爭，由於金人初時想用武力消滅南宋，南宋小朝廷即使很想同侵略者談判也是談不攏的。但到了紹興八年（一一三八），情況已有了變化，宋高宗趙構在南方站定了腳跟，就讓秦檜復任丞相，並派計議使王倫赴金國談判條件。那時，任樞密院編修官的胡銓（邦衡）憤然上書，要求斬秦檜、王倫和參知政事孫近三人之頭，以表示朝廷抗戰的決心。因此觸怒趙構，被貶為監廣州鹽倉，再改調福州簽判。到了紹興十一年，韓世忠、岳飛等都被解除兵權，岳飛隨後被殺，投降派氣焰不可一世。次年，胡銓再受迫害，被遣送新州編管（押送到廣東新興縣交地方官看管）。就在這種政治局面下，張元幹寫了這首《賀新郎》為胡銓送行。這件事更激怒了投降派，張元幹受到削除名籍的處分，從此失去做官的資格。

這首詞寫得激昂悲憤，充滿了對侵略者的仇恨和對投降派的憤怒，同時對胡銓的備受迫害寄予無限同情。

「中原的故鄉啊，多少人魂夢難忘地思念着你！在秋風蕭瑟的日子，軍號淒涼地響着，到處是侵略者的營壘，故宮已經長滿野草了。」

作者一開頭就把人帶進一個悲涼的境界，使人回憶悼念，引起對於侵略者的痛憤。跟着，進一步提出疑問：「崑崙山倒下擎天柱，污濁的河水傾瀉泛濫，淹沒整個大地。為什麼會這樣？千村萬落人煙寂滅，狐兔橫行。為什麼會這樣？」

（接上頁註）

❼爾汝，韓愈《聽穎師彈琴》詩：「呢呢兒女語，恩怨相爾汝。」指小恩小怨的爭執。

❽金縷，《詞譜．賀新郎》註：「葉夢得詞，有唱金縷句，名金縷歌，又名金縷曲，又名金縷詞。」

這兩韻雖然用提問的形式，含意卻遠超於質疑之外。它是對侵略者的痛恨，又是對投降派的嚴斥。侵略者製造了中原的嚴重災難，這固然不用說，但如果不是投降派把岳飛、韓世忠等大將殺的殺、貶的貶，摧折了國家的「砥柱」，局面又何至於這樣？

再下去，「天意從來高難問，況人情老易悲難訴」，把感情再引申一步。「天意高難問，人情老易悲」，原是杜甫的兩句詩❾，作者添上五個字，把原作的含意進一步豐富和深化了。老杜寫這兩句時，原是慨歎個人的不幸遭遇；張元幹用在這裏，就顯出家國之感，人事之痛，交錯紛雜。「天意高難問」加了「從來」，顯見得世上許多事情是無法按常理解釋的。比如對於侵略者，竟然會有人主張投降，甚至連皇帝也這樣；反對投降的人，竟會受到一再貶斥，甚至於受到殺害。「老天爺」到底安的什麼心腸？你怎麼去問他！「人情老易悲」，老年人本來就容易傷心動情，而這種傷情卻又「難訴」，又可見朝廷上的事情如今連講實話也不行了，真是何其顛倒！

以上兩句，充分表達了作者胸中一股說不出來的悲憤。而這便是「更南浦，送君去」的心情。

作者在頗似低沉的音調中，分明帶着沉重的吼聲，彷彿來自谷底的雷鳴，有點悲涼，卻充滿力量。這也許就是文藝批評家所說的「鬱怒」，是一種被壓抑着而又堅強掙扎着的力量的撼動。

下片，先作一個轉折，把初秋的景色描寫一番。既是點出時序，又是借景抒情。

❾ 杜甫的詩題是《暮春江陵送馬大卿公恩命追赴闕下》，此詩為老杜晚年漂泊江陵時所作。

當時，送客的筵席大抵都是設在晚間，相敍到五更天氣，客人才起程。所以宋詞中的送客之作，多描寫夜間或凌晨景色。此詞換頭「涼生岸柳催殘暑」，便是暗點作者到江岸上送胡銓南行。時值新秋，堤岸柳下已有涼意，天上銀河顯得十分明亮，在疏星淡月之中，偶然可以看到幾縷斷雲飄過。兩位朋友就在這清爽的秋夜中談着話，互相傾訴惜別之情。

「萬里江山知何處？回首對床夜語」——補出兩人平日在議論國家大事時，常常提到中原的萬里江山，如今大好中原河山落在誰人之手？為什麼朝廷當政者不思量恢復？這些都是兩人平日「對床夜語」中的話題。

「雁不到、書成誰與」——折入胡銓此去，是雁飛不到的地方，連託雁兒捎一封信也辦不到。那時候，廣南東路的新州，是號稱最為山僻荒遠的地方，而且瘴疫流行，外來的人很易受染。被貶到此的官員，常感不易生還。所謂「書成誰與」，還帶有擔心胡銓是否能夠生還的微意在內。

以上一段，專就兩人交情方面着筆，寫得很沉着，很深切。

但是下面忽然拋開眼前個人的榮辱，改從高處遠處設想。詩人仰首蒼天，想到古往今來的許多歷史，許多人物。特別是在歷史的緊要關頭，那些臨大節而不辱、赴刀鋸而不辭的仁人志士。他對這位朋友說：你我是用不着悲傷的，從古仁人志士都不肯像小人物那樣，為了個人的恩怨寵辱而互相爭吵，耿耿於懷。我們今天何必做出可憐的樣子？相反，應該「舉大白」——把酒斟得滿滿的，碰杯！「聽金縷」——聽着激昂的《金縷曲》，慷慨地分手！

這樣的一結，意氣昂揚，表現了作為一個愛國者的驕傲，也是對那些投降派的高度輕蔑。這樣的一結，使人彷彿看到作者的橫眉冷眼，也彷彿聽到一曲歷史的勝利者的壯歌。

文學之所以有貢獻於人民，正是在後者需要它出現的時候，它就挺身而出，為此一時代留下不可磨滅的聲音。張元幹這首《賀新郎》便是屬於這類作品。它在戰和兩派激烈搏鬥、而且投降派氣焰正兇之際，敢於舉起如椽之筆，突出描述了抗戰派正氣凜然的精神面貌和蔑視宵小的英雄氣概，真是金聲玉振，大長愛國者的威風。如果在趙構和秦檜毒焰狂煽的時候，文壇卻像死水似的沉默，那實在是令人喪氣的。

岳飛

一一〇三～一一四一

字鵬舉，相州湯陰人。建炎初投效勤王，與金人戰，屢建功勳。歷少保、河南北諸路招討使。紹興間，以不附和議，下獄死。孝宗時，復官，謚武穆。

滿江紅❶

怒髮衝冠❷，憑闌處、瀟瀟雨歇。抬望眼，仰天長嘯，壯懷激烈。三十功名塵與土，八千里路雲和月。莫等閑、白了少年頭，空悲切。　靖康恥，猶未雪；臣子恨，何時滅？駕長車、踏破賀蘭山缺。壯志飢餐胡虜肉，笑談渴飲匈奴血❸。待從頭、收拾舊山河，朝天闕。

❶關於岳飛《滿江紅》詞，已故的學者余嘉錫先生在《四庫提要辨證》卷廿二《岳武穆遺文》條下，曾提出疑問。他指出這首詞從來不見宋、元人的記載或題詠跋尾，卻於明代嘉靖年間忽收入於徐階所編《岳武穆遺文》中，徐氏是據弘治間浙江提學副使趙寬所書岳墳詞碑收錄的，而趙寬卻不言其源流來歷。故深為可疑。又，岳飛之孫珂，曾編輯《金陀粹編》，搜羅其祖遺文不遺餘力，但書中卻不曾收錄這首《滿江紅》。余氏因此懷疑此詞不是岳飛所作，而係明人為了某一目的寫後託名岳飛的。這一考辨頗值得注意。雖則岳珂所著的《桯史》已把此詞收在附錄中，

在談岳飛《滿江紅》之前，我想先扯開一個問題，談另外一首《滿江紅》。

拂拭殘碑，敕飛字、依稀堪讀。慨當初，倚飛何重，後來何酷！果是功成身合死，可憐事去言難贖。最無辜、堪恨更堪憐，風波獄。　豈不惜，中原蹙；且不念，徽欽辱！但徽欽既返，此身何屬？千載休談南渡錯，當時自怕中原復。笑區區、一檜亦何能？逢其欲。❹

這是明代書畫名家文徵明在看見刻在碑上的宋高宗敕賜岳飛的御札後寫的。當初倚仗岳飛抗金的是這位高宗（岳飛原是高宗擔任兵馬大元帥前投效的嫡系軍官），後來殺掉岳飛的也是這位高宗。岳飛為什麼會落到這樣悲慘的下場？光是秦檜的陷害嗎？不是那樣簡單。文徵明尖銳地指出一件南宋人不大清楚或者不敢明說的內幕，那就是宋高宗的私心。是什麼私心呢？作者說，假如岳飛收復了中原，把徽、欽二帝迎接回來，問題馬上就變得非常複雜，高宗本人的位置就不知往哪裏擱了。這才是事情的關鍵。

徽宗是高宗的父親，欽宗是高宗的哥哥，父親和哥哥在上，你自己還能夠安然南面稱孤嗎？你讓位吧，前途吉凶難保；不讓位，一樣是吉凶難保。從歷史上看，安祿山之亂，唐玄宗可以傳位給肅宗，因為自己年紀大了；徽宗自然也可以傳位（已經傳

但《程史》今存版本是明人刊刻的，極可能在明人刊刻此書時才把《滿江紅》收作附錄，故不能以《程史》證明此詞確屬岳飛所作。

儘管如此，這首《滿江紅》卻是久已歸在岳飛的名下，流傳廣遠，並為廣大群眾所承認。即使有上述疑點，我們似乎也不必多此一舉，非要把它排除在岳飛著作之外不可，因為這已不是考證的問題，而是涉及民族歷史感情的問題了。

❷ 怒髮衝冠，因憤怒激動使頭髮直豎，頂住帽子。

❸ 壯志兩句，是極度憤恨和輕蔑敵人的表示。「匈奴」，漢代生活在我國北方的民族，這裏借指金人。

位給太子即欽宗趙桓了），因為同樣年紀也大了；可是拿欽宗怎麼辦？他是皇帝，又是哥哥。而且肅宗原來就是太子，繼位是名正言順，你高宗不過封個康王，本來就沒有登基的資格，既迎了皇帝哥哥回來，還好意思繼續坐你的龍位嗎❺？

想是這樣想，話卻說不出口。站在朝廷裏的書呆子也不敢這樣大膽推測他們的君王。幸而有個秦檜，深懂此中奧妙，力主和議，君臣之間心照不宣。於是，堅持抗戰的岳飛就只能落個身首異處的下場了。

讓出了帝位，吉凶難保，是容易理解的，為什麼不讓位也同樣吉凶難保呢？

這個問題只有到了明代才找到一個無可辯駁的答案。

明朝正統年間，建國在阿爾泰山山麓的瓦剌部族，兼併了蒙古高原上許多部族之後，成為元朝以後最強大的蒙古帝國。正統十四年（一四四九），瓦剌首領也先南下進攻，在土木堡（今河北懷來縣西）一戰，俘虜了御駕親征的明朝皇帝英宗朱祁鎮，隨即包圍北京。這時，以兵部侍郎于謙為首的抗戰派擁立英宗的弟弟朱祁鈺，是為景泰帝。幾場接戰，打敗了瓦剌侵略軍，後來還迎回了英宗。由於景泰帝沒有把皇位讓回給哥哥，英宗初時勉強當了太上皇，但復辟的陰謀卻在暗中進行着。到了景泰八年（一四五七），英宗的死黨徐有復、石亨等趁景泰帝患病之際，突然發動政變，擁英宗復辟，廢朱祁鈺為郕王，殺于謙等大臣。不肯讓位的景泰帝當年就不明不白地死掉了。

這件事讓一些書呆子擦亮了眼睛。因而，在景泰帝死後十多年出生的文徵明，拿

（接上頁註）

❹此詞見《詞統》，又見《堅瓠乙集》卷三。平步青《霞外捃屑》引王之賓《紹興府志》亦載此詞。並謂詞中所謂「殘碑」，即宋高宗諭岳飛敕碑，在紹興臥龍山頂越望亭側。

❺欽宗趙桓是徽宗長子，高宗趙構是第九子。徽宗於紹興五年（一一三五）四月死於五國城，七年七月凶問至江南。欽宗則死於紹興三十一年（一一六一）五月。

這件暖熱的史實同岳飛之死對照一下，就把宋高宗的私心和盤托出了❻（至於文徵明如此揭露還有沒有其他的用意，那是另外一回事）。

這算是岳飛《滿江紅》的一個插曲。

岳飛這首詞，一開頭就用了荊軻的故事。《史記》記載荊軻入秦，在易水上同朋友話別的時候，唱了一支曲子：「風蕭蕭兮易水寒，壯士一去兮不復還。」於是「士皆瞋目，髮盡上指冠」（這便是「怒髮衝冠」的來歷）。雖然岳飛這時看到的不是易水寒，而是瀟瀟雨，但他為了驅除入侵者，抱着「壯士一去兮不復還」的意志，則是一樣的。荊軻唱出「變徵之聲」（一種激越的腔調），他則是「仰天長嘯」，那壯懷也是一樣的。

「三十功名塵與土」——在岳飛看來，自己雖然是三十以上的年紀，可是對於世人十分欽羨和渴求的功名富貴，卻以為不過如同泥土一樣，是微不足道的。為什麼？岳飛的意思是說，如今最重要的，還是抵抗金兵，驅逐入侵者，恢復北方大好河山，而不是為了追求人生的功名富貴。因為兩者是不可能相提並論的。

「八千里路雲和月」——回顧自己過去那段經歷，盡在沙場上度過。大白天，抬頭看的是白雲，到晚上，抬頭看的是明月。年年月月如此，計算起來，那路程足夠有八千里遠了。當然，八千里也不過是個大概數，極言路程之遠而已。

但也不妨屈指一算：岳飛從靖康元年（一一二六）在故鄉湯陰應募勤王，正式在軍隊中參加對金兵作戰，那時頂多不過當一名相當於現在的班長；到建炎二年

❻清人鄭板橋（燮）有《紹興》詩：「丞相紛紛詔敕多，紹興天子只酣歌。金人欲送徽欽返，其奈中原不要何！」那已是不算新鮮了。

（一一二八）他轉入著名將領、開封留守宗澤的麾下作戰，英勇立功；再過一年，便已提一旅孤軍，到南方轉戰於宜興一線了。到建炎四年（一一三〇）他又揮軍北上，一舉收復建康（今南京）；紹興元年（一一三一）復轉戰南下，在江西討伐叛將李成；又次年，進軍廣西，討伐遊寇曹成，然後再入吉州、虔州，鎮壓農民軍；此後渡江北上，在金人手中收復郢、隨、唐、鄧、襄陽、信陽六座州郡，威震敵膽，並以功升為清遠軍節度使，置身於中興名將之列。那時他還只有三十二歲。

「莫等閑、白了少年頭，空悲切」——這樣的生涯，自然是奔波勞頓的；可是，假如平白放過了大好時光，到老來一事無成，不是更加可悲麼！

看了上面他這段不尋常的經歷，我們就不難領會他在這幾句話裏的不尋常的分量。一個「崛起壟畝」的農村青年，僅僅八九年間，便已成就了如此驚人的功業。即使他自己視功名如塵土，但他那「莫等閑、白了少年頭」的進取精神，難道不值得我們認真領略嗎？

在詞的下片，岳飛又提起那使漢族人民萬分憤慨的事：

「靖康恥，猶未雪；臣子恨，何時滅」——靖康元年，金兵攻破汴京，次年，把俘獲的徽宗、欽宗挾持北去，太子、公主、六宮妃嬪、皇孫、駙馬以及一切寶器、圖書，盡數北遷。這真是漢民族的奇恥大辱。這個恥辱，至今還未昭雪，作為臣子，自然抱恨不消。

岳飛早已立下志願，「不斬樓蘭誓不還」，入侵者必須驅逐，失地必須收回。如今只有一個決心：「駕長車，踏破賀蘭山缺」。「長車」是一種兵車；「賀蘭山」，在今寧夏東部，西漢時漢民族同匈奴連戰於此，宋代卻是西夏的轄地，不在金人手中。詞中不過以賀蘭山指代北方要塞之地，表示一往無前消滅敵人的決心。

「飢餐胡虜肉，渴飲匈奴血」，是對敵人表示高度的民族義憤。《左傳·襄公廿一年》：「然二子者，譬於禽獸，臣食其肉，而寢處其皮矣。」作者借用，抒寫對侵略者的極端憤恨。再用「壯志」表達氣概的昂揚，而「笑談」則反映了戰勝強敵不在話下的信心。讀了這兩句，真使人意氣風發，鬥志更堅。

「待從頭、收拾舊山河，朝天闕」——「舊山河」，是原屬於漢民族的山河；「天闕」，不是宋高宗臨時棲託的臨安（今杭州），而是那已經淪陷的汴京（今開封），那兒有宋家歷朝祖宗的廟寢，原是全國政治經濟中心。

整首詞充滿了愛國的激情，真是慷慨悲歌，使人為之起舞。

岳飛畢竟想要做一個忠臣。他懂得打仗，也懂得填詞，可惜就是沒有領會那個高宗皇帝的心事。也許他雖然多少懂得，卻又無法違背自己生平立下的誓言，因而終於形成了歷史上的一場悲劇吧！

陸游

一一二五～一二一〇

字務觀，號放翁，山陰人，以蔭補登仕郎，歷樞密院編修官。紹興三十二年賜進士出身，通判建康府，范成大帥蜀，辟為參議官。後以寶章閣待制致仕，卒。有《渭南詞》。

釵頭鳳

紅酥手，黃縢酒，滿城春色宮牆柳。東風惡，歡情薄。一懷愁緒，幾年離索。錯！錯！錯！　春如舊，人空瘦，淚痕紅浥鮫綃透。桃花落，閑池閣。山盟雖在，錦書難託。莫！莫！莫！

一九六二年十月，詩人郭沫若來到浙江紹興市，二十九日特地遊了位於城東南角的沈園，參觀了陸游紀念室；後來又填了一闋《釵頭鳳》，作為此行的紀念。

這首詞的上片是這樣寫的：

宮牆柳，今烏有。沈園蛻變懷詩叟。秋風裊，晨光好，滿畦蔬菜，一池萍藻。草，草，草。

原來曾經佔地十餘畝的沈園，已經大部分成了稻田；當年的亭台樓閣亦已傾圮無餘；園牆內一片樹木掩映，僅有一個葫蘆形水池；園牆外稻田中還有一個方形池塘：這就算是沈園僅餘的故物了。滄海也化桑田，何況一個小小花園呢！

沈園，即使早已大異於當年，可是它在歷史文獻上還有一定的價值。而且它的意義也不僅在於紀念陸游，還有揭露封建禮教的罪惡的作用。

陸游是在沈園寫下他那首著名的《釵頭鳳》的。詩人用筆雖然委婉含蓄，但內蘊很深，對於封建社會的吃人禮教，仍然有抨擊揭露的作用。直到現在，凡是讀過陸游一曲《釵頭鳳》的人，都會產生對陸游和唐琬遭遇不幸的深厚同情，從而鄙棄製造這場婚姻悲劇的封建制度。

《釵頭鳳》的故事是這樣的：

一一五五年，即南宋高宗紹興二十五年，陸游正在家鄉山陰（今紹興市）閑居，一個好春天氣，他偶然到城南沈園遊玩，驀然和前妻唐琬在園中相遇。

這是給封建禮教硬生生地拆開了的小夫妻倆。

陸家早年曾發生一場家庭悲劇。據周密《齊東野語》卷一、陳鵠《耆舊續聞》卷十以及劉克莊《後村詩話續集》卷二等書的記載，陸游初娶表妹唐琬為妻，夫婦間的感情本來是很好的，在小倆口的心中，都以為可以偕老百年，不料正如陸游後來那句詩說的：「不如意事常千萬。」也不知是什麼緣由，陸游的母親很不喜歡這個媳婦（唐琬是她的外甥女）。更不幸的是事情愈來愈糟，婆媳的感情逐步惡化到不可收拾。終於婆婆下了一道不可違抗的「母命」，迫使陸游休棄了他的妻子。

唐琬離開陸家後，有些記載還說，陸游曾經另外找了一個地方把唐琬藏起來，暗裏來往。不料這也給他母親知道了，帶了人馬登門「問罪」。到了這個地步，雙方只好徹底分手了。

陸游後來另娶了妻子，唐琬也改嫁了趙士程。

然而悲劇並沒有到此了結。

過了幾年，也就是紹興二十五年，陸游三十一歲，已經是三個孩子的父親了。偶然就在沈園和唐琬再遇。雙方那時是什麼樣的心情，誰也說不清楚。我們只知道，唐琬是同丈夫趙士程一起來沈園遊玩的，她見到了陸游，還遣僕人致送酒餚，卻再也無從互通情愫了。這裏值得注意的是「遺僕人」，不是邀陸游同坐在一起。因為不僅在當時是不可能的，而且這樣做也使三方面都非常難堪。

陸游的《釵頭鳳》就是在這種情景下寫的。寫好以後還把它題在沈園壁上。

據說，後來唐琬看了這首詞，也和了一首❶，不久便鬱鬱逝去。

陸游一直沒有忘記這位無辜被棄、鬱鬱早逝的妻子。在他的詩集裏，曾再三提到沈園那次最後的會面，表示難以消釋的悲痛。直到他八十四歲，也就是去世的前一年，他寫了幾首《春遊》七絕，其中一首是：

沈家園裏花如錦，半是當年識放翁。
也信美人終作土，不堪幽夢太匆匆！

——《劍南詩稿》卷七十五

「美人作土」是說唐琬久逝；「幽夢匆匆」，當然是歎息夫妻生活的短暫了。

據近人於北山撰的《陸游年譜》：陸游和唐琬結婚是在紹興十四年，那年陸游只有二十歲。《年譜》說：「上元在臨安，從舅光州通守唐仲俊招觀燈。與唐氏結婚，蓋在此時。」又說：「考續配王氏生長子子虡時，務觀（陸游字）二十四歲，則務觀與王氏結婚，絕不能晚於二十三歲，而唐氏被棄之年，略可知矣。」陸、唐的夫妻生活大抵

❶唐琬的和詞：「世情薄，人情惡，雨送黃昏花易落。曉風乾，淚痕殘，欲箋心事，獨語斜闌。難！難！難！人成各，今非昨，病魂常恨秋千索。角聲寒，夜闌珊，怕人尋問，咽淚裝歡，瞞！瞞！瞞！」

不會超過三年。一對誠摯相愛的夫妻，僅僅由於婆婆的不滿意，硬生生給分拆開了，更導致女方的含恨早逝。怪不得魯迅先生把封建禮教說成是吃人的。

如今且來分析這首《釵頭鳳》。

「紅酥手，黃縢酒，滿城春色宮牆柳。」這是新婚不久一段美好生活的回憶。那是一個明媚的春日，陸游和唐琬來到郊外遊玩，在一道宮牆旁邊，柳蔭底下，擺開僕人帶來的酒菜，兩人坐下小酌。在陸游的記憶中，唐琬一雙紅潤細軟的手，捧着滿滿一杯黃縢酒❷，宮牆旁邊是一片楊柳的長條，眼前花繁葉茂，春色盎然。

是哪一處宮牆呢？從《嘉泰會稽志》卷七，我們知道，山陰縣東南二十五里有一座龍瑞宮，「宮正居會稽山南，峰嶂遒崒」。所謂「宮牆」大抵就指這個地方吧。陸游《劍南詩稿》卷七十五《春遊》詩註說：「予年十四，始到禹祠、龍瑞。」可見龍瑞宮是遊覽登眺的地方❸。

然而，這種美好生活並沒有能維持多久。

「東風惡，歡情薄。一懷愁緒，幾年離索。」這裏暗暗點出一場家庭慘變。陸游不敢直指母親的不是，只好說是「東風惡」。夫妻的關係不能維持下去，所以說「歡情薄」。「東風惡」呼應上文「滿城春色」，剛才還是滿城的春色，轉眼之間，卻忽然東風橫吹，把一切美好歡情，都吹成了泡影。「一懷愁緒」，說明自己遺棄妻子完全是被迫的，自己的心情一直是非常悲涼的。「幾年離索」，如今一晃眼又過了幾年，自己總

❷黃縢酒到底是什麼酒，不詳。縢有緘封義，有人認為就是黃封酒。

❸郭沫若詞：「宮牆柳，今烏有。」似乎也以為「宮牆」是在山陰縣的。

是感到一種分離的痛苦。

夫妻倆落得如此不幸的結局，當然不是事先所能預料的。但為什麼當時沒有把各種因素都考慮清楚，就匆匆忙忙結下這段姻緣呢？為什麼婆媳關係會愈弄愈糟，終至不可收拾呢？為什麼……他自己實在無法解答，只有一迭聲地長歎：錯！錯！錯！

於是畫面又轉到現在：「春如舊，人空瘦。淚痕紅浥鮫綃透。」

這幾句是指唐琬。也是陸游眼中所見的前妻的形象。仍然是美好可愛的春天，可是她卻比從前消瘦多了；這幾年，她的心情顯然非常不好過，想必她的眼淚時常把手帕都濕透了。「紅淚」指女子的眼淚。王嘉《拾遺記》：「薛靈芸聞別父母，歔欷累日，淚下沾衣，至升車就路之時，以玉唾壺承淚，壺即紅色。既發常山，及至京師，壺中淚凝如血。」這是紅淚的典故。「鮫綃」，手帕的代詞，它常是男女間贈送的信物。「春如舊」呼應上文的「滿城春色」。「人空瘦」，呼應上文的「紅酥手」。行文針線細密，不可不知。

「桃花落，閑池閣。山盟雖在，錦書難託。」這幾句寫出陸游此時此地的心情。桃花已經落了，池台亭閣也冷落起來了。是暮春光景嗎？是的。然而更是陸游此時情懷的真實寫照。美滿的姻緣已成過去，縱然春光大好，又有什麼用呢？

再想起從前夫妻倆的山盟海誓，彼此曾經表示永遠相愛。是的，那些盟誓絕不是虛假的。直到如今，彼此仍然認為決不是假的。但如今就連託人捎一封信給她也變成不可能了。

難道真的不可以互通情愫嗎？連寫封信安慰一下也不行嗎？難道這生死不渝的愛情就不可以沖決堤防嗎？徘徊在沈園的春色裏，眼看着唐琬遣人送來的酒食，陸游心情非常激動，簡直想衝上前去，拉着唐琬着實痛哭一番了。

然而這畢竟是不可能的。他終於只好又長歎幾聲：「莫！莫！莫！」（不行，不行，不行呵！❹）

封建禮教的威權是厲害的。你想公然觸犯它，不單要冒着喪失生命的危險，還要冒着喪失生命以外的東西（比方名譽）的危險。陸游是沒有這個勇氣的。

這一對夫婦就這樣給後人留下了悲劇的形象。

但陸游寫下的有關此事的詩和詞，畢竟又成為對吃人的封建禮教的有力控訴。

❹或解為「罷，罷，罷！」亦可。

卜算子（詠梅）

驛外斷橋邊，寂寞開無主。已是黃昏獨自愁，更着風和雨。　無意苦爭春，一任群芳妒。零落成泥碾作塵，只有香如故。

宋人黃大輿輯有《梅苑》十卷，把從唐代到南北宋之交這段期間他能收集到的詠梅的詞，全都收輯進去。可稱是對梅有特殊愛好的一位「雅士」。可惜這十卷梅詞，佳作並不多見。

陸游出生較晚，已經趕不上刊入《梅苑》作者之林。可是他在前人的林林總總的作品之前，卻能自樹一幟，寫出超群脫俗的梅詞。而且只用了寥寥八句，就達到思想性和藝術性的高度結合，真是能夠以少勝多，以簡馭繁的。

這首詞之所以寫得成功，是把物象充分升華了的結果。他不斤斤於追求梅的形態，卻把它作為人的高尚品格來描寫。梅花與人，是二又是一。

不過，光是這樣，問題還沒有完全解決。因為高尚品格不止一端。這就需要再進一步，具體樹立一個主腦。

作者在這首詞裏樹立的主腦，一句話，就是「孤芳不變」。上片突出「獨自」的意思，就是「孤芳」；下片突出「如故」的意思，就是「不變」。借用屈原兩句話：前者，是「眾人皆醉我獨醒」；後者，是「雖九死其猶未悔」。

這是很重要的一着。因為，客觀事物通過主觀的改造，染上個人主觀的色彩，這只是大概的說法。問題還在於，你是怎樣改造它，給它染上怎麼樣的色彩。梅花，你可以把它說成是高士，是美女，是弄珠人，都是從梅花這個特定的物象升華起來的，但最好還是寫出性格，而不止於一般高士、美女的比喻。

這首詞一開頭，「驛外」和「橋邊」的環境，已透出「獨自」的氣氛。「寂寞」和「無主」，進一步渲染這種「獨自」。下去「已是黃昏獨自愁」，正面提出了「獨自」，又用「黃昏」和「愁」加強它的色彩。「更着風和雨」，就不僅僅孤獨，而是在顛沛的環境之中了。後面一句已為下文「不變」埋下了伏筆。

下片：「無意苦爭春，一任群芳妒。」不說梅花先春而開，反說它無意於爭取在春天開放，為的是不願同群芳爭妍鬥寵。立足點既高，而且繳足了上文的「獨自」，開出下文的「故」。「故」者，不管別人怎麼樣，我始終是這樣子也。然後以「零落成泥碾作塵，只有香如故」作再跨一層、再深一步的收束。「更着風和雨」，本來已經是足夠顛沛的了，「零落成泥」之後，還要「碾作塵」，簡直粉身碎骨。然而，「香如故」。多麼堅韌，多麼自信！

這就是在樹立主腦方面取得成功的效果。李清照曾經譏笑過一些作者：「世人作梅詞，下筆便俗。」為什麼會下筆便俗？作者本人的情操是一個原因，但不善於樹立主腦，恐怕也是一個原因。

不言而喻，這個「孤芳不變」的主腦之建立，同作者對於自己的信念的堅持不變，有着密切關係。

陸游反對對敵投降妥協，堅持恢復中原失地，這種信念，貫徹畢生。不論是在詩歌、散文中，不論是在行動上，他都是始終不變的。可是，他也有過感到孤獨的時期，有過受到排擠打擊的遭遇，更多的時候是受到朝廷的冷落。因而他的寂寞、孤獨乃至於「零落成泥」的感覺，就經常盤旋在心裏了。這首《卜算子》雖是詠梅，卻不啻是替自己塑造了一個肖像（參閱本書晏幾道《鷓鴣天》釋文）。

夜遊宮（記夢，寄師伯渾）

雪曉清笳亂起。夢遊處、不知何地。鐵騎無聲望似水❶。想關河，雁門西，青海際。

睡覺寒燈裏，漏聲斷、月斜窗紙。自許封侯在萬里。有誰知，鬢雖殘，心未死。

陸游從乾道九年至淳熙元年（一一七三—一一七四）做過一任攝知嘉州事（代理嘉州知州。嘉州，今四川樂山縣）。赴任途中經過眉山（今四川眉山縣），認識了一位他稱為「天下偉人」的名士師伯渾。師伯渾是具有愛國思想的人。據陸游說，四川宣撫使王炎想引薦他做官，因「忌者」排斥而罷。所謂「忌者」，大抵便是朝中的主和派，由此也可知師伯渾的為人。

這首詞是陸游以「記夢」為名寄給師伯渾的。

近人李淡虹寫了一篇《陸游夢遊黃河、潼關、太華詩初探》（見一九六三年版《文史》第二輯），他認為陸游在乾道八年（一一七二）在四川宣撫使王炎幕下當屬員時，曾經奉命化裝深入關中的潼關、華山以及中條山、崤山一帶（這些地方那時都在金人

❶ 似水，《尉繚子》：「勝兵似水，至柔弱也。故所觸必為之阤（破壞）。性專而觸誠也。」又《詩經．常武》：「如山之苞，如川之流。」

控制下）進行刺探活動。由於這是秘密進行的，並且連中樞當局事前也許不知道，所以他這一活動，無法公開，事後亦只能託於夢境。他的詩集裏屢次提到夢遊華山、河潼，就是這個道理。

這種探索自然是很有意思的。

但是這首《夜遊宮》卻不屬於上述這一類。它只是寄託了一種希望，以及對於這種希望之脆弱的感慨。

陸游同師伯渾在眉山一見如故，到了嘉州之後，師伯渾曾去拜訪他，逗留了十天。那是乾道九年的深秋。這期間陸游有一首詩，題為《九月十六日，夜夢駐軍河外，遣使招降諸城，覺而有作》❷。可見他實際上是做了一個收復西北失地的美夢。這首詞所描寫的夢境，同詩裏寫的頗有點近似（時間都是下雪的冬天），很可能寫的是同一個夢。不過那首詩沒有寫到夢破以後的感慨罷了。由此看來，這首詞的寫作日期，似乎可以定為乾道九年的冬天，也就是師伯渾回到眉山故鄉以後。

先看作者怎樣描述他的夢境：

「雪曉清笳亂起」——是一個下雪的早晨，原野上忽然飛起一片嘈雜的軍號聲。「亂起」是描寫軍號聲突如其來，各營此起彼應，軍中已接到立刻出發的命令。

「夢遊處、不知何地」——點出這是夢境。「不知何地」四字，恰好寫出初入夢境時迷離恍惚的神態。

❷全詩是這樣的：「殺氣昏昏橫塞上，東併黃河開玉帳。晝飛羽檄下列城，夜脫貂裘撫降將。將軍櫪上汗血馬，猛士腰間虎文韔。階前白刃明如霜，門外長戟森相向。朔風捲地吹急雪，轉盼玉花深一丈。誰言鐵衣冷徹骨，感義懷恩如挾纊。腥臊窟穴一洗空，太行北嶽原無恙。更呼斗酒作長歌，要遣天山健兒唱。」

「鐵騎無聲望似水」——這句承上「清笳」而來，是定一定神之後才看清楚的戰地景象。作者用了「鐵騎無聲」四字，極力寫出一支威武的騎兵正在列陣候命，陣上一片肅穆，人馬都悄然無聲，使人感覺到正是決戰之前一瞬間的靜默。「望似水」三字，再把軍隊的氣勢形容一筆：它看去就像一片沉着而又洶湧的潮水，沉靜中有動勢，顯示出一股令人望而生畏的力量（這句可以作另外一種解釋：鐵騎像流水似的進行着）。

於是作者再以自問自答的口氣指出這是一支什麼部隊：「想關河，雁門西，青海際」。雁門關在今山西省代縣北，北宋時是宋、遼兩國的邊界，雁門以西，則屬夏國。青海在今青海省，宋時屬吐蕃轄地。這兩處都不是宋、金雙方的戰場。但正如岳飛《滿江紅》以賀蘭山指代北方淪陷地區一樣，詩人不過借用而已。陸游在夢中出現的這一支部隊，正為收復北方失地準備向敵人衝殺（可以參考附詩：「腥臊窟穴一洗空，太行、北嶽原無恙。」）。

以上是一片夢境。寫得彷彿確有其事。在藝術技巧上，這叫做蓄勢。正如把強弓拉得滿滿，使旁人看了也覺得異常緊張。然後在下片突然來個轉折，文章就有「兔起鶻落」的動人效果。

下片，他從美麗的夢幻中驚醒過來。一盞搖晃不定的殘燈，慘淡的月光灑在窗紙上。側耳一聽，計時的漏壺好像也停止了活動。自己是躺在寧靜得使人發慌的山城之中。這幾句寫夢醒後環境的淒冷和個人的孤獨。因為他雖是嘉州的攝知州事，但州務閑簡，心情也是孤獨而寂寞的。

「自許封侯在萬里……」作者不由得說出心頭的感慨：本來滿心滿意為了恢復失地、驅逐侵略者，老遠跑到漢中前線，要盡自己一點微薄的力量，誰知道反而被逼着從前線撤退下來，跑到四川一個山城當一員閑官；更有誰知道，自己雖然已是近五十歲的人，頭髮都變得稀疏了，這顆重回前線殺敵的雄心，還沒有死去呢——也許只有夢魂才能夠知道了。

「鬢雖殘，心未死」六字，幾層意思：少年時便已有壯心，這是一；壯心卻至老還未實現，這是二；如今老了，本不應有壯心，這是三；偏偏老了壯心還未死，這是四；這壯心無從實現，只有在夢中才有實現的可能，這是五。

作者心情有多麼沉重，從結拍這幾句話裏，我們是掂到它的分量的。

陳亮

一一四三～一一九四

字同甫，永康人，一一九三年策進士第一，授簽書建康府判官廳公事，未至而卒。有《龍川詞》。

念奴嬌（登多景樓）

危樓還望，歎此意今古幾人曾會？鬼設神施，渾認作、天限南疆北界。一水橫陳，連崗三面，做出爭雄勢。六朝何事，只成門戶私計？　因笑王謝諸人，登高懷遠，也學英雄涕。憑卻江山、管不到，河洛腥羶無際。正好長驅，不須反顧，尋取中流誓。小兒破賊，勢成寧問強對！

陳亮，字同甫，學者稱他為龍川先生。他是南宋一位傑出的思想家，是向當時的道學「舉起投槍的一個封建異端學派」。他堅決主張北伐收復中原失地，反對苟安一隅，以言論警策震驚天下。他是辛棄疾的密友，在詞壇上又是「不作一妖語媚語」的硬漢。他精研了古代軍事歷史，撰作《酌古訟》，作為中興、「復仇」事業的借鑒。嘗稱「推倒一世之智勇，開拓萬古之心胸，自謂差有一日之長」。他要把自己鍛煉成為文武兼備的人才，「欲為社稷開數百年之基」，鄙棄徒發空論的文人和只憑匹夫之勇的粗漢。他的填詞，也是因為可以作為政治鬥爭的武器而不是刻紅剪翠，或弄些几案上的小擺設。

這首《念奴嬌》是他登上多景樓時寫的。從詞裏所表現的思想，所發抒的感慨來看，真能「起頑立懦」，使人振奮。

多景樓在江蘇丹徒縣北固山甘露寺內，北臨長江，隔江可以遙望軍事重鎮揚州，這一帶是歷史上軍事必爭之地，熟研軍事歷史的陳亮，登臨這裏，慷慨淋漓地抒發了感今懷古的豪情。

那時候，南宋的疆土最北面是淮河，淮河的形勢，對南宋來說是無險可守的，必須倚靠長江天險來保護淮南地區。因此南宋朝廷便把長江視作「天限的南北疆界」。但這不過是小朝廷偏安江左的藉口，在主張收復中原的陳亮看來，單靠長江之險而不思進取，那只是保護統治王朝內部少數人私利的政策而已。因此作者一開頭就提出：「歎此意今古幾人曾會？」登臨多景樓瞻望的人，今古不知凡幾，其中多少人能真正認識這裏的山川形勢，不把它作為偏安局面的憑藉，而是把它作為進取中原的根據地來看待呢？這是一句意味深長的話。

緊接着，作者就闡述自己的觀點：「鬼設神施，渾認作、天限南疆北界。」句中有一個典故：曹丕代漢以後，曾想南下掃平東吳。他「御駕親征」來到廣陵（今揚州市），臨江閱兵時，卻見巨浪滔天，洪流滾滾，使這位生長在戎馬之間的北人膽戰心驚，不知如何飛渡。他歎息說：「此固天之所以限南北也！」於是引兵北歸。這便是「長江天塹」一語的最早來歷。「鬼設神施」是自然形成不關人力的意思。作者又下了「渾認作」三字，帶有鄙視之意，意思是說，長江固然具有天然險要，難道就可以認為這是上天注定不能打破的南疆北界麼！這話其實是針對朝廷上那班保守求和的人說的，話裏頗含有諷刺的意味。

他又進一步分析地方形勢：「一水橫陳，連崗三面，做出爭雄勢。」是說這地方形勢險要，前面橫着一條大江，可以阻攔北來軍馬；而且沿着長江南面還有一系列山巒，從三面向北圍攏，彷彿是為了保衞長江，又是為了爭奪優勢似的（從南京到鎮江一帶，有鐘山、湯山、大華山等，都不高峻）。地理形勢既能爭雄，為什麼人卻不能爭雄呢？

「六朝何事，只成門戶私計」——想起從東吳、東晉到宋、齊、梁、陳，在建業（南京）建都，只是劃江自守，毫無壯志雄心；甚至為了一門一戶的私人利益，甘願退縮江南一角，這真是可嗤可笑了。

上片是作者在多景樓上放眼河山時，從眼前景色想到許多歷史事實。在字面上雖是指摘六朝，骨子裏卻是針對現實的。

東晉時，有王謝兩姓大族，從中原南遷而來。其中不少人成為東晉朝廷裏的核心人物，掌握軍政大權。後人提及東晉這些權勢人物時，往往省稱「王謝」。《晉書・王導傳》記載了這樣一件事：西晉政權滅亡後，統治貴族在長江以南重建朝廷。有一回，南渡的士大夫在新亭（在今南京市南）宴飲，有個叫周顗的歎息說：「風景不殊，舉目有山河之異。」（西晉建都洛陽，南京的自然環境有一部分同洛陽的相像。所以唐詩人許渾《金陵懷古》詩說：「英雄一去豪華盡，唯有青山似洛中。」）在座的人都相對流涕，只有王導還勉強說幾句豪言壯語。下片開頭，作者便譏笑這種人物，因為他們並沒有恢復山河的雄心壯志，卻又假惺惺地灑些眼淚，模仿着英雄的樣子，其實骨子裏全不是那回事。這話的目的當然不在譏古，而在諷今。

接下去，「憑卻江山，管不到、河洛腥膻無際」（「腥膻」，同羶腥，牛羊的臊氣，此指北方敵人，因為他們原都是牧羊放馬的）是說小朝廷利用長江的地理形勢，並不是為了恢復北方失地，儘管中原大地一片牛羊的腥臊，老百姓在敵人鐵蹄之下呻吟，他們也充耳不聞，甚至若無其事。

以上是借古諷今，用六朝的舊事把南宋當時劃江自守的政策給予辛辣的諷刺。說是含蓄，其實用意是很明顯的。

因此，下面筆鋒一轉，轉到當前。作者索性站出來申述自己的主張。

「正好長驅，不須反顧，尋取中流誓」——「長驅」是毫不停留向前進發的意思。作者認為，長驅北向，恢復中原失地。這種民心士氣是無時不在的，所以應該行動起來，不要徘徊瞻顧，遲疑不決了。「中流誓」又是運用東晉一個典故。《晉書．祖逖傳》載：祖逖自西晉覆亡後，移居丹徒的京口，「以社稷傾覆，常懷振復之志」，晉元帝於是封逖為奮威將軍、豫州刺史，由他自己招募兵馬。於是祖逖帶着一批原居江北的勇士渡江北發。「中流擊楫面誓曰：『祖逖不能清中原而復濟者，有如大江。』辭色壯烈，眾皆慨歎。」作者希望南宋朝廷也讓一些像祖逖的人才發揮力量，為恢復中原而獻身效力。

「小兒破賊，勢成寧問強對」——他認為，如今「破賊」之勢已成，不要以為敵人是「強對」（強大的對手，出《三國志．陸遜傳》）就不敢去碰它。要知道，東晉當年，謝玄、謝石以寡敵眾，帶領八千子弟兵打敗北方敵人苻堅的數十萬大軍，那正是利用了民心士氣這個有利形勢的。句中又用了一個典故。《晉書．謝安傳》

說，謝安當苻堅以數十萬大軍進攻東晉時，使弟謝石、侄謝玄率軍迎戰，當時強弱之勢懸殊，京師震動，謝安卻「夷然無懼色」，沉着地部署軍事。「玄等既破（苻）堅，有驛書至，安方對客圍棋，看書既竟，便攝放床上，了無喜色，棋如故。客問之，徐答云：小兒輩遂已破賊。既罷，還內，過戶限，不覺屐齒之折。」作者使用這個典故，目的在於鼓勵南宋朝廷，不要以為北方敵人貌似強大就不敢去碰它。

陳亮在《上孝宗皇帝第一書》中，曾經指出：「人才以用而見其能否」，「兵食以用而見其盈虛」，並且大聲疾呼：「今乃驅委庸人，籠絡小儒，以遷延大有為之歲月，臣不勝憤悱！」他反對株守退縮的儒夫行徑，強調了人的主觀能動作用：「天下大勢之所趨，天地鬼神不能易，而易之者人也。」這些都可以作為「正好長驅，不須反顧」等語的註腳。

讀罷這首詞，我們便能感覺到它那氣魄磅礴、志雄萬夫的威勢。陳亮的詞風，在南宋詞人中，是很突出的。

辛棄疾

一一四〇～一二〇七

字幼安，號稼軒，歷城人。耿京聚兵山東，為掌書記，奉表來歸。授承務郎，累官浙東安撫，加龍圖閣待制，樞密院都承旨。有《稼軒詞》。

菩薩蠻

（書江西造口❶壁）

鬱孤台下清江水❷，中間多少行人淚？西北望長安，可憐無數山。　青山遮不住，畢竟東流去。江晚正愁予，山深聞鷓鴣。

❶造口，在今江西萬安縣西南，皂口溪水自此流入贛江。

❷鬱孤台，在今江西贛縣西南。《贛州府志》：「鬱孤台，一名賀蘭山。唐李勉為刺史，登台北望，慨然曰：予雖不及子牟，心存魏闕一也。鬱孤豈令名乎！乃易匾為望闕。」因為鬱有憂鬱的意思，孤有孤獨的意思，所以說不是令名。清江，江西袁江與贛江合流處，舊亦稱清江。

讀完一本詩詞集或散文集之後，我們往往會湧起一種帶着形象的印象，覺得有些作者的作品，就其整個內容來說，很像是一座結構小巧的園亭，它能使你怡情悅目，心神舒暢。也有些作品，像是深林古寺，一派清遠幽深，使你心情也變得寧靜起來。也有些作品像是古堡殘墟，嚴凝森冷，你感到又是吃驚，又是好奇，不知其內裏有多少神秘。另外有些卻又像重樓複閣，到處綺窗繡戶，結構精奇，給你以目迷五色之感。……可是這些都比喻不上辛棄疾的作品。辛棄疾這位出身於農民軍隊，帶有豪俠氣質，南歸後又是馳驅戰場，又是出任大吏，又是嘯詠園林的詞人，稱得上才識雙全，允文允武。他給後人留下了六百多篇詞作，在數量上是如此豐富，我們一旦走了進去，就彷彿置身連峰疊嶂的大山脈之中，那裏面群峰插天，百川盤地，奇花異鳥，亂石驚濤，無處不奇，無所不有。這才稱得上是雄深厚大，極詞壇的偉觀。

對於這個龐然大物，就算指出幾座峰巒，仍然不能說它們就是代表。所以我在這裏選釋時，只能隨便撿出其中的幾首，姑且談談個人的一點讀後感。

先來介紹這首《菩薩蠻》。

事情應當追溯到南宋初年。高宗建炎三年（一一二九），金兵分兩路南下，要消滅大江以南的小朝廷。他們以東路為主力，攻陷建康（今南京），直指臨安（今杭州），目的是趙構這個新登基的皇帝。另一路從湖北進窺江西，目的在隆佑皇太后（哲宗的皇后，姓孟）。金兵這一路前鋒一直進到泰和。當時官僚百姓紛紛南逃，萬安、贛州一帶沿路都擠滿了難民，其中也有隆佑太后在內。情勢是危急的，只是由於金兵忽然後撤，才算是脫了險（按，隆佑太后，據《宋史》。羅大經《鶴林玉露》作「隆裕太后」，恐誤）。

辛棄疾寫這首詞，在淳熙二、三年間（一一七五—一一七六），上距這場戰亂已是四十多年了。那時作者在江西任職，贛州西南的鬱孤台和萬安西南的造口，都是他到過的地方。

鬱孤台是個平地崛起數丈的土山。《名勝志》云：「鬱孤台一名賀蘭山，在府治，麗譙坤維，百步隆阜，鬱然孤峙，故名。唐李勉為刺史，更名望闕。」蘇東坡有《虔州八境圖》詩，第七首寫鬱孤台。王文誥《蘇文忠公詩編註集成》云：「趙清獻記云：『望闕鬱孤，軒豁於前』。乃二台名，曹能始謂更名望闕者，訛也。」兩說不知孰是。

蘇東坡另有《鬱孤台》詩，有句云：「山為翠浪湧，水作玉虹流。日麗崆峒曉，風酣章貢（二水名）秋。丹青未變葉，鱗甲欲生洲。嵐氣昏城樹，灘聲入市流。煙雲侵嶺路，草木半炎州。」可見此台附近的風景。辛棄疾此詞上片從「鬱孤台」寫到「望長安」，似乎便帶有李勉「望闕」的意思。

「鬱孤台下清江水，中間多少行人淚」——登上鬱孤台的人（「行人」指作者自己，但又不限於自己），懷古弔今，想起當年李勉還有長安宮闕可望，如今連汴京的宮闕都煙消灰滅了，誰能不慘目傷懷，把眼淚滴到江水下面呢！

「西北望長安，可憐無數山」——放眼西北，那是淪陷在敵人手中的中原地區，我也想看看如今故都汴京是個什麼樣子（長安，原是漢、唐建都之地，即今陝西省西安；但以後「長安」在詩詞中常用以指代首都。這裏的「長安」便是指北宋首都汴京）。可惜山嶺重重，把我的視線阻擋住了。「無數山」，既是阻擋視線的山，又是想像中的中原大地的山；「可憐」，也有可愛的意思。這些可愛的群山，如今卻已落在金人之手。兩層意思彼此映射，作者的心情慘淡，可想而知。

「青山遮不住，畢竟東流去」——此句回應「清江水」。青山雖然遮住我的視線，卻畢竟遮不斷滔滔江水。它衝破重重障礙，終於向前滾滾流去。這兩句是從「清江水」生發開來而又暗指自己的處境。清江水不斷向東奔流，什麼山都攔不住它；可是人卻給攔住了。句中實在有無窮感慨。

「江晚正愁予，山深聞鷓鴣」——我如今怎麼樣？我從北方投奔回來，已經十多年過去了。當初原是指望借助朝廷的力量，建立一支強大的民兵隊，在黃河南北打擊敵人，收復失土，不料從此流滯南方，再也回去不得。當年的志願，如今眼看愈來愈是渺茫，我真不如這清江之水，它還能自由地滾滾東流啊！「愁予」，初見《楚辭·九歌》：「帝子降兮北渚，目眇眇兮愁予。」陸機《思歸賦》又有「風霏霏而入室，響淋淋而愁予」的話，是本人心中十分憂愁的意思。

黃昏日落，暮色蒼茫，正在滿懷愁緒的時候，卻傳來了山中一聲聲鷓鴣的啼叫，那聲音正像是：「行不得也哥哥！」

在辛棄疾聽起來，這種鷓鴣的啼聲就像是朝廷裏面的投降派的口吻。他們老是嚷個不停：「恢復之事，行不得也！行不得也！」羅大經《鶴林玉露》引此詞並解釋說：「『聞鷓鴣』之句，謂恢復之事行不得也。」近人鄧廣銘反駁說：「所謂『山深聞鷓鴣』者，蓋深慮自身恢復之志未必即得遂行，非謂恢復之事決行不得也。」❸

他們糾集了一股龐大的勢力，掌握了朝廷的大權，硬是長敵人的志氣，滅自己的威風。其實生怕戰爭一打起來，又擾亂了他們的尊榮富貴，倒不如彼此相安無事更好。

聽到連續不斷的鷓鴣叫聲，心情還能夠不加倍沉重嗎？

於是填了一首詞，還奮筆把它寫在造口的牆壁上。

❸這自然比羅大經的解釋合理。但個人以為這些鷓鴣之聲應該是指投降派的叫嚷，因為這更近於作者寫此詞時的心情。把鳥兒的啼叫比喻為某一些人的叫嚷，這種手法並不是辛棄疾首創的。宋人吳曾《能改齋漫錄》記載過一件事：南宋初年，汪藻在翰林院時，常常遭到諫官的彈劾，他十分不快，曾寫了一首《點絳唇》，有「亂鴉啼後，歸興濃於酒」的句子。有人問他，為什麼歸興要在亂鴉啼後？他答說：「無奈這一隊畜生聒噪何！」這就是把鴉啼比作諫官的叫嚷。

摸魚兒

淳熙己亥，自湖北漕❶移湖南，同官王正之置酒小山亭，為賦。

更能消幾番風雨，匆匆春又歸去。惜春長怕花開早，何況落紅無數！春且住！見說道、天涯芳草無歸路。怨春不語。算只有殷勤，畫檐蛛網，盡日惹飛絮。　長門事，準擬佳期又誤。蛾眉曾有人妒。千金縱買相如賦，脈脈此情誰訴？君莫舞！君不見玉環飛燕皆塵土。閑愁最苦。休去倚危闌，斜陽正在、煙柳斷腸處。

淳熙六年己亥，是南宋孝宗即位後的第十七年，即一一七九年，辛棄疾在朝廷任職已有十八年之久。這十多年間，他東遷西調，席不暇暖，生活很不安定。淳熙五年他由江西安撫使轉為湖北轉運副使，還不到一年，忽又改為湖南轉運副使，真是來去匆匆，使他思想上毫無準備。這次調動，內情如何，我們無法知道；但在辛棄疾

❶ 漕，宋代轉運使的簡稱。

看來，卻是有人在孝宗皇帝跟前說了他什麼壞話，所以才把他從湖北調開的。這使他十分不快。在同官王正之為他餞行的筵席上，他感觸很深，即席揮毫寫下這首《摸魚兒》。

那是一個晚春天氣，剛來過一場風雨，於是春天的氣息又淡薄了幾分。這使他的心頭更添一層感慨。他覺得，用不着幾番風雨，這春天就會一去無蹤了。風雨就像是催歸的無情使者，不把春天送走是不肯干休的。

春是什麼？在這裏，春是代表人間美好的事物，良好的願望，卻又實指不得。作者想的範圍也許很寬廣，但因不着跡象，我們只能夠加以意會。

下面便突出一個「惜」字。由於愛惜春光，便害怕春光早逝，所以他又曾經怕春花開得太早，然而春天畢竟來得匆匆，去得匆匆，當到處是一片落花飛絮的景象時，春天顯然已經無法停留，這便使人更覺得惋惜了。

那麼，春要歸向何處？他禁不住向春提出疑問。「見說道」是聽說得；「天涯」是春要去的遠處；「芳草」象徵美好的事物。蘇軾《蝶戀花》詞：「天涯何處無芳草？」是情懷豁達的話；辛棄疾「天涯芳草無歸路」，卻是傷心的話了。既然「歸路」是沒有的，春又歸向何處呢？而它偏又歸去了！

「怨春不語」——提出疑問，卻得不到任何解答，於是他只好默然埋怨這春之神。

如今，能把春的殘餘腳步留下來一點兒的是什麼呢？那是粘在蜘蛛網上的一星半點的飛絮。那些掛在人家屋檐底下的蜘蛛兒也真算是殷勤的了，牠們張開網兒，整天忙着兜攬那漫天飛舞的柳絮，彷彿怕春天去得一無蹤影，硬是要把細碎的春痕保留一些下來。

上片，一層一折，一折一轉，層層深入，把對春光的珍重、悼惜，寫得情意纏綿，筆墨宛折。他是悼惜那大自然春天的消逝嗎？是有那麼一層意思；可是，說實在的，他是借春光作為比喻，抒發他對南宋朝改的不滿。開頭，朝廷上當權者似乎有點奮發有為的樣子，不料政治上的風風雨雨，陰晴無定，轉眼之間，便換了另一種氣候，使有志之士不能不悲憤慨歎了。作者這層意思，是可以意會的。

下片，再通過一些典故的運用，進一步指出朝廷政治的敗壞以及朝中小人的醜態。「長門事」，是用漢武帝陳皇后的故事。據司馬相如《長門賦》序，陳皇后「得幸，頗妒。別在長門宮，愁悶悲思」。聽說司馬相如很會寫文章，就叫人送去黃金百斤，請他「為文以悟主上」。司馬相如為此寫了《長門賦》。作者運用這個典故，是比喻有些臣子受到敵對者的打擊陷害，因而皇帝對他疏遠。「準擬佳期又誤」是說，像陳皇后這些不幸的人物，纔想同皇帝恢復過去的關係，如今他們想望的「佳期」不知怎地又耽擱下來了。

為什麼呢？因為「蛾眉曾有人妒」。這話來自屈原的《離騷》：「眾女嫉余之蛾眉兮，謠諑謂予以善淫。」「蛾眉」原指容貌美好，後人詩詞中常指品德高尚良善的人。

南宋朝廷內部派系複雜，爭權奪利，互相傾軋；加上利用最高統治者的陰暗心理，那些主和派人物更竭力迫害主戰派，使不少善良的人無辜受害。他們縱使把司馬相如的《長門賦》買了來，高高在上的皇帝便能回心轉意嗎？沒有的事。「脈脈此情誰訴」，受陷害打擊的人，只有把滿腔冤苦吞下肚子裏罷了。

這一段話，是指哪些人呢？我們雖然不必坐實便是辛棄疾本人，但辛氏在南宋朝廷裏受到某些人的排擠打擊，甚至造謠中傷，卻是極有可能的。淳熙三年，辛棄疾調任京西轉運判官的時候，他的朋友羅願送他一首詩，有句說：「公今有才氣。功名安可涯。願低湖海豪，磨礱益無瑕。」所謂「湖海豪」，是指他那不受羈勒的豪氣；所謂「磨礱」，是勸他收斂鋒芒。從這些話裏，正可看出辛氏的艱危處境。

下面又是筆鋒一轉：「君莫舞！君不見玉環飛燕皆塵土。」是對那些在官場上洋洋得意的小人說的。爭妍也罷，鬥寵也罷，其實都不過是眼前的霎時光景。得意什麼呢！你們不看楊玉環和趙飛燕，她們當日受到君王的寵愛，聲勢何其烜赫，如今又怎樣？她們不是都已化成塵土了嗎？話中含意非常冷峻，也是十分尖刻的。

「閑愁最苦」——這是一句總括，把上文的種種，歸結為一個「苦」字。作者認為，這些事情不去想它也罷，因為這種局勢是很難改變的。

結拍更抒發了作者的滿腔怨憤：

「休去倚危闌，斜陽正在、煙柳斷腸處」——為什麼不要去倚那危欄（高樓上的欄杆）呢？因為一倚欄就會看到斜陽正留戀在那「煙柳斷腸」的地方。這話的意思是說，自己實在不願看那統治者一派醉生夢死的生活。

這個解釋，相信會有人不同意。這裏的關鍵在於「煙柳斷腸」四字當如何理解。「斷腸」，一般的解釋是因愁苦而腸斷，但正如「銷魂」可以用於「黯然銷魂者，唯別而已矣」。也可以用於「銷魂當此際，香囊暗解，羅帶輕分」。義正相反。「斷腸」也有哀樂不同的二義。唐人劉希夷《公子行》詩：「可憐楊柳傷心樹，可憐桃李斷腸花。」從上下文看，句中的「傷心」、「斷腸」都和本意相反；杜甫《閬水歌》：「閬州勝事可腸斷，閬州城南天下稀。」李商隱《柳》詩：「曾逐東風拂舞筵，樂遊春苑斷腸天。」韋莊《丙辰年鄜州遇寒食》詩：「腸斷入城芳草路，淡紅香白一群群。」以及盧仝《小婦吟》：「門邊兩相見，笑樂不可當。夫子於傍聊斷腸。」都是把「斷腸」作為歡樂的意思用。辛棄疾這裏的「煙柳斷腸處」也是說，那含煙帶霧的楊柳，正是使人為之銷魂盪魄的地方。同樣作為歡樂的意思用的。然而，斜陽（太陽常常是比喻帝王的）偏偏就留戀在那個地方，那怎不令人喪氣呢！（許昂霄《詞綜偶評》說：「斜陽，以喻君也。」）這樣的一個結尾，在皇帝看來，當然是大不敬的。所以羅大經《鶴林玉露》說：「聞壽皇（宋孝宗）見此詞，頗不悅。」這位皇帝是看出此詞內裏的意思來的。南宋統治者留戀着江南的湖光山色，「直把杭州作汴州」，大有安居下去的決心，對於收復北部河山，已經愈來愈不感興趣了。而這正是生長在北方的辛棄疾最感到痛心的。

這首詞貫串着一位英雄人物對國事的憂危和怨憤，卻寫得如此宛轉深沉，使人為之低回感慨，所以一向都獲得好評。清人陳廷焯說：「詞意殊怨，然姿態飛動，極沉鬱頓挫之致。」又說：「怨而怒矣；然沉鬱頓宕，筆勢飛舞，千古所無。」梁啟超說：「迴腸盪氣，至於此極。前無古人，後無來者。」評價很高，也是中肯的。

青玉案（元夕）

東風夜放花千樹，更吹落，星如雨。寶馬雕車香滿路，鳳簫聲動，玉壺光轉，一夜魚龍舞。　蛾兒雪柳黃金縷，笑語盈盈暗香去。眾裏尋他千百度。驀然❶回首，那人卻在，燈火闌珊❷處。

這首詞描繪了都市裏的元宵景象，寫了大街小巷的喧騰熱鬧，也寫了作者看見的一位少女。其實，作者是在詞裏寄託了另外一層用意的。

宋代的大都市，特別是北宋汴京（今開封）和南宋臨安（今杭州），由於城市經濟的畸形發達，表面上顯得一片繁榮。元宵節日，統治權貴趁機點綴昇平，那熱鬧就更不要說了。滿城張燈結綵，鼓樂喧天，車馬交馳，到處人山人海。翻開《東京夢華錄》等書，我們還能彷彿看到當年盛況之一二。詞的上片，便是生動地描下了元宵的一幅景象。

「花千樹」、「星如雨」，指的都是花燈，是富豪之家為了爭奇鬥豔而精心製作出來的燈彩。有些像千萬棵樹上綻出來的瑰麗花朵，有些又像流星飄揚於夜空之中。《東京

❶ 驀然，猛然、突然。
❷ 闌珊，衰落、零落。

夢華錄》說：「諸營班院……各以竹竿出燈球於半空，遠近高低若飛星焉。」便是「星如雨」的註腳。

「寶馬雕車香滿路」，寫一句大擺排場出來看燈的富貴人家。又是車，又是馬，所過之處，連街道也充滿了香氣。

再下去，用「鳳簫聲動，玉壺光轉，一夜魚龍舞」三句，把城中的熱鬧景象着重再勾勒一筆。元宵的燈色，自然以皇城最為烜赫。我們不妨看看周密在《武林舊事》中的描述：「燈之品極多……其後福州所進則純用白玉，晃耀奪目，如清冰玉壺，爽徹心目。」這正是「玉壺光轉」的註腳。「禁中嘗令作燈山，其高五丈……又於殿堂樑棟戶間為涌壁，作諸色故事，龍鳳噀水，蜿蜒如生。遂為諸燈之冠。」這又是「魚龍舞」的註腳。「仙韶內人迭奏新曲，聲聞人間」則是「鳳簫聲動」的說明了。

封建統治者的豪華奢侈是驚人的，儘管已經晏安江左，過了長江便可以看到敵人戎馬馳驟，依然不肯放過一個可以享樂的機會。作者這樣來鋪敍，並不是沒有用意的。《四庫全書總目提要》對《武林舊事》評價時就曾指出：「而湖山歌舞，靡麗紛華，著其盛，正著其所以衰。遺老故臣惻惻興亡之隱，實曲寄於言外。」這首詞上片作了如此濃重的描寫，正是隱含貶義；同時也為下片的另一境界樹起一個很強的對立面。

下片是耐人尋味的一幅彩繪。人叢中忽然出現一位少女，頭上戴着節日的裝飾（蛾兒和雪柳，是元宵節日婦女戴在頭上的飾物，什麼樣子現在已經弄不清楚。參看本書李清照《永遇樂》詞釋。詞中這句是以飾物指代人，在修辭上叫借代），和同伴笑着說着，輕盈地掠過他的身旁，空氣中隱約飄過來一陣香味。可是轉眼之間，她便消失在人叢之中了。他把她找了很久。起初，以為她一定和大夥一起湊着熱鬧，不想後來猛地回頭，才發現她悄然站在燈火零落、遊人稀疏的所在……

這可能是作者給自己製造的一個幻景罷了；雖然也不排斥他偶然碰見如此的一幕。這點不關重要，因為詞中的這位少女，已經成為作者的一種感情的化身，她本身並不是以獨立的資格出現的。

事情很明白。那時南宋朝廷主張對外屈辱投降的一派得勢，而堅持抗戰的一派是失意的。前一派人，忙的是歌舞湖山，怕的是「和盟」破壞，千方百計要排斥後一派人。這不能不引起作者的憤慨。因此他在詞中鋪張了元宵的繁華之後，忽然轉過筆頭，特意塑造了一個異於那群醉生夢死之徒的少女形象。這姑娘是美麗的，又是高潔的。正如屈原以美人香草作為寄託一樣，作者也把微意寄託在人物身上。姑娘的影子正是作者本人。

《西遊記》裏的孫悟空善於運用元神出竅的手段，讓自己的元神從高處向下俯視着自己，於是形象顯得分外清楚。這裏作者也是在俯視自己。「笑語盈盈暗香去」，自己的靈魂是美麗的。「卻在燈火闌珊處」，是不願同那些醉生夢死之徒胡混着過日子的。這一含義，只因運用了「離魂」的技巧，便顯得形象生動，給人以很大的尋味的餘地了。

沁園春（靈山齊庵賦，時築偃湖未成）

疊嶂西馳，萬馬迴旋，眾山欲東。正驚湍直下，跳珠倒濺；小橋橫截，缺月初弓。老合投閑，天教多事，檢校❶長身十萬松。吾廬小，在龍蛇影❷外，風雨聲中。　爭先見面重重，看爽氣朝來三數峰。似謝家子弟，衣冠磊落❸；相如庭戶，車騎雍容❹。我覺其間，雄深雅健❺，如對文章太史公。新堤路，問偃湖何日，煙水濛濛？

詩人往往是喜歡馳騁想像的。

但是馳騁想像，首先得有藝術修養。沒有繪畫的藝術修養（或鑒賞能力），沒有音樂的藝術修養（或鑒賞能力）的人，很難在符合藝術規律的範圍內去馳騁想像，因為找不到一個立腳點。在詩詞中馳騁想像也一樣，沒有文藝的修養，單憑胡思亂想，寫不出好作品來，也很難說得上真正能欣賞別人的作品。在文藝作品中馳騁想像，要受到藝術規律的制約，而藝術規律只有從藝術修養中得到。

❶檢校，查察。隋煬帝《遣使巡省方俗詔》：「雖有侍養之名，曾無賙贍之實，明加檢校，使得存養。」詞中有察看、管理之意。

❷龍蛇影，松樹的枝幹曲折蜿蜒有如龍蛇。蘇軾《戲作種松詩》：「我昔少年日，種松滿東崗……不見十餘年，想作龍蛇長。」

❸磊落，神態俊偉。句指衣冠整潔使神態更為俊偉。

❹雍容，態度從容不迫。《史記．司馬相如傳》：「相如之臨邛，從車騎雍容閑雅甚都。」

❺雄深雅健，《新唐書．柳宗元傳》：「（宗元）其才實高，名蓋一時。韓愈評其文曰：『雄深雅健，似司馬子長』。」司馬遷，字子長。

這種修養又不是從天上掉下來的，只能多讀多看，多接觸社會生活。

我們細讀辛棄疾這首詞，便可以看出他如何馳騁想像，以及捕捉形象的本領。

辛棄疾四十二歲以後，曾罷職閑居十年之久，其間曾卜居於江西上饒縣，所居附近有帶湖之勝；到五十六歲時，又再罷官歸來，另在鉛山縣期思市建築新居，鉛山東面便是上饒，境內靈山是一座大山，「高千有餘丈，綿亙百餘里」（《廣信府志》）。辛棄疾在齊庵地方建了一座草堂。此詞正是描寫靈山齊庵一帶風光。

這一帶地方最惹人注目的是山。因此作者便從描摹眼前那一列山巒着手。

開頭三句，寫的是群山的氣勢和它們的動態：遠處那一帶峰巒，一層疊一層，一山接一山，你擠我擁，從東向西奔馳而來。彷彿是集中了一萬匹駿馬，飛騰着，追逐着，連綿不斷，氣勢驚人。它們奔馳到離詩人眼前不遠之處，卻猛地兜轉了身，扭頭伸頸，朝向東方，那姿態是要轉回原路去了。

於是在齊庵面前，便呈現了群山飛騰迴旋的壯觀。

這樣來寫靈山那簇擁着的峰巒的態勢，真可說是筆墨淋漓，形象生動，氣勢不凡。

山本來不會走動，如今偏說它在「奔馳」，而且是向西奔馳，這是作者把群山想像為群馬。作者曾帶領過馬隊作戰，那戰馬奔騰的形象，平日已十分熟悉，如今看那群山的氣勢，很像自己久已印在心中目下的馬群，於是自然地寫出「疊嶂西馳，萬馬迴旋」兩句生動的比擬來。這樣下筆便顯得落想不凡，筆墨飛舞。

下面畫面一轉。作者從近景落筆，細緻地寫出齊庵四面的美好景色：

「正驚湍直下，跳珠倒濺」—— 這是從山上下來的一道湍急的瀑布，白練一匹，水花萬點。

「小橋橫截，缺月初弓」—— 這是橫跨在溪流上像一彎新月的板橋。

「老合投閑，天教多事」—— 轉一筆，抒發感情：大抵人已經老了吧！人老了就應該投閑置散了吧 —— 這裏明顯看出有點發牢騷；可是老天爺卻不肯讓自己閑下來。

「檢校長身十萬松」—— 老天爺給自己幹些什麼呢？是管理那些伸着長長的腰杆的松樹。那數量居然還有十萬之多。回想自己從前行軍打仗，不是曾帶領過十萬「貔貅」嗎？如今不過把「貔貅」變成十萬松樹罷了。

句中用「檢校」二字，又確是當過官的人的本色。「檢校」原來是考核的意思。晉置檢校御史，是監察御史的前身；唐、宋均有檢校官，是屬於加銜的。如今作者說：我檢校的只有松樹，言外之意，不甘心於投閑置散，用意很明顯。

「吾廬小」三句，以小景反襯大景。我住的房子固然很小，可是四面都長滿松樹，松樹的枝幹映着日光，投下了無數如龍似蛇蜿蜿遊動的影子；松濤發出宛如狂風驟雨的聲音，這些聲音簡直要把草堂重重包圍起來。

這樣，一座小房子就不覺其小，反而是很有氣勢了。這也顯出作者處處不脫其英雄本色。

上片是先寫遠景大景，次寫中景近景，然後拉到自己周圍。層次分明，形象豐滿。

轉入下片，作者就集中筆墨，着力去寫那最精彩的「三數峰」。

這幾座山峰對這位詩人似乎特別親熱。每天早上，當晨霧逐步消失的時候，它們就都帶着清爽的氣息爭着同詩人見面。

它們的風度也是不同凡響的。

有時候，詩人覺得這幾座峰巒正像晉朝謝安的子弟（也許其中既有謝玄，也有謝石，他們曾經在淝水之戰中打敗苻堅的幾十萬大軍），風度翩翩，衣冠楚楚，神情磊落，和那些庸俗的貴家子弟硬是不同。

有時候，它們卻又像漢朝著名文學家司馬相如的隨從，不論是控着馬拿着鞭，還是守立在車子上，都顯得那麼從容不迫，溫文爾雅。

可是詩人認為這還不夠確切。他把想像力伸展得很遠很遠：

這幾座山峰，仔細品評，它們既是雄渾的，又是深秀的；既有文雅的風度，又呈現剛強的氣勢。這樣的峰巒啊，簡直就是漢朝的太史公司馬遷寫的文章，它能使人百讀不厭，這些峰巒同樣也使人欣賞不厭。

這真是對山的高度讚美。我們如果讀過宋人王十朋寫的《詩史堂荔枝歌》，準會對於他拿杜甫的詩歌比喻荔枝的風味感到驚奇。詩是這樣的：

少陵傷時淚成血，一點丹心不磨滅。散成朱實滿炎方，風味如詩兩奇絕。

但這還是因成都的杜甫草堂種了荔枝，由此獲得觸發；而宋人方岳的《食荔枝》詩就憑空而來了：

風枝露葉走筠籠，玉潤冰寒擘縐紅。自往胸中評《史記》，久聞格調略相同。

居然以荔枝比擬司馬遷的《史記》，不知道他是不是從辛棄疾這首詞學過來的。如果荔枝是有智力的，它也會感到驚奇的吧！

在高度讚美靈山齊庵的山容之後，詩人覺得美中還有不足之處，那便是山多而水少。他希望在這裏有一個湖泊。他已經在山下修築了一道新堤了，可是打算開鑿的偃湖還沒有完成。他最後就以提問作為結束：「新堤路，問偃湖何日，煙水濛濛？」

用力寫了群山之後，回過頭來，捎帶一筆湖水，可說是照顧周到了。不過，也可以由此悟出行文的一種手法，就是有主有賓。山是主，水是賓；山寫得着重，水只是略帶一筆；山寫得實在，水寫得空靈；寫山富於想像，寫水不作想像。這些都是所謂文章的「一虛一實」，讀者是不可不注意的。

鷓鴣天

有客慨然談功名，因追念少年時事，戲作。

壯歲旌旗擁萬夫，錦襜❶突騎渡江初。燕兵❷夜娖銀胡䩮，漢箭朝飛金僕姑❸。　追往事，歎今吾。春風不染白髭鬚。都將萬字平戎策，換得東家種樹書❹。

這是辛棄疾晚年的作品，那時他正在家中閑居。一個老英雄，由於朝廷對外堅持投降政策，只落得投閑置散，避世隱居，心情的矛盾苦悶當然可以想見。忽然有人在他跟前慷慨激昂地大談功名事業，這位老英雄禁不住又慨歎又有點好笑了。想起自己當年何嘗不是如此滿腔熱血，以為天下事情容易得很，哪裏知道並非如此呢！

此詞上片憶舊，下片感今。上片追摹青年時代一段得意的經歷，激昂發越，聲情

❶錦襜，錦織的襜褕。襜褕，短衣，武人所服。

❷燕兵，這裏指北方的金兵。

❸金僕姑，箭名。《左傳．莊十一年》：「公以金僕姑射南宮長萬。」

❹種樹書，《史記．秦始皇本紀》：「所不去者，醫藥卜筮種樹之書。」

並茂。下片轉把如今廢置閑居、髀肉復生的情狀委曲傳出。前後對照，感慨淋漓，而作者關注民族命運，不因衰老之年而有所減損，這種精神也滲透在字裏行間。

辛棄疾二十二歲時，投入山東忠義軍耿京幕下任掌書記。那是宋高宗紹興三十一年（一一六一）。這一年金主完顏亮大舉南侵，宋金兩軍戰於江淮之間。明年春，辛棄疾奉表歸宋，目的是使忠義軍與南宋政府取得正式聯繫。不料他完成任務北還時，在海州就聽說叛徒張安國已暗殺了耿京，投降金人。辛棄疾立即帶了五十餘騎，連夜奔襲金營，突入敵人營中，擒了張安國，日夜兼程南奔，將張安國押送到行在所，明正國法。這一英勇果敢的行動，震驚了敵人，大大鼓舞了南方士氣。

上片追述的就是這一件事。「壯歲」句說他在耿京幕下任職（他自己開頭也組織了一支遊擊隊伍，手下有兩千人）。「錦襜突騎」，也就是錦衣快馬，屬於俠士的打扮。「渡江初」，指擒了張安國渡江南下。

然後用色彩濃烈的筆墨描寫擒拿叛徒的經過：「漢箭朝飛金僕姑」，自然是指遠途奔襲敵人。大抵在這次奔襲之中，弓箭（「金僕姑」是古代有名的箭，見《左傳》）曾發揮過有力的作用，所以才拿它進行藝術概括。

至於「夜娖銀胡䩮」，卻要費一些考證。胡䩮是裝箭的箭筒。古代箭筒多用革製，它除了裝箭之外，還另有一種用途，夜間可以探測遠處的音響。唐人杜佑《通典》卷一五二《守拒法》說：「令人枕空胡祿臥，有人馬行三十里外，東西南北皆響見於胡祿中。名曰地聽，則先防備。」宋人《武經備要前集》卷六說法相同：「猶慮探聽之不遠，故又選耳聰少睡者，令臥地枕空胡鹿——必以野豬皮為之——凡人馬行在三十里外，東西南北皆響聞其中。」胡祿、胡鹿、胡䩮，寫法不同，音義則一。「娖」，《說文》：「謹也」，是小心翼翼的意思。這裏作動詞用，可以釋為戒備着。「燕兵」自然指金兵。燕本是戰國七雄之一，據有今河北北部、遼寧西部一帶地方。五代時屬契丹，北宋時屬遼，淪入異族已久。所以決不是指宋兵。由於辛棄疾遠道奔襲，擒了叛徒，給金人以重大打擊，金兵不得不加強探聽，小心戒備（這兩句若釋為：「儘管敵人戒備森嚴，棄疾等仍能突襲成功。」也未嘗不可）。「夜娖銀胡䩮」便是這個意思。

這是一段得意的回憶。作者只用四句話，就把一個少年英雄的形象生動地描繪出來。

下片卻是眼前情況，對比強烈。「春風不染白髭鬚」，人已經老了。但問題不在於老，而在於「都將萬字平戎策，換得東家種樹書」。本來，自己有一套抗戰計劃，不只一次向朝廷提出過（現在他的文集中還存有《美芹十論》、《九議》等，都是這一類建議，也就是所謂「平戎策」）卻沒有得到重視。如今連自己都受到朝廷中某些人物的排擠，平戎策換來了種樹的書（暗指自己廢置家居）。少年時候那種抱負，只落得一場可笑可歎的結果了。

由於它是緊緊糅和着對民族命運的關懷而寫的，因此就與只是個人的歎老嗟卑不同。正如陸游所說的：「報國欲死無戰場」，是愛國者共同的悲慨。

賀新郎（別茂嘉十二弟）

綠樹聽鵜鴂，更那堪、鷓鴣聲住，杜鵑聲切？啼到春歸無尋處，苦恨芳菲都歇。算未抵人間離別。馬上琵琶關塞黑，更長門翠輦辭金闕。看燕燕，送歸妾。　將軍百戰身名裂，向河梁、回頭萬里，故人長絕。易水蕭蕭西風冷，滿座衣冠似雪，正壯士悲歌未徹：啼鳥還知如許恨，料不啼清淚長啼血。誰共我，醉明月？

這是辛棄疾很著名的一首詞，但前人對它的評價頗有不同。王國維在《人間詞話》說：「稼軒《賀新郎》（送茂嘉十二弟），章法絕妙，且語語有境界，此能品而幾於神者。然非有意為之，故後人不能學也。」清人劉體仁卻說：「稼軒詞：『杯，汝來前』，《毛穎傳》也；『誰共我，醉明月』，《恨賦》也。皆非倚聲本色。」（見《七頌堂詞繹》）他以為辛詞的前一首不過仿效韓愈的《毛穎傳》，後一首又無非仿效江淹的《恨賦》，寫詞是不應如此的。這話反映了他的偏見。不知辛棄疾正是有意去打破這種所謂「本色」，在詞壇中進行大膽的嘗試和創新。若以《花間》、《尊前》的風格去限制辛棄疾，適足為辛氏所笑而已。

這首《賀新郎》的寫法確是前輩詞人所未有的。詞中羅列許多離別的故事，彼此之間似乎沒有必然的聯繫，而且同茂嘉十二弟更無關涉，手法確是特殊。應該怎樣理解它的藝術特色呢？

前人評釋雖多，我以為還是劉永縉《讀辛稼軒送茂嘉十二弟之〈賀新郎〉詞書後》解釋基本中肯，雖然還有可以補充的地方。

劉氏認為，這首《賀新郎》的寫法來源於唐人的「賦得體」。唐詩中有「賦得」某某的一種格式，贈別詩中也常用到這種格式。如韋應物《賦得暮雨送李冑》云：「楚江微雨裏，建業暮鐘時。漠漠帆來重，冥冥鳥去遲。海門深不見，浦樹遠含滋。相送情無限，沾襟比散絲。」高適《賦得征馬嘶送劉評事充朔方判官》云：「征馬向邊州，蕭蕭嘶不休。思深應帶別，聲斷為兼秋。歧路風將遠，關山月共愁。贈君從此去，何日大刀頭？」韋詩有六句賦雨，高詩中四句征馬與送友兩面夾寫，都是到結句才表出贈別之意。稼軒此詞也是到結句才點出送行之意。又李商隱《淚》詩云：「永巷長年怨綺羅，離情終日思風波。湘江竹上痕無限，峴首碑前灑幾多？人去紫台秋入塞，兵殘楚帳夜聞歌。朝來灞水橋邊問，未抵青袍送玉珂。」詩題只是一個「淚」字，其實也是賦得淚來送別。詩裏列舉古人揮淚的六件事，每句一事，彼此並無聯繫，到結末兩句才表出送別之意，打破前人律詩起承轉合的成規。稼軒這首詞列舉幾件別恨，也打破前後兩闋的成規，彼此是很相似的。又，李詩用「未抵」二字來承上作結，辛詞用「未抵」二字承上「啼鳥」，並起下別恨；李詩典故在前，辛詞典故在後，這又是有繼承又有變化的。

以上是劉氏該文的節略詳見鄧廣銘《稼軒詞編年箋註》卷四附錄。

這可以說是找出了辛詞這種寫法的來歷和繼承關係了。在辛棄疾的詞集裏，這種手法還不只一首。例如也是《賀新郎》（鳳尾龍香撥），題曰「聽琵琶」，也用「賦得體」，所以梁啟超說它「琵琶故事，網羅臚列，亂雜無章，殆如一團野草」（見《藝蘅館詞選》）。但是劉氏舉出李商隱《淚》詩，認為是賦得淚來送別，卻是可以商榷的。《淚》詩是賦得淚，卻沒有送別之意。「朝來灞水橋邊問」兩句，是說最讓人傷心掉淚的，無過於穿青袍的下級僚吏去灞橋給那些高官顯宦送行了！這一群如此卑躬屈節，那一個如此氣焰熏天，看了簡直使人為之痛哭呵！這是作者對自己沉淪於下僚、有才難展的深沉慨歎，而不是真正去送某上司時掉下眼淚來。這是想補充的一點。

辛棄疾以一個愛國者的身份，從淪陷了的北方（他是山東濟南人）建節南歸。他少年時代在淪陷區生活，耳聞目睹了在敵人鐵蹄下出現的許多慘痛事實：不知多少人在這場民族大災難中或是生離，或是死別；也不知多少人痛苦到淚盡繼之以血。如今，不過是兄弟之間的暫時分手，算得上怎麼回事呢？

這是本詞歷述許多歷史上的訣別，而對茂嘉十二弟之別，僅僅捎帶一筆的原因。

作者一開頭用三種鳥的啼叫為下文先作鋪墊。一種鳥是鵜鴂，即伯勞❶，一種鳥是鷓鴣，一種鳥是杜鵑。古人討厭伯勞的鳴叫。《淵鑒類函》引《夢書》說：「伯勞為憂口舌，聲可惡也。」鷓鴣的啼聲，俗說像是「行不得也哥哥」。杜鵑相傳是啼至口中出血的鳥，聲音就像「不如歸去」。這三種鳥兒不停地啼叫，此伏彼起，使人聽了

❶鵜鴂，一般都認為就是杜鵑。作者在自註中說：「鵜鴂、杜鵑實兩種。見《離騷補註》。」查洪興祖《離騷補註》引《爾雅》，認為鵜鴂就是鵙，又叫伯趙。伯趙就是伯勞，同杜鵑自然不一樣。

心裏發愁，所以句中有「更那堪」的話。

這些鳥兒直啼喚到春天歸去了，牠們還要啼叫什麼呢？牠們都在痛惜百花的凋殘吧？

鳥兒們只知道痛惜百花凋零，卻不知人世間的離別是更加使人痛苦的。「算未抵人間離別」，一句兜轉過來，下面便把人間的恨事，逐一羅列。

我們且看這位滿腔悲憤的詞人是怎樣列舉人間的別恨的：

「馬上琵琶關塞黑」——漢代王昭君遠嫁匈奴，想像她離鄉背井，遠赴荒漠，在馬上彈琵琶時的心情，該是如何淒苦！

「更長門翠輦辭金闕」——漢武帝的陳皇后失寵以後，退居長門宮，她從尊貴的地位跌落下來，離開了紫闕金殿，那景況真是淒涼。

「看燕燕，送歸妾」——春秋時代，衞莊公的妾戴媯養了一個兒子，名叫完，衞莊公把完當做自己的兒子。莊公死後，完繼立為君，卻被臣下州吁殺死。戴媯被追回娘家去。莊姜親自給她送行，兩人臨別痛哭，至今流傳下一首《燕燕》詩。這是又一種痛苦的離別。

至此，上片完了，但作者的文意未完，筆勢並沒有為此停住。

「將軍百戰身名裂……」——漢將軍李陵苦戰兵敗，投降匈奴；後來留在北方的蘇武南還了，李陵為他餞行，在河橋分手的時候，對蘇武說：「異域之人，一別長絕。」

這是陷身異域的朋友的生死訣別。

「易水蕭蕭西風冷……」——戰國時，荊軻受燕太子丹的委託，入秦行刺秦王。在易水邊上，朋友們白衣冠送行，荊軻唱着壯別的歌：「風蕭蕭兮易水寒，壯士一去兮不復還。」這是另一場「一去不還」的悲壯的離別。

作者一一敍述了五種不同人物、不同情況的離別，認為都是人間最悲慘的。他們或是長辭自己的國家，或是失去了尊貴的位置，或是由於死去最親近的人，或是淪落在異國，有些人則是為了慷慨赴義。歷史上這些痛苦的離別，長久地震撼着人心，也咬齧着人心。

不料歷史上這許多慘別，在一個極短時間內全降臨到漢民族的頭上了！自從靖康年間女真族人南侵以來，歷史上的慘劇重新一幕幕又在重演。

看吧！汴京淪陷，徽、欽二帝當了俘虜，數以千計的妃嬪宮娥全部被金人擄掠北去，從此流落異國。這不比「馬上琵琶關塞黑」的舊事更加悲慘百倍麼！

皇帝被囚禁了，皇后也成為階下之囚，許多龍子龍孫一個個從寶座上跌落下來，淪為敵人的奴隸。對比起來，陳皇后僅僅貶入長門宮，還算是幸運的呵！

中原淪陷，多少人骨肉流離，家破人亡。像衞莊姜和戴嬀的悲慘故事，到處都在重演。

中原淪陷，許多文武官員流落異國，或在淪陷地區過着屈辱的生活，他們也和李陵、蘇武一樣，或則是「百戰身名裂」，或則是「故人長絕」。

中原淪陷，不甘於亡國的仁人義士，棄家別友，深入敵人佔領區展開戰鬥（當年山東、河北許多忠義軍人馬就都是這樣的），比之荊軻入秦，情景更為壯烈。他們慷慨與親友分手，分明又是一闋「易水哀歌」。

唉！這種種悲慘的離別，在旦夕之間到處湧現，大量重演，假如啼鳥還真個懂得人間恨事的話，牠們將不是啼出眼淚而是啼出鮮血來了。細看這兩句，我們就更加知道作者指的是當前的現實，而不是追憶歷史。

如今茂嘉弟走了，他走後，有誰陪我在明月之下，喝酒談心，議論這許多人世間的恨事呢——作者沒有在這上面多費筆墨，那理由，前面已經說過了。

在這首詞中，作者是藉着一個題目，來抒發家國興亡之感。由於南宋小朝廷以偏安求和為上策，對於從皇族到小民所受的無數屈辱，或則淡忘，或則故意掩飾，大江以南，早是一片昇平氣象。然而，辛棄疾偏偏沒有忘記，還再三在他的作品中提出來。這也許正是他受到南宋小朝廷的當國者切齒痛恨的原因吧！

水龍吟

愛李延年歌、淳于髡語，合為詞，庶幾《高唐》、《神女》、《洛神賦》之意云。

昔時曾有佳人❶，翩然絕世而獨立。未論一顧傾城，再顧又傾人國。寧不知其、傾城傾國，佳人難得。看行雲行雨❷，朝朝暮暮，陽台下，襄王側。

堂上更闌燭滅，記主人、留髡送客❸。合尊促坐，羅襦襟解，微聞薌澤。當此之時，止乎禮義，不淫其色❹。但啜其泣矣，啜其泣矣，又何嗟及❺！

宋人填詞，不怕照抄唐代詩人的句子，也沒有人指摘這是「偷古人句」，可以說是「立法甚寬」。所以賀鑄寫《行路難》（小梅花）時，照抄李白、李益、李賀、韓綜的詩句，組織成篇，不僅毫不臉紅，而且居然還說「吾筆端驅使李商隱、溫庭筠，常奔命不暇」。周邦彥善於運化唐詩，陳振孫於是稱讚他「多用唐人詩語，隱括入律，

❶昔時曾有佳人，典出《漢書．外戚傳》：「李延年性知音，善歌舞。武帝愛之。嘗侍上，起舞而歌曰：北方有佳人，絕世而獨立。一顧傾人城，再顧傾人國。寧不知傾城與傾國，佳人難再得。」

❷行雲行雨，典出宋玉《高唐賦》：「昔者先王嘗遊高唐，怠而晝寢，夢見一婦人曰：妾巫山之女也，為高唐之客。聞君遊高唐，願薦枕蓆。王因幸之。去而辭曰：妾在巫山之陽，高丘之岨，旦為朝雲，暮為行雨，朝朝暮暮，陽台之下。」

❸留髡送客，《史記．滑稽列傳》：「淳于髡者，齊之贅婿也，滑稽多辯。數使諸侯，

渾然天成」。沈義父也說周邦彥「下字運意，皆有法度，往往自唐宋諸賢詩句中來」。抄句不算壞事，甚至還是一種本領。其他文體似乎還享受不到如此破格的寬容哩！

當時人的看法既是如此，到了辛棄疾手裏，索性就大做起來。「稼軒詞別開天地，橫絕古今，《論》、《孟》、《詩小序》、《左氏春秋》、《南華》、《離騷》、《史》、《漢》、《世說》、《選》學，李、杜詩，拉雜運用，彌見其筆力之峭」（吳衡照《蓮子居詞話》）。他不僅在詞裏大量運用這些古代的散文、詩、賦，並且運用得十分靈活，富於變化，使之具有新的生命。他最突出的一點是能夠做到使古人為我所用，而不是抄襲拼湊。我們從這首《水龍吟》中，便分明看出這一特色。

這首詞，沒有一句話是辛氏自己的創作，真可以說是另一種形式的「集句」（見註文）。竟然都是古人的話！我們真有點替作者擔心：從前有些家無長物的窮漢，有時為了撐撐門面，東家借一件長袍，西家借一頂帽子，南家借靴，北家借褲，把自己打扮一番。可是這樣拼湊起來的一個人，會像什麼樣子呢？怕會成為誰也不認識的「四不像」吧！

其實問題不在於借與不借。假如借貸者不是家無長物的窮漢，而是「長袖善舞」的大賈，情況就不同了。東西雖然都是借來的，卻沒有使他穿戴起來局促不安、舉止失措；相反，他的精神面貌同樣會顯得活潑而鮮明。可見關鍵不在於是否「借」。

我們說，辛棄疾也是有這種本領的。但這個結論自然需要進一步加以說明。

（接上頁註❸）未嘗屈辱……威王大悅，置酒後宮，召髡，賜之酒，問曰：先生能飲幾何而醉？對曰：臣飲一斗亦醉，一石亦醉……日暮酒闌，合尊促坐，男女同席，履舄交錯，杯盤狼藉，堂上燭滅，主人留髡而送客，羅襦襟解，微聞薌澤。當此之時，髡心最歡，能飲一石。」

❹《毛詩．關雎傳序》：「故變風發乎情，止乎禮義……憂在進賢，不淫其色。」

❺《詩經．王風．中谷》：「中谷有蓷，暵其濕矣。有女仳離，啜其泣矣！啜其泣矣，何嗟及矣！」

辛棄疾這首詞是有所寄寓的。事情須從當時的政治情勢說起。

南宋小朝廷偏安江南，而北方廣大地區人民卻呻吟於異族的鐵蹄之下。是積極進行收復中原的工作，還是苟且偷安，對敵屈服妥協？正是擺在南宋君臣面前的第一主題。在這個主題面前，劃分出兩派人物：抗戰派和主和派。朝廷上，所謂「最高一人」的高宗趙構，我們都知道是個什麼貨色，無須多作介紹；便是第二任的孝宗趙昚，似乎在和戰之間左右搖擺，舉棋不定，實際上還是認為偏安一隅是更為穩當的。所以主張北伐的名將張浚，一旦在符離之役受到挫折，馬上就被斥出政府；此後的四十多年，直到韓侂胄北伐之前，皇帝換了兩個，可就不曾有過較大的一次軍事行動。

不幸辛棄疾一生最重要的活動時期，恰好介於符離之戰和韓侂胄北伐這四十多年間，也正是主和派得意洋洋、官僚們歌舞湖山的時候。一方面的人得勢了，當然就排斥另一方，所以主張北伐收復失地的人，即使不致遭受貶逐，也是被摒於無所作為之地。辛棄疾本人就是一個好例。他在南歸四十多年中，就有二十年被迫賦閑家居；朝廷即使授予官職，也是東遷西調，使他難以有所建樹。朝廷上兩派人物，受着兩種截然不同的待遇，當時誰也看得清清楚楚。

這首《水龍吟》便是運用諷寓的手法，來刻畫這兩種人物所受的不同待遇。

上片的那個「佳人」，是君王所寵幸的。為什麼要寵愛她呢？因為她「絕世獨立」，換句話說，是敢於犯天下的大不韙，力主對敵屈辱投降。這個「佳人」，大家都知道她能夠「傾人之城，傾人之國」，也就是可以導致亡國覆家的地步，可是君王卻全不計較這個，反而認為她是「難得」的人物，對她寵眷不衰。

試看這位「佳人」所受的寵遇吧。她就像宋玉筆下那個巫山神女，「朝為行雲，暮為行雨，朝朝暮暮，陽台之下」。一直留在君王的身邊，受到無比的信任。

這樣的一大段描寫，當然不是為了複述漢武帝和李夫人的故事，也不是重複宋玉的《高唐賦》（那是絕無意義，也無必要的），它的矛頭所指，乃是以秦檜為代表的那一派人物。這一派人物因為投合了君王的心意，自然就大受寵幸，儘管他們的所作所為足以「傾城傾國」（以後的歷史已經證實了這一點），君王也毫不在乎。

轉入下片，卻又出現了另一種人。辛棄疾用淳于髡來做代表。

淳于髡是個什麼人呢?《史記》把他安插在《滑稽列傳》中。其實他是個很有本領的人。他「滑稽多辯，數使諸侯，未嘗屈辱」。齊威王「好為淫樂長夜之飲，沉湎不治，委政卿大夫，百官荒亂，諸侯並侵，國且危亡，在於旦暮」，他敢於犯顏進諫。楚國發兵攻齊，他奉命出使趙國請求救兵，迫使楚軍半夜退走。

據《史記》記載，淳于髡計退楚軍之後，齊威王大悅，「置酒後宮，召髡賜之酒」，於是淳于髡乘機進諫，勸威王停止「長夜之飲」，而威王果然接受了。但是辛棄疾引用這個故事，並不是原樣照搬，而是另有深意。

這是南宋朝廷上另一種人物，他們是有本領的，可是君王並不需要這種本領，只是在「長夜之飲」的時候，邀他也來參加一份，到「更闌燭滅」之時，還特地把他留下；為了拉他同流合污，甚至讓他「合尊促坐，羅襦襟解，微聞薌澤」。不料只因他「止乎禮義，不淫其色」，也就是堅持自己的主張，不肯在政治上與前者同流合污，其結果，便落了個「啜其泣矣，啜其泣矣」的下場。

這樣解釋這首作品，決不是任意附會的。王炎就是其中一個例子。宋孝宗乾道五年，參知政事王炎出任四川宣撫使。他是主張從川北、陝南出兵，首先收復關中，然後以關中為根據地，進一步進取中原。乾道七年七月，孝宗忽然對他表示十分信任，拜為樞密使仍兼四川宣撫使。樞密使是掌管軍事的宰相。這個任命，頗使人出於意外，連宰相虞允文也感到困惑不解。不料正如大詩人陸游所慨歎的：「不如意事常千萬，空想先鋒宿渭橋。」乾道八年九月，正當王炎在陝南積極籌備軍事行動的時候，孝宗突然來個一百八十度的轉變，把王炎的四川宣撫使撤銷，調回臨安樞密院。於是前線軍事行動隨之瓦解。過了五個月，王炎連樞密使的官也丟了。這件怪事，不是很像詞裏說的，忽而「留髡送客」，忽又「啜其泣矣」那種情狀嗎？

到了淳熙五年，王炎逝世。消息傳到辛棄疾耳裏。據辛棄疾說：「坐客終夕為興門戶之歎。」（見《水調歌頭》「我飲不須勸」詞序）什麼叫「門戶」？用現代語說，就是派系。他們以為王炎的失敗，是由於派系鬥爭的失敗，其實在派系鬥爭後面還存在着一個更重要的背景，那就是孝宗的傾向。

現在我們可以看到了，辛棄疾雖然把別人的東西借過來，可是這些東西穿戴在他身上，卻出現了異樣光彩，彷彿褪了色的衣服重新鮮豔起來，發了黃的珠翠重新顯出光澤。這決不是用什麼「點鐵成金」的比喻能夠解釋的。可以這樣打個比喻；作者把這些舊的東西拿過來，注進了新的生命，給予了新的靈魂，讓它在新的環境下表演一場現代劇。那些斑斕的古代衣冠，能使被嘲笑的統治者眼睛迷糊，而真正欣賞的人卻能通過那些富於暗示力的動作，領會它那深刻的含義，並且為之擊節稱歎。

漢宮春（立春日）

春已歸來，看美人頭上，裊裊春幡❶。無端風雨，未肯收盡餘寒。年時燕子❷，料今宵夢到西園。渾未辦、黃柑薦酒，更傳青韭堆盤❸？

卻笑東風從此，便薰梅染柳，更沒些閑。閑時又來鏡裏，轉變朱顏。清愁不斷，問何人會解連環❹？生怕見花開花落，朝來塞雁先還。

這首詞不知道作者是在哪一年寫的。從內容看，情緒極為憤懣，用筆卻深沉曲折。有些詞選家也沒有把它完全弄懂，以為作者是想到「五國城舊恨」和「黨禍」。其實詞中並沒有牽涉如此之廣。它從立春起興，想到故都，想到自己平白浪費光陰，對統治者的歌舞湖山投出強烈的冷嘲，是一篇諷刺作用很強的作品。

開頭兩句，點出立春。古代的風俗，立春那天，民間剪裁做人形或燕子形，戴在頭上，這種東西叫做春幡，又叫幡勝。宋代皇帝還向百官賜金銀幡勝，讓他們戴着

❶春幡，《歲時風土記》：「立春之日，士大夫之家，剪綵為小幡，或懸於家人之頭，或綴於花枝之下。」

❷年時燕子，從前來過的燕子。

❸黃柑、青韭，蘇軾詩：「辛盤得青韭，臘酒是黃柑。」

❹連環，《莊子・天下》：「連環可解也。」《戰國策・齊策》：「秦昭王嘗遣使者遺君王后玉連環，曰：『齊多智，而解此環否？』君王后以示群臣，群臣不知解。君王后引錐椎破之，謝秦使曰：『謹以解矣。』」

回家。後來雖然逃到杭州，舊例還是沿襲下來。作者說，一看到美人頭上搖擺着的春幡，就知道春天已經回來了。

可是作者反挑了一筆：「無端風雨，未肯收盡餘寒。」不管滿城怎樣點綴春光，事實還是冷酷的。你們不看，「風雨」（隱隱指的是侵據北方的異族）依然威脅着人間麼？輕輕一句，作者的微意就透露出來了。

下面，這層意思又推進一步：

「年時燕子，料今宵夢到西園」——從江南風物想到北方淪陷地區。「年時」是當年或前時。「西園」指的大抵是汴京西門外的金明池和瓊林苑，那是從前遊玩的好去處。自從汴京淪陷，它早已荒涼滿目，舊時燕子，大抵只有做夢才能夠看到那個地方了。「年時燕子」，也許便是作者自喻。因為他少年時是曾經到過淪陷後的汴京的。

在過去的日子裏，每逢立春，汴京的人家照例喝黃柑酒，互送春盤（《四時寶鑒》：「立春日，唐人作春餅生菜，號春盤。」可見是個古老風俗）；但如今黃柑酒固然無法備辦，連春盤也說不上彼此饋送了。「更傳」是疑問句，等於說豈能傳。杜甫《春日梓州登樓》詩：「戰場今始定，移柳更能存！」「更」一作「豈」，便是一例。這兩句承接「西園」而來，是痛惜故都荒涼，同時也就反襯南宋臨安的統治者安於半壁河山，再也不去想念中原地區了。

下片，又再伸進一步。「卻笑東風從此，便薰梅染柳，更沒些閑。閑時又來鏡裏，轉變朱顏」。表面上指春風，說它忙着把梅花、柳樹都裝扮起來。其實影射的還是那批人。是那批忙着觀燈、賞梅、踏青、修禊，歌舞昇平的朝中權貴。他們「更沒些閑」，不過是「薰梅染柳」，盡情享樂；等到他們閑起來了，也沒有別的作為，除掉讓鏡子裏的朱顏逐日衰老之外。而且更為可悲的是，他們不但浪費了自己的年華，也誤盡了有志者的青春！

這幾句表面是調笑東風，實則筆鋒四射，極富於暗示力。
於是作者十分感慨地說，面對着這種種情況，愁悶不斷襲擊着自己，就像是無端無緒、彼此緊扣着的連環，不知道從何開解。

最後，作者無限感觸地說：花開了，花又落了，時光無情地消逝。自己過去以為很快可以驅逐金人，回到濟南老家，想不到再三蹉跎，此願不知何時實現。如今一春又到，眼見雁兒又一次先自己而北歸，實在難過得很呵！

辛棄疾投奔南宋朝廷，本來不是為了撈取一官半職，更不是為了安享田園生活，如今卻落得個留也不是，走也不行的局面，他的憤慨和苦悶實在是無法消解的。於是他又一次拿起他這支「投槍」。

劉過

一一五四～一二〇六

字改之，號龍洲道人，吉州太和人。放蕩江湖，卒。有《龍洲詞》。

沁園春（寄稼軒承旨❶）

斗酒彘肩❷，風雨渡江，豈不快哉！被香山居士❸，約林和靖❹，與坡仙老❺，駕勒吾回。坡謂「西湖，正如西子，濃抹淡妝臨照台❻。」二公者，皆掉頭不顧，只管傳杯。白云「天竺❼去來。圖畫裏崢嶸樓閣開。愛縱橫二澗，東西水繞；兩峰南北，高下雲堆。」逋曰「不然，暗香浮動，不若孤山先訪梅。」須晴去，訪稼軒❽未晚，且此徘徊！

❶承旨，官名，辛棄疾六十八歲時進樞密都承旨。

❷斗酒彘肩，《史記．項羽紀》記樊噲衝入鴻門軍門中，見項王。項王曰：「壯士，賜之卮酒。又賜之彘肩。」彘肩是豬的前腿。《儀禮．少牢饋食禮》：「肩臂臑」註：「肩臂臑，肱骨也。」肱就是臂。

❸香山居士，即唐代詩人白居易。

❹林和靖，即北宋詩人林逋，隱居不仕。

❺坡仙老，即北宋詩人蘇軾。

❻照台，鏡台。

❼天竺，地名，在今杭州市西湖之西飛來峰之南。

❽稼軒，辛棄疾。

這首詞的來歷是這樣的：

嘉泰三年（一二〇三），作者在杭州，接到辛棄疾邀他到紹興見面的一封信，他因有事無法赴約，就填了這首詞作為答覆。詞是寫得那樣新穎奇特，辛讀了十分高興。據《桯史》的作者岳珂說：「辛得之，大喜，致饋數千百，竟邀之去，館燕彌月。」可見辛棄疾對這位落拓而又豪縱的文人是十分賞識的。其原因是從文字交契發現對方的思想、氣質同自己有相通之處，從而獲得「同聲相應，同氣相求」之樂。

辛棄疾填詞喜歡追求新穎的構思，也喜歡找尋新穎的形式。他絕不囿於前人已得的成就，或甘受旁人的清規戒律的束縛。他生平所作的嘗試比任何一個詞人都多。例如《水龍吟》（聽兮清佩瓊瑤些）之只押「些」字，《粉蝶兒》（昨日春如十三女兒學繡）之全用長句，《木蘭花慢》（可憐今夜月）之用《天問》體，《踏莎行》（進退存亡）之全用四書五經，以及《鵲橋仙》（贈鷺鷥）和《沁園春》（將止酒，戒酒杯使勿近）等等，都可以看出辛氏有意打破陳規，開闢詞國廣闊天地的志願。這種思想解放的精神，在文藝領域中是十分可貴的。

劉過這首詞，正是刻意仿效辛氏的創新。在這裏，他比辛棄疾還要敢於冒犯古人，也就是更顯得狂些。他公然把自己置於三個古代大詩人之間而不以為僭越。他有本領做到讓人家讀了以後不覺得他狂妄自大，因為在放縱中仍有分寸。詞中把辛棄疾也拉進古人行列中去，又顯示他善於處理作品主題，為對方留下地步。所以並非是一味叫囂浮躁可比。

「斗酒」三句，先點出辛棄疾邀請他到紹興，他的第一個反應是「豈不快哉！」因為得到大詞人的賞識，可以談詩論文，各抒抱負，何況他還攜了一斗酒，一個豬前腿，趁着這股豪興，在狂風大雨中渡過錢塘江。

景象是頗為豪壯的。

不料「事與願違」，正要上路的時候，曾經在杭州做過郡守的唐代大詩人白居易（號香山居士），約定了在西湖孤山隱居的宋詩人林逋（字和靖），還加上曾在杭州任知州的大詩人蘇東坡（後人曾稱他坡仙），一下子拉住了自己不放手。

於是，預算的「風雨渡江」就無法實現了。

這當然是不能赴辛棄疾邀約的一個藉口。這個藉口真夠有力。誰能擺脫這樣的三位詩人而兼「居停主人」的阻攔呢？

「駕勒」的駕，同綁架、架走的架一樣；勒是勒令的意思。因此「駕勒」就是受到拘勒，身不由己。

拉出三位早已逝去的古人來，當然有點「白日見鬼」的味道。但因為他們既是著名的詩人，而又都在杭州生活過，更因為他們都曾寫下有關西湖山水的詩，所以這「鬼」也「見」得有理。

下面就利用這三位詩人在西湖寫下的詩句，融入詞中，算是彼此的對話。

那是頗有風趣的。

他先引了蘇東坡的詩。蘇有《飲湖上初晴後雨》詩：「水光瀲灩晴方好，山色空濛雨亦奇。欲把西湖比西子，淡妝濃抹總相宜。」此詞的「坡謂西湖，正如西子，濃抹淡妝臨照台」便是從蘇詩中化出。

可是劉過到底有自己的創造。下面說：「二公者，皆掉頭不顧，只管傳杯。」這二公是林逋和白居易。劉過以為林、白二公對蘇軾的詩不感興趣，所以「掉頭不顧」，也就是不予理會。

上片是辭盡而意不盡，因此下片並未轉換意思，便一滾地說下去。

換頭先提白居易。白居易詩有「樓殿參差倚夕陽」（《西湖晚歸回望孤山寺》），「湖上春來似畫圖」（《春題湖上》）及「東澗水流西澗水，南山雲起北山雲」（《寄韜光禪師》）等句；又天竺山在靈隱山飛來峰之南，分上中下三竺，附近有三座天竺寺，是杭州勝處之一。作者把白居易的詩句湊成一段話，強調天竺山的美景；隨即又引林逋的話來反駁，寫得像煞有其事。

林逋是北宋錢塘人，隱居西湖孤山，寫過不少梅花詩，其中一首說：「眾芳搖落獨暄妍，佔盡風情向小園。疏影橫斜水清淺，暗香浮動月黃昏。霜禽欲下先偷眼，粉蝶如知合斷魂。幸有微吟可相狎，不須檀板共金尊。」這又是現成的材料。

把上面這些現成材料加以剪裁，為我所用，既不失古人的風貌，又容易組成一個嶄新的畫面，這自是聰明的做法。

最後那三句：「須晴去，訪稼軒未晚，且此徘徊」，到底是歸誰說的話？有人以為是林逋說的，也有人不以為然。照我看來，可以不必確定是一個人說的。開頭既是白、林、蘇三位「駕勒」他，最後也是這三位挽留他，作為三位的一致意見，甚至也是劉過自己的意見，我以為都未嘗不可。

把自己插身在古人之中，更把辛棄疾也放到裏面，讓古人和今人打成一片，構成了一種前人未有的新的「會合」，以此來撩動在古人的圈子裏尋求知音的辛稼軒，自然「搔着癢處」。難怪辛氏「得之大喜」了。

但這畢竟是可一不可再的玩意。

文藝上有一類「彗星式」的作品，只許出現一次。它出現時，使人因其新奇而驚異，但以後就不會再來了（這個比喻是把週期彗星排除在外的）。換句話說，有些作品因其手法新穎，構思獨特，在歷史上只能成為孤例而不可效法的。俄國小說《杜勃洛摩夫》的主人公，一開頭就躺在床上，小說寫了三分之一，他還沒有起床。這種手法別人是不許仿效的。同樣，唐人小說《南柯太守傳》寫淳于棼夢入蟻穴，做了駙馬，尊榮富貴數十年。假如再有人寫夢入鼠穴或蜂巢，只能使仿效者成為蠢才而已。劉過這首詞也屬於「彗星式」的，在它面前彷彿樹起了「禁止複製」的碑示，誰如果不識時務，也去照搬，其結果一定像岳珂對劉過開玩笑時說的：「恨無術療君白日見鬼症耳。」

史達祖

生卒年不詳。字邦卿，號梅溪，開封人。有《梅溪詞》。

三姝媚

煙光搖縹瓦❶，望晴檐多風，柳花如灑。錦瑟橫床，想淚痕塵影❷，鳳弦常下。倦出犀帷❸，頻夢見王孫❹驕馬，諱道相思，偷理綃裙，自驚腰衩。

惆悵南樓遙夜❺，記翠箔張燈，枕肩歌罷。又入銅駝❻，遍舊家門巷，首詢聲價❼。可惜東風，將恨與閑花俱謝。記取崔徽❽模樣，歸來暗寫。

❶縹瓦，淡青色的屋瓦。皮日休《和早春雪中見寄》詩：「全吳縹瓦十萬戶，惟君與我如袁安。」或說是琉璃瓦，恐非。

❷塵影，前塵影事的省文。《楞嚴經》：「縱滅一切見聞覺知，內守幽閉，猶為法塵分別影事。」此謂記憶中的舊事如影未滅。

❸犀帷，舊以犀形物鎮住帷幕，因稱帷幕為犀帷。杜牧《杜秋娘》詩：「虎睛珠絡褓，金盤犀鎮帷。」

❹王孫，這裏借指貴族子弟。

❺遙夜，深夜。

❻銅駝，此指南宋臨時首都杭州。《晉書・石虎載記》：「徙洛陽

南宋晚期詞人史達祖，是一位值得注意的作家。他的《綺羅香》（詠春雨）和《雙雙燕》（詠燕），早已膾炙人口。在兩宋的詠物詞中，能夠寫得這樣形神兼備的，實不多見。其實史達祖不只以詠物見長，他的抒情之作，也是寫得妥帖細膩，情詞兼勝。清人戈載曾經說過：「予嘗謂梅溪（史達祖）乃清真（周邦彥）之附庸。若仿張為作《詞家主客圖》，周為主，史為客，未始非定論也。」這是頗有眼光的話．我們試看史達祖這首《三姝媚》，就可以看出他在章法的運用上，完全是汲取了周邦彥的特長；而文字的色澤，寄意的婉媚，同周邦彥的某些作品也是不相上下的。

這首詞寫的是一個戀愛故事。

女主角是一位風塵女子，男主角就是這位作者史達祖。

史達祖的生平事跡非常簡略，只知他是汴（今河南開封市）人，曾為韓侂胄的省吏，韓失勢被殺，他牽連受黥。別的事跡都不可考。所以他的戀愛史，我們只能從這首詞中略窺一二。由於作者在敍述這段戀愛故事時，使用了錯綜的手法，乍看起來便不那麼顯豁，這便需要加以疏解。

故事情節大致是這樣：

作者曾經在杭州同一個風塵女子相好，彼此都有很深的感情。後來他因事離開杭州，經過了很長時間，而且雙方斷絕了音信。等他再回到杭州，尋訪這個女子時，才知道她已經逝去。別人告訴他，自從她同他分手以後，因為極度憶念，就得了不治

鋼虡九龍翁仲銅駝飛廉於鄴。」同書《索靖傳》：「知天下將亂，指洛陽宮門銅駝歎曰：會見汝在荊棘中耳。」

❼ 聲價，原指人物的聲名，這裏指歌伎的名氣。

❽ 崔徽，唐代河中府妓女崔徽，同裴敬中相戀。後敬中返興元，崔徽不能同行，因繪己像託人送與敬中，表示堅貞相愛。後人常以此借指女子的肖像。

之症，鬱鬱而亡。他聽了十分傷感。走進舊日的妝樓，看見她生前用過的錦瑟和其他遺物還擱在那裏，已經封滿了塵土。兩人舊日的恩情於是一幕幕又在眼前重現。最後，他決心像供奉愛人的遺容那樣，把這段愛情永遠留在自己的心坎裏——永遠紀念着她。

這段情節只是從詞裏看出來的，因為其他記載都不存在。至於他為什麼離開杭州，一直斷絕信息。是不是因為他受黥刑後離開杭州，才構成這段悲劇？今天已經無法查考。

作者在開頭寫的是深巷人家戶外的春景。「縹瓦」和「晴檐」，暗示如今又看見那女郎的住宅。「柳花如灑」，說明這是暮春天氣——這是倒敍法，先寫自己重新回到杭州，馬上就訪尋這位女郎的蹤跡。

接下去就轉入妝樓內景。「錦瑟橫床」，是那女郎的遺物，也是他印象最深的一件樂器。看見這件樂器，於是一連串的往事，都一一兜上心頭。

「想淚痕塵影，鳳弦常下」——他想到自從兩人分手以後，她再也不接近任何客人，只是獨個兒守着這寂寞的深閨，整天發呆。許多前塵影事，一幕一幕在眼中重現，每一想起那些往事，再對照目前的情景，她就禁不住流下眼淚。因而，錦瑟的弦卸下來了，她再也無心彈奏了。

「倦出犀帷，頻夢見王孫驕馬」——「王孫」是作者自比。他繼續在想：她同自己分手以後，連屋子也懶得出去，常常做着繚亂的夢，好像他又來到自己門前，她已經聽見了馬叫。可是每次醒了過來，都發覺那只是虛幻，那些夢無非是往日生活的複現罷了。她如今只有在夢裏才能重溫那段過去的愛情了。

「諱道相思，偷理綃裙，自驚腰衩」——她是要強的人，在別人面前，她不願說出自己的滿腔心事。可是別人都說她瘦得不成樣子，她還給自己勉強辯解。但當撿起舊的裙子私下穿上的時候，裙腰是那樣寬鬆，這才吃驚地發覺自己真的瘦了許多。

以上幾句，是作者從旁人口中聽到她別後的情況，再加上自己的想像補充然後描摹下來的。筆墨用得很空靈，手法也很變幻。

下片開頭，又跳到另一段回憶之中。

「惆悵南樓遙夜，記翠箔張燈，枕肩歌罷」——他再想起從前同她曾經有過一段甜蜜的生活。那時候，在翠色的帷箔裏，點起明亮的燈燭，夜色正深。她枕着他的肩膀，曼聲唱着……而現在，只剩下無限悵惘。

「又入銅駝，遍舊家門巷，首詢聲價」——畫面又轉回到眼前。回到杭州，他的第一件事，就是尋找她的下落（「聲價」是名聲。名士有聲價，名妓也有聲價。《後漢書．姜肱傳》：「吾以虛獲實，遂藉聲價。」這是名士的聲價）。他到處打探，在曾經行走過的地方，詢問過許多人，卻總是找不到她的蹤影。

終於，他得到了使他心碎的消息：

「可惜東風，將恨與閑花俱謝」——她原來帶着無窮的怨恨，像一朵無主的閑花，在本來是百花盛開的季節，永遠凋落了。

這也許是他平生僅有的、無法從心底抹掉的一段傷心史吧！一個風塵女子，如此堅貞地忠於自己的愛情，這難道不是人間罕見的嗎？

這時候，他記起唐代裴敬中和妓女崔徽相愛的故事。崔徽臨死的時候，曾畫下自己的肖像叫人送給敬中，如今，自己的崔徽卻連一幀肖像也沒有留下來。

最後，他只好向她的在天之靈默默起誓：「我要把你的模樣永遠描繪在我的心坎裏，永遠紀念着你！」詞裏的「記取崔徽模樣，歸來暗寫」，不是真要請人畫一幅肖像，無非是一種形象性的說法罷了。

這首詞於是在無限低回中結束了。

我們可以看到，這首詞是以組織細密見長的。作者有意把幾個畫面交錯穿插，作大幅度的跳動，以求取得更好的藝術效果。其中有正敍，有追敍，也有倒敍；有實景，有虛景，又有實景中的虛景。在寫景和敍事中，讓感情一步步擴展，一層層深入，而對景物的勾勒，亦即藉以使感情展開。寓情於景的手法運用得十分巧妙。這正是本詞成功的原因；而這些手法，是從周邦彥的作品中汲取過來，那痕跡又是很明顯的。

雙雙燕（詠燕）

過春社了！度簾幕中間，去年塵冷。差池欲住，試入舊巢相並，還相雕梁藻井，又軟語商量不定。飄然快拂花梢，翠尾分開紅影。　芳徑，芹泥雨潤。愛貼地爭飛，競誇輕俊。紅樓歸晚，看足柳昏花暝。應自棲香正穩。便忘了天涯芳信。愁損翠黛雙蛾，日日畫闌獨憑。

從詠物的角度來看，南宋詞是比北宋詞更有進步的。史達祖的《春雨》和《詠燕》便可以作為南宋的代表。所謂「極姸盡態」反有秦（觀）、李（清照）未到者（王士禛《花草蒙拾》）。這兩首詠物之作便是最好的說明。

詩詞當然以抒情為主。描寫物象，其目的也是為了抒情。但是隨着藝術趣味的擴展，便有以描寫物象為主的作品出現，進一步還派生了為詠物而詠物的一支。

為詠物而詠物，這是歐、晏諸公所不屑為的。不過也不是說這就根本不可以。把藝術的範圍放寬闊些，即使是單純刻畫物象，刻畫得好，也算是一種成就。有些人在工餘之暇，拿點竹皮織隻蚱蜢兒玩玩，就廣義來說，也是一種藝術品。不過他們又決不至於認為這是什麼了不起的盛業。他們對這些玩意兒自有正確的衡量。問題正是在於，有多少斤兩就還它多少斤兩，不要憑空加碼。無聊文人之所以無聊，便是對於本來微不足道的東西，偏要裝腔作勢，說得如何關係重大，彷彿一篇之成，可與日月並其不朽。像鄭文焯讚揚姜夔的《齊天樂》（詠蟋蟀），硬說「白石別構一格。下闋寄託遙深，亦足千古已」，就是過分了。

史達祖這首《雙雙燕》，重現了燕子的生動形象，確能做到形神兼備，而又沒有刻意造作、賣弄花巧的痕跡，所以是十分成功的作品。

一開頭，「過春社了！度簾幕中間，去年塵冷」——先交代時間和地點。時間是過了春社（古代有春社、秋社，春社是祈求豐收的日子，通常是在立春後的第五個戊日），地點是簾幕中間，燕巢是「塵冷」的。此時燕子雖然沒有出現，但既過了春社，燕子該回來了。去年牠不是來了又回去嗎？想那簾幕中的燕巢，已冷落了一年，如今又該恢復它那暖和了。這樣空靈用筆，便使人產生「呼之欲出」的感覺，可說是空際傳神（「度」是揣度的意思，不是飛度的意思）。

「差池欲住，試入舊巢相並」——你看，燕子真的飛來了。「差池」是形容牠們擺動雙翼和尾羽的樣子。牠們先在檐下似飛還住地徘徊了一陣，然後在舊巢上雙雙停了下來，親密地靠在一起。句中「欲住」二字，寫燕子要尋舊巢，卻又有點生怯的神情，確是妙筆。

「還相雕梁藻井，又軟語商量不定」——牠們轉側着小腦袋，相一相屋樑和天花板（「藻井」是繪着花紋的天花板。舊時有些建築，在天花板當中開個方形或圓形的洞口，似井，又加上彩繪圖案，故稱），就唧唧喳喳地商量個沒停。是討厭這兒不好嗎？還是別的？

這一韻更是傳神。燕子本來沒有那麼多考究，可是在人們看來，牠真有那樣的「人性」，會商量個不了的。

「飄然快拂花梢，翠尾分開紅影」—— 一轉眼間，牠們就衝了出去，飛快地掠過花樹梢頭，綠色的尾剪把枝頭的紅影驀地剪開。「飄然」已是快了，句中還加個「快」字。這是形容燕子的輕捷；「拂」字下加「花梢」，真能寫出燕子的本領，使人心目中的燕子形象更加突出。

「芳徑，芹泥雨潤。愛貼地爭飛，競誇輕俊」—— 在草綠花香的小路上，春雨潤濕了泥土。小燕兒可快活了，牠們從天空中直衝下來，貼近地面飛着，你追我趕，好像比賽着誰更輕巧，誰最機靈。「芹泥」，是帶草的泥。杜甫《徐步》詩：「芹泥隨燕嘴。」溫庭筠《寒食日作》：「盤上芹泥憎燕巢。」句中捎帶了燕子銜泥補巢的細節。

「紅樓歸晚，看足柳昏花暝」—— 一直玩到天黑了才轉回家來。在黃昏薄暮裏，那些花呵柳呵，早就給牠們看了個飽。「柳昏花暝」，是用力鍛煉出來的警語，比「花明柳暗」另是一番景色。用「看足」二字襯起，既顯得燕子整天在外飛翔來往，又帶出天色逐步昏暗下來。用字既簡又練。

「應自棲香正穩。便忘了天涯芳信」—— 牠們也實在疲乏了，回到巢裏，一下子就睡得甜甜的。這一來可真糟！牠倆回來之前，那位天涯遊子託牠倆捎回家裏的書信，牠們全給忘了。

這又是天外飛來的一筆。燕子雙宿雙棲，這層意思容易想像；可是說牠倆「忘了天涯芳信」，卻是虧煞作者的匠心。雖然江淹《雜體詩擬李陵》已有「袖中有短書，願寄雙飛燕」句，卻還沒有想到牠倆不曾交到收信人手中這一層。只有晏幾道的「遠信還因歸燕誤」和他「異曲同工」。

「愁損翠黛雙蛾，日日畫闌獨憑」—— 只苦了託書人的妻子，雙眉都皺損了，還天天倚着欄杆，等候遠方丈夫的音訊呢！

不用燕子來結束本詞，卻用人來結束，也是出人意料的。「日日畫闌獨憑」，那燕子竟是把別人的囑託忘個一乾二淨了！作者好像有意留下一些不了之情，讓讀者自己去找答案。

詞裏的「還相雕梁藻井，又軟語商量不定」，以及「紅樓歸晚，看足柳昏花暝」，都是極用力的句子，也是特別耐人尋味的句子。但前人也引起過一些爭論。有人說「軟語商量」好，也有人認為「柳昏花暝」才是真好❶。其實這種爭論都免不了是尋章摘句，大可不必。因為從整體來看，沒有「軟語商量」的細膩，就突出不了「柳昏花暝」的情趣；而沒有「柳昏花暝」，單是「軟語商量」，也顯得細碎單薄。兩者原是互相襯托，相得益彰的。我們正不必拆碎下來，揚此抑彼。

❶黃升《花庵詞選》：「姜堯章（夔）最賞其『柳昏花暝』之句。」賀裳《皺水軒詞筌》：「常觀姜論史詞，不稱其『軟語商量』，而賞其『柳昏花暝』，固知不免項羽學兵法之恨。」（按，意謂不到家）王國維《人間詞話》則謂：「然『柳昏花暝』自是歐、秦輩句法，前後有畫工、化工之殊。吾從白石，不能附和黃公（即賀裳）矣。」

綺羅香（春雨）

做冷欺花，將煙困柳，千里偷催春暮。盡日冥迷，愁裏欲飛還住。驚粉重蝶宿西園，喜泥潤燕歸南浦。最妨它佳約風流，鈿車不到杜陵路。

沉沉江上望極，還被春潮晚急，難尋官渡。隱約遙峰，和淚謝娘眉嫵。臨斷岸新綠生時，是落紅帶愁流處。記當日門掩梨花，剪燈深夜語。

史達祖這首詠春雨詞，向來被推為詠物的上乘之作。他描寫春雨，層層烘托，把物象的精神曲折傳出，而且畫面優美，色澤和諧，情趣比較高尚。這種作品不能以為是「玩弄文字遊戲」，因為作者在詞中雖然沒有表現深刻的思想，可是用了嚴肅的態度來摹寫物象，這就不能說在藝術方面一無好處。

現在逐韻來談。

本來是暖和晴朗的天氣，但一場春雨卻製造了寒冷，似乎有意要欺負那些剛開不久的花。春雨細得如煙似霧，又好像要把正在長葉的楊柳困住。而且它又伸展千里之遙，一片無邊無際，半點陽光也不讓透露出來。它打算就在這「欺花」、「困柳」中，暗暗把春天打發走了。

這一韻，先攝住春雨之魂。

跟着，「盡日冥迷」兩句，進一步寫春雨的特有形態。上句說它的水點又密又小，把天地攪成一片迷糊，下句說它在天空中忽而縱橫飛舞，忽而停住不動。用一「愁」字點染色彩，增強氣氛。

這一韻，形象性很強，真能傳出春雨的動態。

「驚粉重蝶宿西園，喜泥潤燕歸南浦」——從蝶與燕的活動側面烘托春雨。「粉」是蝶翅上面長的鱗片，因為雨點微細，所以能沾在蝶翅上，使得粉蝶覺得雙翅沉重，起飛無力。至於燕子，此時剛從南邊飛來，趁這春雨，泥土潤濕，銜泥營巢方便，連找吃也不太費力，牠們自然夠高興了。

蝶因粉重而「驚」，燕因泥潤而「喜」；蝶又因驚而「宿」，燕卻帶喜而「歸」。用字既準確又細膩，而且緊扣春雨的特有氣氛。這一韻從旁烘托春雨，也少不得。

下面「最妨它」兩句，再從人物的活動來刻畫春雨。由於春雨連綿，就把仕女們的遊春的「佳約風流」都妨礙了。因為滿地泥濘，她們的車子都已無法行走。句中的「鈿車」，是拿螺鈿（蚌類的殼製成的鑲嵌之物）裝飾的車子，通常是婦女乘坐的。

白居易詩有「曲江碾草鈿車行」句。「杜陵」原是長安南面的一個風景區，和附近的杜曲、樊川、韋曲等處，又都是高級住宅區，亭榭台閣，依山臨水，景致優美。在唐代，正是春遊的好去處。詞中借用「杜陵」指代杭州的郊區，如同上文用汴京的「西園」指代杭州西湖的園林一樣。

上片從幾個側面描寫春雨，都不曾牽入自己。下片便轉到自己身上，把春雨和人的關係更拉近了一步。

「沉沉江上望極，還被春潮晚急，難尋官渡」——春雨固然不大，但加上春潮，江水就顯得洶湧了。站在江邊看去，水勢愈來愈大，傍晚時分，連渡口的渡船都難以找到了。「春潮帶雨晚來急，野渡無人舟自橫」。這是唐詩人韋應物的名句，作者借用得恰好。「官渡」是官方設置的渡口，「難尋」既是難尋渡口，又是難尋渡口的船，一詞兩用。

這一韻，先透出自己在春雨中難以歸家的情懷。周邦彥《大酺》（春雨）有句說：「行人歸意速，最先念、流潦妨車轂。」也是這個意思，史達祖也許便是從周詞得到啟發。

下面又轉從家中妻子落想：「隱約遙峰」，他看見遠山因春雨而變得隱約模糊，又因遠山隱約，聯繫到卓文君「眉如遠山」的典故，從而想像女子的眉態。「和淚謝娘眉嫵」，遠山因雨而濕，彷彿女子帶淚的神情。這個女子是什麼人呢？作者用「謝娘」

來表示。謝娘是謝安的侄女、王凝之的妻子謝道韞，這裏指代自己的妻子，說她正在家中懷念自己。又因看見春雨連綿，心知丈夫難以回來而更添愁悶（有人認為「謝娘」是唐代的歌伎，這裏也是指歌伎，那便與下文銜接不上）。「眉嫵」出自《漢書．張敞傳》，原作「眉憮」，意為眉妝。

「臨斷岸新綠生時，是落紅帶愁流處」——這兩句已帶一點哲理味道：那新生事物在成長的當兒，正是衰亡的東西消逝的時候。作者因眼前事物的變化，頗有感觸地寫下這兩句。在春雨中，新綠的生長和落紅的飄逝是如此明顯，很自然使人產生了時光難再，美好事物不可復回的感觸。於是帶出下文，並作了圓滿的收束：

「門掩梨花」，句意脫胎於「雨打梨花深閉門」（李重元《憶王孫》）；「剪燈深夜語」原出於「何當共剪西窗燭，卻話巴山夜雨時」（李商隱《夜雨寄北》），是從眼前的春雨回想起從前在家中的一段情景。那時候，也是這樣的春雨，自己同家人在一起，剪着燈花，談到深夜。如今卻獨自在外，回憶那時的歡敍，不能不觸動許多愁緒了。

從上面的分析，可以看出作者並不是單純描畫春雨，還把個人的感慨也融了進去。特別是「臨斷岸新綠生時，是落紅帶愁流處」，不僅切合春雨，也能概括社會和人生，收到了「詩一樣的哲理」的藝術效果。

張鎡

一一五三～一二一一

字功甫，號約齋，陝西西秦人，居臨安，累官大理司直、司農寺主簿。以罪除名，編管象州，卒。

滿庭芳（促織）

月洗高梧，露漙❶幽草，寶釵樓外秋深。土花沿翠，螢火墜牆陰。靜聽寒聲斷續，微韻轉，淒咽悲沉。爭求侶，殷勤勸織，促破曉機心。　兒時曾記得，呼燈灌穴，斂步隨音。任滿身花影，猶自追尋。攜向華堂戲鬥，亭台小，籠巧妝金❷。今休說，從渠床下，涼夜伴孤吟。

❶ 漙，指露水濕潤的樣子。

❷ 籠巧妝金，唐宋時，富貴人家喜歡鬥蟋蟀，用象牙做成籠子，競逐奢華。

這首詞是作者同姜夔一起寫的。據姜詞小序，我們知道寫作的經過是這樣:「丙辰歲（一一九六），與張功父（張鎡）會飲張達可之堂。聞屋壁間蟋蟀有聲。功父約予同賦，以授歌者。功父先成，辭甚美……」可見是在酒酣飯飽之餘，找個題目寫寫，讓歌兒去演唱的。

平心而論，張鎡這首詞比姜夔寫得好些。有人震於姜的名氣，摒棄張氏此作，那是不公平的。

張詞上片寫景敍物，層層深入，筆觸細緻；下片追昔感今，抒發了人生的感慨，收結得也很自然。作者先佈置一個秋夜的明淨的環境。梧桐在如銀的月光照射之下，彷彿是浸在水裏；在幽暗中的小草，漸漸凝結了露滴。一句寫夜空，一句寫空庭。夜空是如此明亮，空庭則如此幽深，恰好描畫出秋夜庭院的特有氣氛。《滿庭芳》這兩句通常都是製成一聯，像秦觀的「山抹微雲，天粘衰草」、「紅蓼花繁，黃蘆葉亂」，周邦彥的「風老鶯雛，雨肥梅子」都是。但偶也有八字一氣的，如蘇軾的「三十三年，今誰存者」。

第三句的「寶釵樓」，同劉克莊《沁園春》「何處相逢？登寶釵樓」不同。這裏是用「寶釵」修飾樓字，表示它是一座華麗的樓。這句仍是繼續為主題佈置一個合理的環境，別無深意。

「土花」句指牆腳下的苔蘚之類，這些小植物沿着牆根直伸過去，成為一道翠色帶子——還是在佈置環境。「螢火墜牆陰」——上面已將讀者的視線向下牽引，引向牆角。本來便可以引出蟋蟀了，可是作者偏要再留一筆，先寫螢火，這就顯得從容不迫；而且又藉螢火之墜，飄出一線暗向蟋蟀過渡，更是頗有巧思的。「靜聽寒聲斷續，微韻轉，淒咽悲沉」——正面寫蟋蟀，寫牠的聲音。「斷續」、「微韻」，是蟋蟀這個客觀事物所具有，而「淒咽悲沉」則是人的主觀感受。一客一主，恰好傳達出人與蟋蟀之間的關係。可惜接下去忽然跳出「爭求侶」三字，把原來作者要構造的意境打亂了。真是很大的敗筆。

道理本來很簡單。既然「淒咽悲沉」，便不是「爭求侶」的聲音；既然說牠「爭求侶」，下面又不應說牠是「殷勤勸織」。「爭求侶」固然是這種昆蟲鳴叫的原因，而「淒咽悲沉」和「殷勤勸織」卻是人對牠的鳴聲的主觀感受。你說這也是一種主客觀的結合吧！不是的。因為主客觀的結合，要統一在意境的整體之中，不是隨便牽扯都可以稱之為主客觀結合的。把昆蟲的生理本能攪進「淒咽悲沉」的主觀感受裏去，便成為不倫不類的雜湊，連原來構造的意境都遭到破壞了。

「促破曉機心」這句也下得草率。它意思是說，蟋蟀的鳴聲在織布到曉的織女聽來，就好像盡情催促她不要懶惰似的。因為古語有「促織鳴，懶婦驚」的話，所以作者隨手湊合。「破」是盡的意思。相當於杜甫詩：「讀書破萬卷」的「破」。《滿庭芳》過片二字，一般說都應押韻。如秦觀「山抹微雲」過片的「銷魂」；周邦彥「風老鶯雛」過片的「年年」；蘇軾「三十三年」過片的「摐摐」都是。但也有人不押韻，卻連下面三字作成五字句，如張鎡此詞便是。

下片是追憶兒時的樂趣，反襯今日情懷的落寞。人老了，舊時的興味都已成為過去，只落得讓它來伴我的孤獨的吟唱了。感慨不算是太深沉，但這樣的題目，也不必要求作者寫出了不起的感慨。我們倒是欣賞他「呼燈灌穴，斂步隨音。任滿身花影，猶自追尋」幾句，描寫一幅兒童捕蟀圖，頗為生動。小孩子的熱情與天真，彷彿如在眼前。下面「攜向華堂戲鬥」三句，把當時情事又勾勒一番，使情味更為滿足。最後，用「今休說，從渠床下，涼夜伴孤吟」收束，頗有人生的感慨。整個題目於是收拾乾淨了（暗用《詩經》「十月蟋蟀入我床下」典故）。

清人賀裳在《皺水軒詞筌》中指出這首詞比姜夔的《齊天樂》（詠蟋蟀）還寫得好：「不惟曼聲勝其高調，兼形容處心細如絲髮，皆姜詞之所未發。」評論是中肯的。

姜夔

約一一五五～約一二二一

字堯章，號白石道人，鄱陽人。不仕。有《白石詞》。

疏影

苔枝綴玉，有翠禽小小，枝上同宿❶。客裏相逢，籬角黃昏，無言自倚修竹。昭君不慣胡沙遠，但暗憶江南江北。想佩環月夜歸來，化作此花幽獨。

猶記深宮舊事，那人正睡裏，飛近蛾綠。莫似春風，不管盈盈，早與安排金屋❷。還教一片隨波去，又卻怨玉龍哀曲。等恁時、重覓幽香，已入小窗橫幅。

❶王銍《龍城錄》載，隋開皇中，趙師雄遊羅浮，見一美人，言極清麗，與之叩酒家共飲，一綠衣童子歌舞於旁。「師雄醉臥，久之，東方既白，起視，乃在大梅花樹下，上有翠羽啾嘈。月落參橫，但惆悵而已。」這是梅和翠禽同在一起的典故。

❷《漢武故事》：「（武帝）數歲，長公主嫖抱置膝上……指其女問曰：阿嬌好否？於是乃笑對曰：好！若得阿嬌作婦，當作金屋貯之也。」

姜夔有《暗香》、《疏影》詞兩首，是南宋光宗紹熙二年（一一九一）到蘇州范成大家作客時寫的。范成大字致能，號石湖居士，是南宋四大詩家（尤袤、楊萬里、范成大、陸游）之一，曾官中書舍人、廣西經略安撫使、四川制置使等，晚年隱居蘇州的石湖。姜夔是通過楊萬里的介紹同范認識的。據說，姜撰了《暗香》、《疏影》二曲，因其音節清婉，為范所稱賞，於是贈以侍婢小紅。姜攜小紅歸吳興，過垂虹時，在大雪中賦詩：「自琢新詞韻最嬌，小紅低唱我吹簫。曲終過盡松陵路，回首煙波十四橋。」很有點洋洋得意的神氣❸。

可是他在淺吟低唱時，萬萬料不到在他身後這首詞會引起如此之多的猜測和爭論。只因其中有「昭君不慣胡沙遠」一句話，從此「是非蜂起」，索隱家紛紛為此詞索解，硬說其中有什麼影射，什麼家國之恨。這裏有張惠言的「此章（指《疏影》）更以二帝之憤（指徽欽二帝蒙塵事）發之，故有昭君之句」（見《詞選》）。鄧廷楨有「乃為北庭後宮（指被金人俘虜的宋室后妃）言之」（見《雙硯齋詞話》）。鄭文焯說得更明白：「此蓋傷二帝蒙塵，諸后妃相隨北轅，淪落胡地，故以昭君託喻，發言哀斷。」還罵不同意此說的人為「不自知其淺暗」（見所校《白石道人歌曲》），真可謂武斷得驚人了。

本來這首詞並不難懂，也沒有寄託什麼「君國之思」。作者只是明明暗暗地運用一些典故，為梅花的姿態進行勾勒罷了。

❸此事見《硯北雜誌》（下）。

開頭的「苔枝」指梅的枝條，因為上面長着苔蘚；「綴玉」指梅花開在枝頭，「翠禽小小」兩句，說樹上棲宿着小鳥。這三句平平而起，穿鑿不得，所以各家都無異說。「客裏相逢……自倚修竹」，句中遞入作者自己。姜夔是到范成大家作客，在范家看到梅花，所以說「客裏相逢」；梅樹旁邊還長着竹子，正如蘇軾的詩：「竹外一枝斜更好」，所以又說「無言自倚修竹」。暗用了杜甫《佳人》詩：「天寒翠袖薄，日暮倚修竹」詩意。這一接也是題中應有之義，更無深意。

再下去，「昭君不慣胡沙遠，但暗憶江南江北」，是借一個具體的古代美人比擬梅花。為什麼要拿王昭君來比擬？問題很簡單，梅花是犯寒而開的，使人很容易想像它是一位在嚴寒的北方呈現特有丰姿的美人；而昭君正是遠嫁匈奴，生活塞外，所以便拿來比附。唐王建《塞上梅》詩：「天山路邊一株梅，年年花發黃雲下。昭君已沒漢使回，前後征人誰繫馬……」鄭文焯把此詩持作立論的根據，不知這首詩正好說明用昭君牽入梅花中，絲毫也沒有什麼「后妃相隨北轅」的用意。王建不過由塞上的梅花想到塞上的王昭君而已。還有韓偓的《梅花》詩：「龍笛遠吹胡地月，燕釵初試漢宮妝」，也是若明若暗地拿梅花比擬昭君，並無深意。

姜夔因為是詠江南的梅花，為了牽合眼前事實，所以用了「昭君胡沙」之後，立即筆鋒一轉，說昭君是「暗憶江南江北」，而且「月夜歸來」以後，便「化作此花幽獨」。花和美人結合成為一體了。這是出力地寫花，還運用了杜甫《詠懷古跡》詩中

「環佩空歸月夜魂」的意思。

通看上片，我們可以知道，用昭君比擬梅花，不是作者的新創造，他只是在運用前人說過的意思中，添上「北地胭脂」化作「江南梅萼」的一層構思罷了。

下片開頭用了另外一個梅花典故：

「猶記深宮舊事，那人正睡裏，飛近蛾綠」——梅花飛到翠眉附近。那是宋武帝女兒壽陽公主的故事。據說這位公主在人日睡在含章殿檐下，梅花落在額上，成五色花，拂之不去，直過了三天才能洗掉，以後宮女就學着在額上作梅花妝了。這是常見的梅花掌故❹。雖用了「深宮」字樣，已與昭君無關，那就更與宋室的后妃無關。

「莫似春風，不管盈盈」，八字一氣。意說梅花開在寒冬，春風本來不去管它；可我們卻不要像春風那樣。古詩：「盈盈樓上女，皎皎當窗牖。」是形容美人的風采。「早與安排金屋」——因為已連用兩個宮中美人的典故，這裏就索性再用漢武帝「金屋藏嬌」的故事（又是一個宮中美人）來表示對梅花應該特別珍惜。這是順着上面文勢下來，不得不是這樣。若把它扯到被俘北行的后妃身上，那就簡直荒謬了。

以下，又由壽陽公主梅妝而想到梅花的飛墜。「一片隨波去」，寫出梅花逐水漂流；「玉龍哀曲」，因古樂府《江南弄》中有《龍笛曲》，傳說此曲奏時聲似龍吟，故名；另外李白詩：「黃鶴樓中吹玉笛，江城五月落梅花」，作者兩事合用，通俗點說，不過是因梅花的墜落而想及《落梅花》笛曲罷了。這固然是詠梅的一筆，但也與象徵

❹此事見《太平御覽》卷三十引《雜五行書》。

皇室的「龍」無關。

　　最後，轉到畫幅裏的梅花。意思是說，等到梅花落盡，枝頭上看不見它了，假如要尋覓它的蹤跡，那只有到小窗上的横幅之中——畫着梅花的畫圖，細細欣賞它那幽豔丰姿了。句中「恁時」，等於說那個時候。

　　整首詞的意思就是這樣。

　　為什麼要反對「二帝蒙塵，后妃相隨北轅」這類附會之談呢？因為它是完全站不住腳的。我們先看作者寫這首詞的動機。這個動機作者自己說得很清楚。

　　姜夔是最善於在詞前寫小序的。在小序中，事情的經過，感情的生發，寫詞的用意，都交代得十分明白。有些雖然沒寫小序，仍然有「寓意」、「感夢」字樣向讀者打招呼。這確是便於我們理解作意的。例如《揚州慢》（淮左名都），小序先寫到揚州所見，最後說：「予懷愴然，感慨今昔，因自度此曲。」《翠樓吟》（月冷龍沙）小序，先交代寫詞的因由，然後說：「興懷昔遊，且傷今之離索也。」《一萼紅》（古城陰）又先序他在長沙遊玩，然後「興盡悲來，醉吟成調」。那麼，《暗香》、《疏影》兩首的小序又是怎樣的？請看：

　　辛亥之冬，予載雪詣石湖，止既月，授簡索句，且徵新聲。作此兩曲。石湖把玩不已，使工妓隸習之，音節諧婉。乃名之曰《暗香》、《疏影》。

分明是范成大請他譜兩首曲子，譜成以後，分明是「音節諧婉」，絲毫沒有悲慨的意味；范成大「把玩不已」，又全沒有指出其中「君國之哀」；姜夔本人更不像在《揚州慢》那樣自稱有「黍離之悲」；何況他在偕同小紅還家時，詩中明明說「自琢新詞韻最嬌」，這新詞便是《暗香》、《疏影》，為什麼只說「韻最嬌」？如果是感慨「后妃北轅」，能用一「嬌」字概括嗎？

假如是悼惜后妃淪落異地，作者在「昭君」數句前後，一定多少有些照應，決不會只有那麼孤立的兩句，這是寫詩填詞的常識；而事情正相反，一開頭，「苔枝綴玉，有翠禽小小，枝上同宿」，便與后妃毫不相關；若說有關，那麼「同宿」的「小小翠禽」，又是指什麼人物？帝王還是異族？下文更有所謂「早與安排金屋」，難道說，北方的奴隸主早已給徽欽二帝的后妃們安排了「金屋藏嬌」？這是什麼話！

作者本來沒有的東西，別人硬要加上去，雖也說得煞有介事，總是無法彌縫得好的。

劉克莊

一一八七～一二六九

字潛夫，號後村，莆田人。淳佑六年（一二四六）賜進士出身，官龍圖閣直學士。卒謚文定。有《後村長短句》。

沁園春（夢孚若）

何處相逢？登寶釵樓，訪銅雀台。喚廚人斫就，東溟鯨膾；圉人❶呈罷，西極龍媒❷。天下英雄❸，使君與操，餘子誰堪共酒杯？車千兩❹，載燕南趙北，劍客奇才。　飲酣畫鼓❺如雷，誰信被晨雞輕喚回。歎年光過盡，功名未立；書生老去，機會方來。使李將軍❻，遇高皇帝❼，萬戶侯何足道哉！披衣起，但淒涼感舊，慷慨生哀。

❶ 圉人，古代養馬官。

❷ 龍媒，駿馬之稱。《漢書．禮樂志》：「天馬徠，龍之媒。」杜甫詩：「君不見金粟堆前松柏裏，龍媒去盡鳥呼風。」

❸ 天下英雄，《三國志．先主傳》：「今天下英雄，惟使君與操耳，本初之徒，不足數也。」

❹ 兩，同「輛」。

❺ 畫鼓，指繪有花紋的鼓。

❻ 李將軍，指西漢名將李廣。

❼ 高皇帝，指漢高祖劉邦。

有人說，在南宋的百年中，劉克莊和陸游、辛棄疾有如鼎的三足。「拳拳君國，似放翁；志在有為，不欲以詞人自域，似稼軒」（清馮煦《宋六十一家詞選・例言》），這話是頗有見地的。劉克莊生當南宋後期，主要活動在寧宗、理宗兩朝。那時南北分立已經近百年，朝廷上許多官僚都滿足於半壁河山的現狀，他卻不忘恢復，時時發出「男兒西北有神州」的呼聲。他要求朝中文武以民命為重，因為「草間赤子俱求活」，希望當權者做到「要史家編入循良傳」。他的詞繼承辛棄疾的豪放、激揚的傳統，讀了真可以起廢立懦。但也有人認為他的詞議論過多，未免損害了藝術的形象性，這也是事實。

劉克莊這首《沁園春》是為了憶念一位老朋友而寫的。題目叫「夢孚若」。這個孚若就是方信孺。方信孺曾做過樞密院參謀官，出使金國，不受對方的威嚇，以此著名。他曾在接近敵佔區的江北地區做官，安詳鎮定，守土有方。可惜僅活了四十六歲，未能大展抱負。劉克莊對這位朋友是十分敬佩的。方死後，他親自撰寫行狀，表示悼惜。這首詞也是寫於方信孺死後。所謂夢中忘其已死，款接恍若平生。詞的開頭就從夢境寫起。

寶釵樓，《咸陽縣志》說是漢武帝時建造，到宋代仍是有名的酒樓，故址在今陝西咸陽市。詩人陸游《大雪歌》：「長安城中三日雪，潼關道上行人絕。黃河鐵牛僵不動，承露金盤凍將折。虯須豪客狐白裘，夜來醉眠寶釵樓」也是指這個著名的酒樓。

銅雀台，是建安十五年曹操所造，舊址在今河南臨漳縣。南宋時，這兩處地方都落入金人手中，劉克莊和方信孺都沒有到過。但劉克莊故意舉出這兩個地方，意在表示兩人平日都沒有忘懷北國河山，兩地名勝於是很自然就在他二人的夢中出現了。

「喚廚人斫就」四句，寫出夢境裏的浪漫性。你看，才呼喚廚子把東海鯨魚砍了做成魚羹，便又命令馬夫牽來西域的大馬。這是着力寫出夢中人的豪情壯志，寫法上很有點浪漫主義氣派；又因為是寫夢境，所以使人不覺得是過分誇張失實。

在夢中，作者和方信孺議論天下人物，他們痛感人才寥落，實在找不到有幾個愛國憂民懷抱大略的同道者。所以他們只好仿照曹操對劉備的口氣：「天下英雄，惟使君與操耳」，因而歎息說，如今只有你我二人還可以坐在一起喝酒，痛痛快快議論天下大事；其他的人，簡直就沒有這個資格了。「誰堪共酒杯」，是不堪同在一起喝酒談天的意思。

「車千兩」三句，眼光轉向北方，因為在南方已經找不到人才。南方既無人才，就轉而寄望於淪陷的北方，或生長於北方的豪傑之士了。「燕南趙北」，泛指中原地區。正如韓愈在一篇序文中說過：「燕趙古稱多感慨悲歌之士。」作者希望能夠有千輛大車，迎接這些燕南趙北的劍俠奇才，共同收復北方的失地。

點出「燕南趙北」，又回應了上文的「登寶釵樓」和「訪銅雀台」，使人了然知道作者「登」與「訪」的用意，並不只是看望一下祖國北部河山。所以在文字結構上，又是彼此呼應，正如「常山之蛇」，擊其首則尾應，擊其尾其首又應，足見作者行文的細密。

上片是敍述夢中的景象和他同朋友方信孺的胸襟抱負；但是，作者對於南宋小朝廷那種求和屈辱的政策之不滿，已洋溢在紙墨之上，語氣在含蓄之中閃爍着尖刻的諷刺。

轉入下片，是「夢破東窗」後的沉重的概歎。

「飲酣畫鼓如雷，誰信被晨雞輕喚回」——兩位朋友正在舉杯痛飲醉態醺然之際，耳邊廂畫鼓之聲愈來愈響，恍似軍中擂鼓出兵了。

「畫鼓」回應上文的「共酒杯」，又與此句「飲酣」相合。畫鼓常是歌舞節目中的樂具。白居易《柘枝妓》詩：「平鋪一合錦筵開，連擊三聲畫鼓催。」李賀《感諷》詩：「舞影逐空天，畫鼓餘清節。」張祜《感王將軍柘枝妓沒》詩：「畫鼓不聞招節拍，錦靴空想挫腰肢。」劉克莊本人也有「朱門畫鼓舞宮靴」句，都可為證。但畫鼓也用於軍中。《東京夢華錄·車駕宿大慶殿》：「又置警場於宣德門外，謂之武嚴兵士，畫鼓二百面，角稱之」便是一例。

想不到，竟是雄雞的啼聲使夢中人產生的幻覺。他一下子就驚醒過來了。

在行文上，這是一種強烈的「反跌」。剛才還滿懷高興，不料一切都是空幻。現實局勢的使人傷心失望，透過這「晨雞喚回」，就更進了一層。

「歎年光過盡，功名未立；書生老去，機會方來」——原來那不過是一場幻夢！如今的朝廷上，誰還想到恢復大業呢！不管是燕南劍客還是趙北奇才，他們都不可能取得建功立業的機會。不必說，方信孺早已埋骨地下；而自己一介書生，難道真要等到鬢髮盡白才有發揮才智的機會麼？其實又何嘗不是十分渺茫呵！

於是作者痛感當朝皇帝怯懦無能，平白錯失了許多機會。他想到，假如執掌朝綱者是個劉邦式的人物，那麼，像飛將軍李廣這樣的雄才猛士，在戰場上建立奇功，封侯萬戶，又算得什麼呢！「如令子當高皇帝時，萬戶侯豈足道哉！」那是漢文帝對李廣說的。漢文帝的時代，當然不同於南宋小朝廷。劉克莊引來這句話，明顯是涉及了當朝皇帝，其用意當然是辛辣的。

結拍是：「披衣起，但淒涼感舊，慷慨生哀。」他再也睡不着了，終於披衣起床，悲涼感慨地寫下這首《沁園春》。

上片寫的是夢中的豪情壯志，下片則是寫醒來以後的蒼涼悲慨。那意思彷彿是說，如今連高談收復北方河山這事，也須在夢裏才行了。多麼令人喪氣！

許多詩人詞客，都曾寫過述夢的作品，但夢的內容大不相同。晏幾道的「夢入江南煙水路，行盡江南，不與離人遇」，是藉夢來表達思念離人；姜夔有「江上感夢而作」，說的是「燕燕輕盈，鶯鶯嬌軟，分明又向華胥見」。這些都是限於個人的，當然也可以寫。劉克莊這首詞，卻與辛棄疾在獨宿博山王氏庵中所夢一樣：「布被秋宵夢覺，眼前萬里江山。」想到的是民族國家的恨事。辛、劉二人同樣寫夢，對於南宋投降屈辱政策也同樣加以抨擊，因為兩人的志向是一樣的。

賀新郎（送陳真州子華）

北望神州路❶，試平章這場公事，怎生分付❷？記得太行山百萬，曾入宗爺❸駕馭。今把作❹握蛇騎虎。君去京東❺豪傑喜，想投戈下拜真吾父❻。談笑裏，定齊魯❼。　兩河❽蕭瑟惟狐兔。問當年祖生❾去後，有人來否？多少新亭揮淚客❿，誰夢中原塊土？算事業須由人做。應笑書生心膽怯，向車中閉置如新婦，空目送，塞鴻去。

辛棄疾六十六歲時，出任鎮江知府，他登上京口的連滄觀，寫下一首《瑞鷓鴣》，開頭說：

聲名少日畏人知，老去行藏與願違。山草舊曾呼遠志，故人今又寄當歸。

我每次讀到「故人今又寄當歸」這句的時候，總是禁不住想到辛棄疾青年時代那

❶神州路，神州原指中國，這裏是指中國北方地區。

❷平章，評論、議論。分付，交付、發落。

❸宗爺，宗澤。《宋史·宗澤傳》：「澤威聲日著，北方聞其名，常尊憚之，對南人言，必曰宗爺爺。」

❹把作，當做。

❺京東，宋時設立京東路，轄區包括今山東、河南東部及江蘇北部。

❻吾父，一種極尊敬的稱呼。《宋史·岳飛傳》載張用得岳飛招諭書時說：「真吾父也。」於是投降。

❼齊魯，今山東省春秋時是齊、魯等國的轄地。

一班朋友，也就是他在天平軍節度使耿京幕下認識的抗金起義軍，像賈瑞、劉震、劉弁、孫肇這些將領。他們自從辛棄疾南歸以後，在敵人佔領地區怎樣繼續活動，同辛棄疾又有什麼聯繫呢？我想，他們之間肯定是不會完全斷絕聯繫的。尤其是辛棄疾非常重視諜報工作，認為「諜者，師之耳目也」。為了測繪一張方橫一尺的敵軍分佈地圖，他不惜花費四千緡。可以想見，為了便於取得敵人的情報，他不可能不同天平軍舊部聯絡。因此，「故人今又寄當歸」的故人，難道就是賈瑞、劉震等人麼？為什麼「今又寄當歸」？難道他們又來勸辛棄疾重回北方，重新領導起義軍麼？

因為沒有什麼材料可以證明，猜想也始終只是一種猜想罷了。

然而，不甘屈服於異族統治下的北方群眾，尤其是山東、河北一帶組織起來的抗金部隊，他們一直堅持着戰鬥，火種始終不滅，卻是肯定無疑的。

所以，當辛棄疾已經逝去，劉克莊的朋友陳子華到真州（今江蘇儀徵縣）上任時，劉克莊送了他這首詞，二話沒說，只是鼓勵陳子華同淮河以北的抗金群眾部隊取得聯繫，以便收復失地。這種見解，同辛棄疾正好一模一樣，同時也反照出抗金火種直至南宋末年，仍舊在廣大地區上閃爍。

南宋抗戰派中，對於出兵中原，向來有兩種主張。一種認為要先取關中和隴右，亦即今陝西中部和甘肅東南部，然後揮戈東指，直出函谷關。另一種則認為必須先收復山東、淮北，然後大軍北向。當時大詩人陸游和大詞人辛棄疾恰好分屬兩派。陸游

（接上頁註）

❽兩河，河北東路和河北西路，為黃河下游兩岸地區。

❾祖生，東晉人祖逖，曾統兵北伐，收復黃河以南地區。

❿新亭揮淚客，詳陳亮《念奴嬌》詞註。

是「會當金鼓從天下，卻用關中作本根」的鼓吹者；辛棄疾卻說：「不得山東，則河北不可取；不得河北，則中原不可復。」他看到山東　河北一帶有民眾部隊基礎，大軍北上，可以立即起來響應，這是很有利的條件。從當時的實際情況出發，這個方案應該是切實可行的。可惜南宋朝廷並沒有加以接受。

以上，就是這首詞的寫作背景。

詞的上片，劉克莊首先回溯南宋初年的一段歷史：

建炎元年，高宗趙構在應天府（今河南商丘縣）登皇帝位，以老將宗澤為開封尹，兼任東京留守。那時，山東、河北人民不甘異族統治，紛紛起來反抗。其中最有名的一支人馬是擁眾七十萬的王善，宗澤曾親自上門勸他為國效力；又有一支則是岳飛曾經隸屬過的王彥的部隊。王彥原是宋軍中一員都統制，金兵南下後，他聚兵太行山，人人都在臉上刺着「赤心報國，誓殺金賊」八個字，因此被稱為「八字軍」。他們同其他民眾部隊都願接受宗澤的節制，待機殺敵。不幸的是，建炎二年宗澤病死，接任的人叫杜充，他不但沒有繼承宗澤的遺志，反而忙於攻擊友軍，這便使山東、河北的民眾部隊陷於自生自滅之地。

以後的情況也不必多說，用劉克莊的一句話概括，那就是「今把作握蛇騎虎」——南宋朝廷除了偶然勉強籠絡一下，表示一點同情之外，骨子還是把抗金民眾部隊看成手上拿的蛇和胯下騎的虎，甩掉又不是，用又不敢用，真是狼狽之狀可掬。

如今劉克莊卻一意鼓勵陳子華加強同北方民眾部隊的聯繫，指出：「君去京東豪傑喜」，進一步便可以「談笑裏，定齊魯」，為收復中原打下堅實基礎了。

這樣下筆，可說是建立了「堂堂之陣，正正之旗」，緊緊掌握了群眾的願望，呼出了時代的強音。

下片，作者再以東晉祖逖的故事鼓勵陳子華去做一番英雄事業。他問道：「兩河蕭瑟惟狐兔，問當年祖生去後，有人來否？」他又問道：「多少新亭揮淚客，誰夢中原塊土？」嚴厲鞭撻了只求保住半壁江山的南宋群臣。進一步又指出：「算事業須由人做」，希望陳子華看準時機，發揮才智，幹出一番不朽的事業來。

老將宗澤臨死，手指北方，大呼「渡河」。八十年後，辛棄疾到了最後一息，又是高呼「殺賊」數聲，才閉上眼睛。現在，南宋朝廷已經到了山窮水盡的階段，誰還喊出「渡河」的壯語呢？「應笑書生心膽怯……」兩句，是自我嘲諷。作者認為，自己不過是個白面書生，談不上到前線去殺敵。這一回為陳子華送行，就像曹景宗（南朝梁的大將）曾說過的：「閉置車中，如三日新婦，此邑邑使人氣盡」（見《南史．曹景宗傳》）。既然自己不能親上前線，只能徒然目送老朋友慷慨北行罷了。句中的「塞鴻」，指的便是陳子華。結末點出送行之意，但又包含許多感慨在內。

這首送行詞，自然是伺張元幹送胡銓那首《賀新郎》（見前）一條路子走出來的。氣象和風格都十分接近。不過張詞表現為悲憤，劉詞則表現為沉痛而已。

劉克莊對詞的寫作，態度嚴肅，注重品格，那是南宋以來，從葉夢得開始，以後是陸游、辛棄疾、陳亮、劉過，最後是劉克莊、劉辰翁等人共同抱持的態度。從北宋的群芳競發，收斂而為南宋的分道揚鑣——或以詞為抗爭工具，或以詞為消閑玩物。這也可以說是歷史的篩子簸選的結果吧！

吳文英

約一二〇〇～約一二六〇

字君特，號夢窗。四明人。景定時，曾客榮王邸，從吳潛等遊。有《夢窗甲乙丙丁稿》。

鶯啼序

殘寒正欺病酒，掩沉香繡戶。燕來晚、飛入西城，似說春事遲暮。畫船載、清明過卻，晴煙冉冉吳宮❶樹。念羈情、遊蕩隨風，化為輕絮。　十載西湖，傍柳繫馬，趁嬌塵軟霧。溯紅漸招入仙溪，錦兒偷寄幽素。倚銀屏、春寬夢窄，斷紅濕、歌紈金縷。暝堤空，輕把斜陽，總還鷗鷺。　幽蘭漸老，杜若還生，水鄉尚寄旅。別後訪六橋無信，事往花萎，

❶ 吳宮，南宋在杭州的宮苑。

瘞玉埋香❷，幾番風雨？長波妒盼，遙山羞黛，漁燈分影春江宿，記當時、短楫桃根渡。青樓彷彿，臨分敗壁題詩，淚墨慘淡塵土。

危亭望極，草色天涯，歎鬢侵半苧❸。暗點檢、離痕歡唾，尚染鮫綃，嚲❹鳳迷歸，破鸞❺慵舞。殷勤待寫，書中長恨，藍霞遼海沉過雁，謾相思、彈入哀箏柱。傷心千里江南，怨曲重招，斷魂在否？

《鶯啼序》共有二百四十字，是詞裏最長的調子，填起來費勁，讀起來又不像長篇古詩那麼容易上口，對它感興趣的人實在不多。不過也有人認為，填這個調子可以從難中見巧，所以後世填者還不乏人。

吳文英這首《鶯啼序》，是頗有一點名氣的，雖然那內容不外是男女之情。在這裏拿來談談，總算可以備此一格。

詞分成四段。第一段從開頭到「化為輕絮」，先寫自己在暮春中病酒。第二段由「十載西湖」到「總還鷗鷺」，回敘過去的一段歡情。第三段由「幽蘭漸老」到「慘淡塵土」，敘述舊地重遊，才知所戀的人已經逝去。第四段是抒發痛悼之情。

❷瘞玉埋香，玉和香都指美人。瘞，埋葬。

❸苧，白色的苧麻。這裏是比喻白頭髮。

❹嚲，下垂的樣子。引申為不振作。

❺破鸞，宋范泰《鸞鳥詩序》：「昔罽賓王買峻卯之山，獲一鸞鳥。王甚愛之，欲其鳴而不致也。乃飾以金樊，餉以珍饈。對之愈戚，三年不鳴。其夫人曰：『嘗聞鳥見其類而後鳴，何不懸鏡以映之？』王從其言。鸞睹影悲鳴，哀響衝霄，一奮而絕。」詞中以破鸞比喻自己孤獨。

我們且看作者怎樣逐字逐句去鋪敍。

開頭「殘寒」點出晚春時節，「病酒」點出自己眼下的景況。第二句接着說下：就在那還有寒意的時候，自己害了酒病，因病而怕冷，因此把門扇都關起來了。沉香是熏的香，「戶」又用「繡」來修飾，無非指所居華麗，同女子的香閨無關。「燕來晚」三句，是說今年燕子來遲了些，牠們直到如今才回到西城來，在人家樑上呢喃軟語，彷彿向人訴說春天已經剩下不多了。這一韻進一步點出「西城」，即杭州城近西湖的地方，也許便是作者如今的住處。以上不過說了殘春、酒病、燕來三件事，但用了二十四個字，宛轉迤邐，紓徐不迫。可見長調的鋪排方法。

「畫船載」到「吳宮樹」，是作者憶想之詞，是設想中的西湖景色。每年的清明佳節，西湖上總有大大小小的畫船，載着各色各樣的遊人，高興玩樂。如今清明已是過去，就像那些畫船把清明也載走了似的。畫船沒有了，清明的熱鬧也沒有了，剩下來什麼呢？是那些悠悠忽忽的晴日雲煙，以及宮苑一帶披着濃蔭的綠樹。

由追想西湖景色又遞入自己，輕輕便把西湖和自己那段經歷虛籠一筆。「念羈情，遊蕩隨風，化為輕絮」，是說如今自己天涯羈旅的愁情，徘徊着，遊蕩着，給風一吹，彷彿已化成萬千飛絮，漫天蓋地，簡直不知如何收拾了。這三句顯然從賀鑄的「試問閑愁都幾許，一川煙草，滿城風絮，梅子黃時雨」化來，意思也差不遠。但賀詞放在結尾，吳詞放在開頭，章法完全不同。

以上第一段先點時令、環境，再寫出人的情緒，是為下文預作鋪墊，積蓄勢頭。

寫長文章的人，都是先擬好分段，哪些應在前，哪些應在中，哪些在後；哪些又是前之前，哪些又是後之後；其中又有後者或須提前，前者反而推後。手法很多。此詞的鋪敍手法，伸縮變化，也很值得我們尋味。

從「十載西湖」到「錦兒偷寄幽素」，是作者追述已往的一段豔遇。他早年在杭州住了十年。這十年中，時時繫馬在柳蔭底下，趕趁那湖上的美好風光。「嬌塵軟霧」是形容西湖的楊柳如煙，紅紫飄塵，春色迷人。「溯紅」句是說有一回恍如劉晨、阮肇進入天台那樣，來到一個「仙境」，給仙境中人招引進去。一個叫錦兒的侍婢，偷偷給他傳遞了「仙子」的情愫。這五句寫他同那個女子相見的緣由。「仙溪」，五代宋人詞又作「桃源深洞」（見李存勖詞）或「桃溪」（見周邦彥詞）、「桃源」（見秦觀詞），大抵都是指某種女子的所居，這些女子，或是娼妓，或是類似娼妓的人物，有時又只指偶然豔遇中碰到的人。劉義慶《幽明錄》記劉晨、阮肇入天台山，偶出一大溪，溪邊有二女子，姿質妙絕，也許便是「仙溪」二字的來源。「錦兒」此處是侍婢的通名。洪遂《侍兒小名錄》就有錢塘妓女楊愛愛侍婢名錦兒的記載。「幽素」是幽隱的兒女私情。

下面是作者入「仙溪」的一段描寫。「倚銀屏、春寬夢窄，斷紅濕、歌紈金縷」，上句寫作者自己，下句寫那女子。還記得當時自己倚着屏風，感到春色似海那樣寬闊——愛情生活是美滿的。可是又感到「夢窄」。「夢窄」等於夢短、緣短，他已知道這「夢境」不可能長久，而她呢，唱着「勸君莫惜金縷衣，勸君惜取少年時」的曲子，邊唱邊流下眼淚，把臉上的胭脂都打濕了。《金縷衣》是唐代曲子名。杜牧《杜秋娘詩》原註說：「勸君莫惜金縷衣……李錡長唱此辭。」「歌紈」即歌扇，是歌唱者手持的。「斷紅」即臉上的豔色。見元稹《會真記》（原名《傳奇》）。這兩句寫得很概括，情感也很深沉。「春寬夢窄」四字，煉得尤其警策。

「暝堤空，輕把斜陽，總還鷗鷺」——這三句再寫兩人在湖堤上相並談心。因為兩人的話很多，情意很厚，直到天色晚了，堤上遊人散盡，他倆還不肯走，那淡淡的夕陽雖也很美，他倆卻顧不得欣賞，都讓給閑鷗野鷺去享受了。

以上是第二段。追述從前那段短暫而又意外的豔遇。筆墨既細膩，文字又概括；擷取人物形象很能傳神，而描寫環境氣氛襯出人的情感，也有獨到之處。

第三段從「幽蘭漸老」開始，到「淚墨慘淡塵土」止。

「水鄉尚寄旅」，說他不久就離開杭州，到一個水鄉，而且寄寓了一段較長時間。杭州雖也是水濱之地，亦可稱為水鄉。但在作者當時，杭州乃是臨時首都，繁華無比，不能用「水鄉」來指代。所以句中「水鄉寄旅」，是指另一個濱水地區。到底是什麼地方，卻已無考。「幽蘭漸老」兩句，指時序變遷，冬去春來，自己還沒有機緣回杭州去。

「別後訪六橋無信」到「幾番風雨」，寫重返杭州，其人已逝。「六橋」是西湖外湖的映波、鎖欄、望山、壓堤、東浦、跨虹六橋，北宋時蘇東坡建。這裏用「六橋」指代杭州西湖。他再回杭州，到西湖舊地找她，她已經不在，訪來問去，毫無信息。過去的愛情就像落花委地。原來她已埋骨在西湖邊上，墳頭的花草不知經歷了幾番風雨。

「長波妒盼，遙山羞黛，漁燈分影春江宿，記當時、短楫桃根渡」——這四句是作者知道她已去世後對舊事的回憶。他站在湖堤上，往事一幕一幕重演。她那秋水盈盈似的媚眼，曾經連湖水也逗起妒意；她那淺淡宛曲的蛾眉，連吳山也感到自愧不如。他又記起那一夜，在漁燈反照波光閃爍的江上，兩人共乘一條小船，度過很有詩情畫意的春夜。那情景，就同晉代王獻之迎接桃葉、桃根姊妹倆差不多遠。

這幾句倒敍舊事，文字相當精練優美。王觀有「水是眼波橫，山是眉峰聚」，寫的也是女子的眉眼之美。吳文英更進一步，認為便是春水吳山也不如她眉眼那麼富有魅力，只有妒羨和慚愧。意思就更酣足飽滿。「漁燈分影」七字，情景並到，耐人尋味。都可見作者的工夫。「桃根渡」原為桃葉渡，在南京市秦淮、青溪合流處。此因平仄關係，略加改動。《隋書．五行志》：「陳時，江南盛歌王獻之《桃葉詞》云：桃葉復桃葉，渡江不用楫。但渡無所苦，我自迎接汝。」吳詞是借用獻之詩意，未必兩人同到秦淮河上去。

「青樓彷彿」三句，寫他又走到她從前住的地方。「青樓」，通常有兩種意思，一是指富貴人家的樓房，一是指歌伎居住的所在。「彷彿」是指舊事恍如在目。他記起了，那回分手時，他在壁上題了詩，以表惜別之情。如今，那和淚寫下的墨跡，已淹沒在厚厚的灰塵之中，留下了一片慘淡。

以上第三段，由女子之死寫到自己重來時的「人面桃花」之感。

「危亭望極，草色天涯，歎鬢侵半苧」——他站在湖亭上極目遠望（「危」，高的意思），青草一直伸展開去，似乎直到天邊。那草色又使他回憶她衣衫上的顏色。猛然想起自己已是頭髮半白的人，心情的傷慘就更難以禁受。前人的詞有「記得綠羅裙，處處憐芳草」句，這裏似是暗用其意。

下面，「暗點檢」到「破鸞慵舞」，感情又進一步擴展。他私下細想，身上還藏着她送的手帕，那上面既有別時的淚跡，也有歡情的唾痕。然而自己既是「鬢侵半苧」的人，像是迷路失意的鳳凰，又好比懶於再舞破鏡的鸞鳥了。

「殷勤待寫」到「彈入哀箏柱」，寫自己的哀情不知何處抒發。這幾句意思是說，我本想寫一封書信，抒發胸中蘊積的愁恨，可轉念一想，在蔚藍的天穹和遼闊的碧海之間，看不到一隻能寄書的雁兒，我能寄到哪兒去呵——暗示人已逝去，寄書無由。即使把一片相思之情，譜入哀箏之中，也是徒然而已。句中那個「謾」字，與漫成、漫勞、漫向的漫相同。「藍霞」，即綠霞，此處指藍天。吳文英喜用「藍」字，如《聲聲慢》的「藍雲籠曉，玉樹懸秋」、《浣溪沙》詞的「灞橋舞色褪藍裙」都是。「遼海」是遠海，與地名無關。「沉過雁」，即魚沉雁渺的沉。「箏柱」即箏上擱弦的橋狀物。

結拍表示深沉的哀悼，並點出譜寫這首長調的用意。「傷心千里江南，怨曲重招，斷魂在否？」——縱目那遙遙千里的江南，盡是傷心之情，儘管我可以譜成一曲哀歌，像《楚辭．招魂》那樣，招引她的靈魂；然而，她的靈魂在呢還是不在？要是在，又在什麼地方呵？

這最後的痛惜，使人想起清代龔自珍哀悼一位女郎的詩：「冰雪無痕靈氣杳，女仙不賦降壇詩。」她永遠在這世界上消失了（見《己亥雜詩》第一九五首）。

以上第四段，表達自己痛悼之情。

二百四十字，寫的就是這樣一段戀情。雖然不能說怎麼了不起，但可以肯定，它不是艱澀到不可理解，自然也不是「拆碎下來不成片段」（張炎對吳詞的評語）。對詞有較大興趣，而又耐煩於細心尋繹的人，還是可以弄懂它的意思，乃至欣賞它那組織之細，辭藻之美的。然而終究覺得可惜，詞到南宋末葉，有些人便走入過分雕飾塗抹的道路，弄得本來易解的不易解，路子也愈走愈窄了。吳文英就是這一派的代表人物。

王沂孫

約一二三〇～？

字聖與，號碧山，又號中仙，會稽人。有《碧山樂府》，又名《花外集》。

齊天樂（蟬）

一襟餘恨宮魂斷，年年翠陰庭樹。乍咽涼柯，還移暗葉，重把離愁深訴。西窗過雨，怪瑤佩流空，玉箏調柱，鏡暗妝殘，為誰嬌鬢尚如許！　銅仙鉛淚似洗。歎移盤去遠，難貯零露。病翼驚秋，枯形閱世，消得斜陽幾度？餘音更苦，甚獨抱清商，頓成淒楚？謾想薰風，柳絲千萬縷。

清人陳廷焯《白雨齋詞話》最賞識王沂孫的詞：「王碧山詞，品最高，味最厚，意境最深，力量最重。感時傷世之言，而出以纏綿忠愛，詩中之曹子建、杜子美也。詞人有此，庶幾無憾。」又說：「詞味之厚，無過碧山。」甚至說：「論其詞品，已臻絕頂，古今不可無一，不能有二。」未免稱揚過泰了。

王沂孫眼看宋室滅亡，連南宋君后的陵寢也遭到發掘❶。民族恥辱縈繞心頭，常借物寓情，抒發淒惻之感，這確是事實。他在南宋詞壇中，也不失為一個名家。作品剪裁修潔，法度雍容，有婉約派的細膩，而避免末流的晦澀。自有一種幽柔怨抑之美。但到底是受到時代的局限，在蒙古貴族鐵騎的聲威之下，只能作寒蟬的哀鳴，以結束有宋一代的詞壇了。

看作家的作品，不可不知作家所處的時代。因為作家雖然個性有種種不同，終究不能不受時代的特定環境給予本人的影響。王沂孫的詠物詞，既不同於蘇軾的詠楊花，也不同於史達祖的詠春雨，這是明顯的。因為彼此所處時代有明顯的差異。陳廷焯說：「《詞選》云：『碧山詠物諸篇，並有君國之憂。』自是確論。讀碧山詞者，不得不兼時勢言之，亦是定理。古人詩詞，有不容穿鑿者，有必須考鏡者，明眼人自能辨之」（見《白雨齋詞話》卷二），這話是正確的。

王沂孫這首《齊天樂》，藉詠蟬為名，把對南宋朝廷的哀悼與個人身世的傷感打合成一片，寫得哀惻淒怨，使人讀了為之不歡。

❶《彊村叢書．樂府補題》王樹榮跋云：「《樂府補題》一卷，《知不足齋叢書》本，《四庫提要》謂皆宋遺民詞。榮前讀周止庵《宋詞選》，於唐玉潛《賦白蓮》曰：『冰魂猶在，翠輿難駐。』曰：『珠房淚濕，明璫恨遠。』以為當為元僧楊連真伽發宋諸陵而作。又《賦蟬》曰：『佩玉流空，綃衣剪霧。』曰：『晚妝清鏡裏，猶記嬌鬟』，疑亦指其事。今讀此卷，依類求之，此意無不可通。殆即玉潛所謂『只有春風知此意，年年杜宇哭冬青』者也。」按，關於蒙古僧人發掘南宋帝后陵寢事，詳見陶宗儀《南村輟耕錄》卷四《發宋陵寢》條。

蟬的典故本就和王室有關。據說齊國有個宮女，因受冤屈，非常怨恨，自殺死後化為鳴蟬。所以蟬又別名「齊女」。詞的開頭，「一襟餘恨宮魂斷」，便是暗用這個典故。用「餘恨」、「魂斷」，帶出哀悼之意。

因為是詠蟬，如果僅僅只有第一句，別人就不知作者在說些什麼了；所以又必須有第二句「年年翠陰庭樹」，點出是蟬。這是必不可少的。

「乍咽」兩句，寫蟬聲在樹枝上忽起忽落，蟬影在密葉中乍隱乍現，妙得物情。「重把離愁深訴」，用一句擬人，把蟬的鳴聲想像為訴說離別的愁情。這樣就語帶雙關，使人聯想到南宋滅亡的事實。蟬聲彷彿是人在唱着傷離痛別的亡國哀歌。

「西窗」三句，是說一場秋雨過後，蟬聲更為動聽。它既像玉珮在天空中迸響，又像銀箏在名手中彈奏。玉佩原是古代貴族的裝飾品，把它懸在身上，行動時相觸作響，很有節奏。「調柱」是調整箏的絲弦（柱是擱弦物），這裏徑作彈奏解。句中用一「怪」字，表示對動人的蟬聲的驚異。因為剛才還是「乍咽」、「還移」，聲音很低沉，現在卻忽然清亮高亢起來。

下面，「鏡暗妝殘」兩句，又從蟬的形狀着筆。據崔豹《古今註》，魏文帝宮人莫瓊枝「製蟬鬢，縹緲如蟬翼」。盧照鄰《長安古意》詩：「片片行雲着蟬鬢，纖纖初月上鴉黃。」蟬翼既可象徵宮人的鬢髮，所以作者在此問道：如今已到了「鏡暗妝殘」的時代，為什麼你還梳裹着那麼好看的鬢髮呢？

上片分別描寫蟬的鳴聲，蟬的形狀，並在其中暗寓了國亡家破的慘痛。清人端木埰分析說：「『宮魂』字點出命意。『乍咽還移』，慨播遷也。『西窗』三句，傷敵騎暫退，燕安如故。『鏡暗』二句，殘破滿眼，而修養飾貌，側媚依然。衰世臣主，全無心肝，千古一轍也。」這卻未免逐句比附，有些牽強了。我們只需知道作者在詞中寄託了興亡之感，就可以了。因為詩總是詩，歷史總是歷史，兩者嵌合得一絲不走，不特下筆很難，而且實在也沒有必要。

換頭轉從蟬的餐風飲露落筆。用「露」字引出「銅仙鉛淚似洗」，暗指宋室淪亡，朝廷寶物盡被劫奪北運。據記載，漢代在長安建築的金人承露盤，到魏明帝時，被拆毀運往洛陽。詩人李賀為此寫了《金銅仙人辭漢歌》，其中有「空將漢月出宮門，憶君清淚如鉛水」的話。作者因此說，既然承露盤如今已不在了，你這蟬又到哪兒去飲露呢？這就表達了遺民們慘淡的心情。

「病翼驚秋，枯形閱世，消得斜陽幾度」。這三句寫蟬，寫人，可謂渾然莫辨。「病翼」指蟬翼，因為節屆清秋，蟬已接近死亡時候，故說「病」，說「驚」，又說「枯形」。「消得」句是說，牠還能有多少日子？作者藉蟬的生態比喻自己，認為自己經歷了這場亡國的慘變，加上既老且病，已經沒有多少時日好活了。命意更為淒惻。

「餘音更苦」三句，說蟬還未停止鳴叫，不過已成「餘音」，使人聽了更覺得淒楚。「甚」是疑問詞，意思是你為什麼還發出這種可憐的「餘音」。唐人方幹《旅次洋州寓居》詩有「蟬曳殘聲過別枝」句，又賈島《病蟬》詩：「折翼猶能薄，酸吟尚極清」或是此詞所本。「清商」是古樂府的一種。《詞譜》在《清商怨》名下解釋說：「古樂府有《清商曲辭》，其音多哀怨，故取以為名。」這三句又同上文「乍咽涼柯」和「瑤佩」、「玉箏」相應，前面蟬聲還抑揚可聽，到此時就成為殘餘的哀音了。層次分明，而感情更為淒慘。暗示自己縱然用文學作品來抒發情懷，寫得如此哀怨，但又能起什麼作用？所謂「亡國之音哀以思」，作者也是自知的。

結拍「謾想薰風，柳絲千萬縷」是用逆筆反面取勢。意思說，到了這個時候，徒然追憶南風吹拂着千萬柳絲的那些好日子，那些好日子已經永遠過去了。這樣結束全文，是十分沉痛的。

通觀全篇，借蟬作喻，確有皇室的影子在，也有遺民的影子在；當然作者自己的影子也在。全篇通過對蟬的聲影的描述，流露了對家國淪亡的傷痛；而且焦點集中，傾向明顯，絕無遊移不定令人迷惑的遊詞。所以它是寫得成功的。

責任編輯　劉汝沁
書籍設計　吳丹娜
書名題字　吳少勤

書　　名　宋詞小札
作　　者　劉逸生
出　　版　三聯書店（香港）有限公司
　　　　　香港北角英皇道四九九號北角工業大廈二十樓
　　　　　Joint Publishing (H.K.) Co., Ltd.
　　　　　20/F., North Point Industrial Building,
　　　　　499 King's Road, North Point, Hong Kong
香港發行　香港聯合書刊物流有限公司
　　　　　香港新界荃灣德士古道二二〇至二四八號十六樓
印　　刷　美雅印刷製本有限公司
　　　　　香港九龍觀塘榮業街六號四樓A室
版　　次　二〇一七年六月香港第一版第一次印刷
　　　　　二〇二一年六月香港第一版第三次印刷
規　　格　大三十二開（130×210mm）三百六十面
國際書號　ISBN 978-962-04-4117-2

　　　　　Published & Printed in Hong Kong

本書由中國青年出版社授權本公司在中國港澳台地區出版發行。